KB001294

슈로더

Schroder
슈로더

· 애미티 게이지 지음 / 토마스 안 · 벨라 정 옮김 ·

앰버리트
AMBERLIT

프레드릭 H. 게이지

1937~2009

나의 사랑하는 아버지를 기리며

여기에 그 누구도 모르는 가장 깊은 비밀이 숨어 있습니다
(여기에 인생이라 부르는 나무의 뿌리 중의 뿌리,
싹 중의 싹, 하늘 중의 하늘이 있고,
그것은 영혼이 희망하는 것보다,
마음이 숨길 수 있는 것보다 더 높이 자랍니다)
그 비밀은 바로 별들이 서로 떨어져 있게 하는 경이입니다
저는 당신의 마음을 품고 다닙니다
(제 마음속에 당신의 마음을 담습니다)

— 에드워드 커밍스(Edward Cummings)

차례

이 글은 우리가 사라진 후 메도와 내가 어디에 있었는지를 기록한 것이다. 변호사는 이 이야기를 해야 한다고 나를 설득했다. 우리가 어디에 갔고, 무슨 일을 했으며, 누구를 만났는지…….

로라! 당신도 잘 알다시피 나는 침묵을 좋아하는 사람은 아니야. 나는 이야기하는 걸 좋아하지. 당신은 내가 남자치곤 너무 수다스러운 사람이라고 생각할 거야. 그런 내가 한동안 입을 열지 않던 때가 있었어. 그것은 내가 마음속으로 한 굳은 약속이었지. 그러자 입에서 마치 어두운 동굴처럼 오래되고 축축한 맛이 느껴졌어. 아무래도 내게 침묵을 지키는 재주는 없는가 봐. 당신에게 하고 싶은 이야기가 너무 많아. 당신은 이것을 슬픈 이야기라고 할 수도 있겠지만, 한편으로 내가 왜 이 글을 열심히 쓰는지 설명해줄 수 있을지도 몰라.

내 변호사는 이 서류가 법정에서 도움을 줄 수 있을 거라는 말도 했어. 그래, 이건 사람들의 자비심을 구할 뿐 아니라 혹 법정에 갔을 때 이론을 좋아하는 배심원을 설득하기 위해 쓴 내 인생의 항변서라고 할 수 있지. 당신에게 배심원이란 말은 굉장히 흥미롭게 들릴지 모르겠지만, 내가 생각하는 배심원은 모든 종류의 사건을 잘못 이해하고 다만 자신의 첫인상에 매달려서 우리가 당연히 받아야 할 면죄, 또는 반대로 처벌을 제대로 내놓지 못하는 사람들이야. 내가 보기에 배심원의 주요 역할은 이후 사건이 신문에서 어떤 식으로 이야기될지 미리 알려주는 예고편 정도에 불과해. 어쨌든 앞으로 내 이야기를 경청해줄 변호사와 배심원, 언론인, 대중, 그리고 그 누구보다 당신! 나는 당신에 대해 생각하지 않을 수 없어. 여기서 당신이란 나의 회초리이자 나의 조국, 그리고 나의 아내를 의미할 수도 있어.

로라! 만약 지금 우리 두 사람이 늦은 밤 부엌 식탁에 같이 앉아 있는 것이라면 나는 이 서류를 항변서가 아닌 사과의 글이라고 부를 거야.

인생 항변서

1984년 어느 날, 나는 매우 운명적인 서류를 한 장 만들었다. 겉보기에 그건 단순히 뉴햄프셔 오시피 호수 소년 캠프의 참가 신청서였다. 당시 나는 열네 살이었고, 미국에서 산 지 5년째 되던 해였다. 그 5년 동안 나는 매사추세츠 도체스터의 한 임대 아파트 맨 위층에서 아버지와 함께 살았다. 아마 당신은 보스턴 남부의 촌구석, 다민족이 밀집한 이런 마을에서 살아보지 못했을 것이다. 나는 이곳에 살면서 내 억양을 최대한 부드럽게 만들려고 노력했으며, 보스턴 연고의 아이스하키 팀인 브루인스의 유니폼을 자주 몸에 걸치고 다녔다. 나는 도체스터에서 소수 민족을 형성하고 있는 아일랜드 출신 이민자들처럼 거칠고 시무룩한 표정을 지어 보이려고 노력했지만, 정신적으로는 아직도 방금 배에서 육지에 발을 내디딘 기분이었고 여전히 제2의 고향 땅에서 원대한 꿈을 찾고 있는 상태였다. 나는 난생처음 보는 비디오 게임기의 동전 투입구에 25센트를 집어넣었을 때 그것을 삼키던 전자음과 전동 칫솔을 또렷이 기억하고 있다. 어느 날, 버스를 기다리며 서 있을 때 내 또래의 한 소년이 콜벳 컨버터블을 도로변에 세운 뒤 문을 열지도 않고 훌쩍 뛰어내리던 모습까지 기억한다. 내가 이런 여러 모습들을 지금도 기억하고 있는 것은 그것들이 선사한 감정이 상당히 혼란스러웠기 때문이다. 처음에는 어린아이와도 같은 경이로움을 느끼기도 했다. 하지만 경이로움 다음에는 다시 나의 본래 자세로 되돌아가고 싶은 욕망이 생겼다. 만약 내가 처음부터 미국인이었다면 그런 광경에 그렇듯 큰 충격을 받지는 않았을 것이다. 나 자신에 대한 의식이 항상 나를 따라다녔고, 언제나 어리석은 질문을 하지 않으려고 신중하게 노력했다. 어느 날, 아버지와 내가 차를 타고 로드아일랜드 경계선을 건너갔을 때 주 경계선 사이에는 왜 검문소가 없는지 묻고 싶었지만 애써 자제해야 했다. 왜냐하면 사람들이 믿을지 모르겠지만, 나는 그 당시 독일 여권을 지니고 있었기 때문이다.

나는 소아과 진료실에서 오피시 캠프의 안내서를 처음 보았다. 그것을 몇 번이나 들여다보다가 주머니에 슬쩍 집어넣어 가져올 때 마음이 불편했다. 여러 주 동안 침대에서, 또 목욕하면서 선반에 올려놓은 안내서를 뒤적여보곤 했다. 얼마 못 가 페이지들이 너덜거리기 시작했다. 사진 속 미국 소년들은 절벽과 호수 사이의 공중에 대롱대롱 매달려 있었다. 또 옆이 불룩 튀어나온 카누 세 척을 나란히 붙여놓고 그 위를 걸어 다녔다. 나는 그들과 함께 수영하는 모습을 마음속으로 그려보았다. 밀밭을 엉금엉금 기어가는 모습을 상상했고, 무언가를 찾으러 버섯이 있는 곳까지 가는 모습도 상상했다. 나는 진정한 남자가 되고 싶었다. 사람들 앞에 당당히 나설 수 있는 소년 말이다. 영웅까지는 못 되어도 그런 사람의 옆자리 카우보이 정도는 되고 싶었다. 나는 특히 상급 학년에게만 주어지는 캠프 행사에 관심이 갔다. 호수 가운데 멀리 떨어져 있는 섬 위에서 혼자 하룻밤을 보내는 특별한 의식이었다. 그곳이 바로 나의 미래가 실질적으로 탄생한 곳이다. 나 에릭 슈로더는 살아 있는 사람이며, 그날 저녁 욕망의 불을 지피고 자축하며 지금까지의 사회적 격리로부터 완전히 독립했다. 나는 소년으로 잠이 들었다가 다음 날 완전히 다른 사람으로 잠에서 깨어났다.

오시피 캠프에 신청하기 위해 제일 먼저 해야 할 일은 신청서의 인적사항을 채우고 자기소개서를 쓰는 일이었다. 그들은 어떤 기록을 원하는 것일까? 궁금했다. 과연 어떤 소년을 원할까? 나는 아버지의 작은 책상에 앉아 창문 너머로 학급 친구들이 부러진 하키 채 때문에 싸우고 있던 새거모어 새빈 힐 도로 모퉁이를 내다보고 있었다.

이윽고 나는 종이 한 장을 아버지의 타자기에 끼우고 타이핑을 치기 시작했다. 어느 면에서 생각해볼 때 그것은 내가 지금까지 쓴 것 중에서 가장 진실한 이야기였다. 이 안에는 내 역사의 한 뭉치가 들어 있었고, 일찍이 엄마를 여읜 이야기, 쓸데없는 개인적인 책임감, 미래에 대한 대담한 희망이 담겨 있었다. 물론 법원을 포함한 다른 사람들의 관점에서 보자면 이 모든 이야기는 완전히 조작된 거짓이었다.

사기와 왜곡, 거짓으로 점철된 이 절망적인 소설은 당신을 만났을 때 당신의 발아래 묻어버렸다. 하지만 이 모든 것은 아직 당신을 만나지 않았던 1984년의 일이었고, 나는 당신에게 거짓말을 한 게 아니었다. 그때 나는 흰 스포츠양말을 신고 아버지의 타자기 앞에 다리를 꼬고 앉아 있었다. 그때는 지금처럼 머리카락 뿌리가 어둡지 않은 금발이었고, 그저 어린 소년이었을 뿐이었다. 나는 봉투에 주소를 쓰고, 우표도 붙였다. 그리고 빽빽이 타이핑한 종이 아래쪽에 서명할 때가 되었을 때, 처음으로 당신이 오늘날의 나로 알고 있는 그 이름을 공들여 적었다. 성을 고르는 건 그리 어렵지 않았다. 나는 영웅적인 이름을 원했는데, 도체스터에서 영웅이라고 칭하는 사람은 한 사람뿐이었으니까. 미국에 와서 박해받던 아일랜드 출신의 그 도체스터 소년은 훗날 신격화된 영웅이 되었다. 그 영웅은 1963년경 좌절에 빠져 있던 서베를린 군중에게 용기를 심어주는 연설을 했고, 그 영향은 그가 암살된 후에도 오랫동안 지속되었으며, 그로부터 한참 후에 아버지와 내가 그곳에 도착했을 때도 그의 명성은 여전했다. '존 F. 케네디.' 바로 우리가 이 나라에 모습을 드러낼 수 있었던 명분을 제공했던 사람이라고 말할 수도 있겠다.

나는 오시피 캠프로부터 답장이 오기를 기다리며 몇 개월 동안 우편물을 뒤지면서 시간을 보냈다. 나는 그들이 내 어려움에 대한 보상으로 캠프 입학 승인은 물론이고 비용에 대한 장학금도 줄 것이라고 기대했다. 내가 받게 될 편지에 대한 꿈을 너무 자주 꾸었기 때문에 막상 실제 우편물이 도착했을 때는 도무지 현실로 느껴지지 않았다.

> 오시피 캠프는 모든 소년이 이곳에서 여름을 즐길 자격이 있다고 믿습니다. ……우리는 다양한 환경에서 온 소년들을 적극적으로 지원합니다. ……우리가 아끼는 이 호숫가에 와서 행사에 참여해주세요. ……오시피는 좋은 소년이 더 멋진 좋은 남자가 되는 곳입니다.

그렇지! 당연히 참여해야지! 나는 다양한 환경을 경험한 소년이었다. 그러나 내가 느낀 흥분은 아래층에서 현관문을 여는 아버지의 열쇠 소리를 들었을 때 어느 정도 가라앉았다. 나는 다른 소년의 이름으로 배달된 이 편지를 아버지에게 보여줄 수 없다는 사실도 깨달았다. 결국 나는 멀쩡한 허가서 대신 너덜너덜해진 안내서를 아버지에게 보여주었다. 그리고 캠프 소장으로부터 직접 참석을 허가한다는 전화를 받았다고 말했다. 심지어 내가 장학금 혜택까지 받았다고 말했을 때 우리 두 사람에게는 엄청난 환희가 몰려왔다. 우리는 신이 나서 밤새 아파트 주위를 껑충껑충 뛰어다녔다. 아버지는 너무 기쁜 나머지 정신을 차리지 못했다.

어느 누구도 나의 이야기가 사실인지 확인하는 사람은 없었다. 캠프로 가는 날, 나는 보스턴에서 북쪽으로 두 시간가량 버스를 타고 가서 몰턴빌 정거장에 도착했다. 이곳으로 캠프 대표가 나를 마중나오기로 되어 있었고, 내슈아에서 살고 있는 또 다른 장학금 수여자도 이곳에서 합류했다. 마침내 우리가 버스에서 내렸을 때 캔버스 천으로 만든 바지를 입은 통통한 여자가 다가왔다. 캠프의 주방장이자 유일한 여성 스태프인 아이다였다. 다른 소년이 중얼중얼 자기 소개를 하고 나자 아이다가 나를 바라보았다.

"그렇다면 네가 에릭 케네디로구나?"

그 사람들은 어째서 내 말을 곧이곧대로 믿었을까? 그건 신만이 알 것이다. 내가 말할 수 있는 것은 그때가 1984년이라는 것이다. 신원 확인이 어려웠던 그 시절에는 우편을 통해서 사회보장제도를 신청할 수 있었다. 당시에는 데이터베이스라는 것이 존재하지도 않았다. 신용카드는 부자만 얻을 수 있었다. 유언장은 안전금고에 보관했고, 고객의 돈은 큰 다발로 보관했다. 당시는 오늘날과 같이 모든 것을 정확하고 신속하게 해결하는 전지전능한 기술이 없었을뿐더러, 그것을 원하는 사람도 없었다. 자신이 누구라고 말하든 바로 그 사람이 될 수 있었다. 그래서 나는 에릭 케네디가 되었다.

이후 3년 동안 여름마다 나는 에릭 슈로더가 아닌 에릭 케네디가 되었다. 건실한 에릭 케네디. 대장간에서 새로 주조된 에릭 케네디. 놀라울 정도로 선율이 다듬어진 목소리를 지닌 에릭 케네디. 나의 변화는 놀라운 것이었다. 처음 캠프에 참여한 여름에 나는 독일 악센트를 감추기 위해 의도적으로 떨리는 목소리로 말을 했다. 만약 진짜 독일 사람이 내게 다가와서 "Wo geht's zum Bahnhof Zoo(동물원으로 가는 역이 어디 있죠)?"라고 물었다면 나는 어쩔 수 없이 대답했을 것이다. 금방이라도 진실이 밝혀질 것 같은 불안이 마음속에서 떠나질 않았지만, 그런 일은 일어나지 않았다. 나를 믿지 않는 사람도 없었고, 나에 대해 자세히 조사하려는 사람도 없었으며, 나에게 해코지하려는 사람도 없었다. 오시피에 모인 소년들은 다른 사람을 믿는 것이 자기 자신을 위하는 일이고, 자기 자신을 고귀하게 만드는 일이라고 배웠다. 그러나 옛날부터 내려온 이 교훈을 정반대로 받아들인 나는 캠프에서 부담감을 느끼고 있었다. 하지만 시간이 흐를수록 점차 가장자리에서 그룹의 중심으로 향했다. 나는 셔츠를 벗어 던지고 캠프파이어 모닥불 가까이로 뛰어들어 춤을 추었다. 식사를 위한 선창도 내 차지였다. 첫 번째 여름이 끝났을 때 아무도 내 말을 막을 수 없었고, 그 후로 나는 한 번도 말을 멈춘 적이 없었다.

마침내 혼자 캠핑을 할 수 있는 시간이 다가왔다. 오시피에서 보내는 세 번째이자 마지막 여름이었고, 무척 맑은 날씨였다. 계속 불어오는 바람은 호수 위를 스쳐 지나가며 모터보트 밑바닥에 부딪치는 검은색 물결의 파도를 만들어냈다. 지난여름 나를 영웅시했던 소년들은 모두 떠났다. 새로 도착한 소년들은 더 어렸고, 머리를 잘 빗어 넘긴 아이들은 부두 위에 둘러서서 내가 떠나는 모습을 지켜보고 있었다. 나는 내가 나이를 더 먹은 소년이 되었다는 생각을 했다. 내가 떠나게 되면 새로 온 소년들은 나를 한때 이곳에 왔던 소년으로 기억할 것이다. 보트하우스 상담원이 나를 배에 태워 멀리 떨어진 선창가로 데려가서 왕관 모양의 바위가 있는 물가에 내려주었다. 그날 밤의 이야기를 하자면 끝이 없지만, 그것은 내가 지금 이야기하고자 하는 핵심이 아니다. 다만 이튿날 아침, 안개를 헤치며 다가오는 보트의 엔진 소리를 듣고 텐트의 문을 활짝 열고 나갔을 때 나는 내가 나 자신의 어린 시절을 스스로 선택했음을 깨달았다. 이 점이 중요한 것이다. 현재와 어울리는 나의 과거를 그곳에서 경험했다. 이후 나는 오시피 사람들의 열성적인 추천서와 지금 여기서 자세히 밝히고 싶지는 않지만 최근 정체가 드러난 위조 서류들 덕택에 뉴욕 트로이에 있는 뮨 대학에 에릭 케네디라는 이름으로 입학할 수 있었다.

나는 근로 장학생이 되었고, 주차 빌딩에서 검표원으로 일하기도 했다. 그래도 모자란 학비는 나중에 상환했던 펠그랜트 장학재단에서 제공했다. 나는 커뮤니케이션학을 전공했고 B학점을 받았다. 당신이 알고 있을지는 모르겠지만, 나는 꽤 똑똑한 학생이었다. 그러나 혼자서 하는 실제적인 공부는 앞뒤 조리가 잘 맞지 않았다. 그래도 나 혼자만 아는 이중 언어 능력 덕분에 스페인어와 일본어 회화에서 특히 우수했다. 졸업했을 때 나는 집에서 가까운 올버니 메디컬 리서치 센터에서 의학기사 전문 번역가로 일자리를 얻었다. 그곳에서 나는 날아다니는 새처럼 자유롭게 6년의 세월을 별 탈 없이 보냈다.

물론 새도 마냥 자유로운 존재는 아니다. 새는 자연에서 가장

부지런한 생물 중 하나다. 하루종일 틈틈이 돌아다니며 먹이를 찾고 저장하고 천적을 피해 다니느라 분주하게 시간을 보낸다. 새가 되는 조건 중 하나가 부지런함인 것처럼 나는 에릭 케네디가 되기 위해 부지런히 일했다. 그리고 새와 마찬가지로 이 일을 노동이라고 생각하지 않았다. 나는 그 자체로 삶의 존재라고 생각했다. 최초의, 그리고 가장 가혹한 기만이 이미 발생했던 것이다. 나는 에릭 케네디가 될 때마다 아버지가 내게 연락하지 못하도록 만들었다. 심지어 오시피 캠프에 갈 때면 뉴햄프셔 황무지에는 전화가 없다고 거짓말을 했다. 대신 통화를 원하신다면 기꺼이 가까운 시내까지 걸어가 아버지에게 전화를 걸겠다고 이야기했다. 그러자 아버지는 이렇게 말했다. "나인, 나인(아냐, 아냐), 에릭." 그런 다음 조심스럽게 서툰 영어로 말했다.

"만날 일이 있으면 만나게 될 테지."

옳은 말이다. 우리가 만날 때 아버지는 나를 볼 수 있었다. 하지만 그런 일은 드물었다. 대학을 다니는 동안 나는 다른 젊은이들과 똑같이 스스로를 원래의 자기 자신보다 더 재미있는 사람으로 보이려고 애쓰며 바쁘게 지냈다. 음악 앨범을 모으고, 학생 연극에 한두 차례 출연하는 그런 활동들 말이다. 나는 꼭 필요할 때만 도체스터로 차를 몰고 갔다. 나는 검은 가운을 입고 사각모를 쓴 채 혼자 대학 생활을 시작했고, 아버지를 학교에 초대해 캠퍼스를 구경시키는 일은 7월까지 기다렸다. 왜냐하면 그 시기의 대학은 테니스 캠프에 참석하는 학생 몇몇을 제외하고는 사람이 거의 없어 황량했기 때문이다. 나는 뮨 대학 재학 시절에 자녀가 없는 교수와 가깝게 지내기도 했다. 내가 처음으로 워싱턴 공원 근처의 침실 한 칸짜리 조그만 아파트를 임대했을 때 보증을 서 준 사람 역시 아버지가 아닌 그 사람이었다.

올버니에서 지내는 게 좋았기 때문에 그곳을 떠나는 경우는 극히 드물었다. 길게 펼쳐진 지평선이 좋았고, 늘 싸움을 많이 하는 그리 알려지지 않은 정치인들도 마음에 들었다. 그리고 그곳에는 사우스몰을 찾아오는 관광객에게 늘 웃음을 선사하는 소녀들도 있었다. 이들은 서로에게 기대할 것이 없는 편안한 관계였다. 나는 기질적으로 행복을 추구하는 경향의 여자를 골라내는 재주가 있어서 그들에게 발목을 잡힐 일은 없었다. 여가 시간에는 개인 연구 자료를 조사하거나 세인트로즈 대학으로부터 사용 허가를 받은 언덕에서 축구를 했다. 그때는 그런 일들이 지나가면 또 다른 일이 생기겠지 하고 막연히 추측했다.

나는 그것이 당신일 것이라고는 알지 못했다.

당신. 내가 당신을 처음 보았을 때 당신은 방금 나무 아래로 떨어진 아이에게 부목을 대고 끈으로 감아주고 있었지. 열 명 남짓한 아이들이 그런 당신의 모습을 지켜보며 둥그렇게 둘러싸고 서 있었어. 당시 그 소년은 아파서 큰 소리로 울부짖고 있었기 때문에 당신 이외에는 아무도 그에게 가까이 다가갈 수 없었어. 그 때는 점심시간이었고 그 소란이 나를 거슬리게 만들었어. 그래서 그곳을 떠나려 했는데 불현듯 내 눈이 당신에게 쏠려 걸음을 멈추었지. 무엇이 이 같은 일을 야기했을까? 당신의 어떤 점이, 혹은 당신이 내 관심 속에 들어온 그 순간의 어떤 점이 문제였을까? 소년이 신경질을 부리며 발로 차고 소리를 지르고 있음에도 불구하고 침착하게 계속 아이의 손목을 붕대로 싸고 있는 당신의 모습 때문이었을까?

그때는 8월로, 무덥고 끈끈한 늦여름이었다. 나는 나중에야 당신이 7월부터 덩굴옻나무 사이로 뛰어다니는 보호자 없는 올버니의 아이들 20여 명을 책임지고 있었다는 사실을 알게 되었어. 그때 당신의 모습은 샤워를 해야 할 것처럼 보였지만 내 관심은 온통 당신에게 꽂혔지. 나는 마음속으로 당신을 깨끗이 씻겨주고 드레스를 입히고 샤르도네 백포도주 한 잔을 당신 손에 쥐어 준 그 순간 실제로 당신이 내 쪽으로 얼굴을 돌렸다. 나는 자리에서 일어나 당신 쪽으로 걸어갔다. 그리고 도와주겠다고 말하면서 이 감정이 얼마나 오래갈 수 있을까 생각했고, 내 마음을 사로잡은 이 황홀한 순간을 두 번, 세 번 더 이어갈 수 있을까 하는 생각을 했다. 누가 그 기분을 알까? 왜 내가 이름도 모르는 사람을 이처럼 사랑하게 되었을까? 수많은 시들이 이런 생각을 하는 내 마음속에 떠올랐다 사라졌다. 그건 내가 당신을 선택한 것을 미안하게 생각한다는 뜻이야. 하지만 한편으로 지금 이 글을 쓰면서 우리의 만남이 완전히 쓸데없는 일만은 아니었다는 것을 말해주고 싶었어. 내 이야기를 들어봐.

우리는 어울리는 커플이었을까? 나는 한동안 우리가 정말 잘 어울리는 커플이었다고 믿었어. 비록 처음에 당신은 내게 그저 그런 평범한 인상을 받았지만 당신이 나를 괜찮은 남자라고 인정한 순간 당신은 판단력이 흐려져 넘어가버렸지. 당신은 스스로 억제하지 못하는 듯했어. 내게 책을 갖다 주고, 홍차를 선물하고, 설탕 절임한 살구도 주었지. 당신의 불장난은 달콤했고 꽤 안달이 난 듯했어. 당신은 마치 일생 동안 단 한 번도 남자를 경험해보지 못한 것처럼 보였고, 그런 이유로 마치 나를 어린 소녀처럼 취급했던 것이 오히려 나를 유혹했던 것 같아.

당신은 진짜 미국인이었지만, 내가 당신보다 훨씬 더 전형적인 미국인다웠어. 나는 당신보다 더 감정적이고, 그리고 더 느긋했어. 여러 면에서 나는 뮨 대학에서 충분히 보상을 받은 인물, 오시피 캠프의 에릭 케네디 그대로였어. 그러나 서른이 되어가는 나는 스스로를 업데이트할 필요를 느꼈지. 당신과 더불어 에릭 케네디는 무르익어 성숙해졌어. 당신은 에릭 케네디보다 네 살 아래였지만 어리다는 사실을 짐작하지 못할 정도로 부지런한 성격에 책임감이 있었고 신중한 사람이었어. 그리고 늘 건강을 의식하고 주의했지. 당신은 간식거리를 들고 여행을 했고 쉽게 마음에 상처를 받았어. 심지어 당신의 마음을 상하게 하는 항목 리스트도 있어. (예를 들면 공공건물에서 장애인들이 사용하는 시설이 부족할 때라든지.) 그런 문제를 언급할 때마다 당신의 뺨은 붉어졌었지. 당신은 겸손하지만 진지한 토론을 할 준비가 되어 있었어. 지금까지 살아오면서 당신은 만성적인 오해로 늘 마음에 상처를 받았지.

내가 얼마나 빨리 다른 약속들을, 우정을, 클럽을, 이해관계를 내팽개쳤는지 모를 거야. 당신이 나보다 어렸음에도 마치 내가 당신의 학생인 것처럼 나는 당신을 사랑하는 마음을 가지게 되었지. 그래서 당신이 무슨 일을 하든, 그것이 이해가 되든 되지 않든, 또 얼마나 구체적이든 간에 모든 게 올바른 것이라는 생각이 들었어. 당신은 진실에 대해 조심스레 접근했었지. 그래서 당신이 이야기하는 것이 여러 측면에서 모두 진실이 되기를 원했어. 가령 병원에서 간단한 양식을 작성하면서도 당신은 볼펜을 입술에 탁탁 두드리면서 꽤 많은 시간을 고심하는 사람이었지. '당신은 매일 아니면 매주 운동을 합니까?'라는 질문에 '글쎄요, 매일은 아니지만 일주일에 여러 날 운동해요'라고 답하는 식이었어.

별로 중요하지 않지만 당신의 관심을 사로잡는 일이면 나는 그것이 무엇이든 간에 그 일을 도와주려고 마음을 썼어. 상품 포장에 붙은 설명서나 식료품에 포함된 영양소를 공부하는 것도 즐거웠고, 또 당신이 가지고 있는 서류의 깨알 같은 내용을 공부하는 것도 즐거웠어. 식료품점, 자동차 정보, 출판사도 그랬어. 미국에서는 정확해야 할 일들이 끝이 없었지만 어떤 것도 당신 눈을 피해가지는 못했지. 물론 나를 빼놓고는 어떤 것도.

결혼. 기대의 충돌은 새로운 화음을 창조한다. 우리는 조촐한 결혼식을 올렸다. 피로연이 끝난 후 버지니아 비치에서 신혼여행을 보내고 임대한 아파트에 가구를 배치하고 나니 우리에게 게으름이 찾아왔고, 우리는 갓 결혼한 여느 커플처럼 신경질적으로 생각하게 되었다. 자, 이제부터 무슨 일이 벌어질까? 앞으로 우리는 어떻게 살아가야 할까? 한동안 우리에게 리더나 보스 같은 결정권자가 결여된 것 같았다. 우리 사이에 교통정리를 해줄 제3자가 필요했다. 그 사람은 차이점을 보이는 두 사람의 계획을 협상하고 양보를 이끌어내고 문화와 종교적 차이를 조절해줄 것이다. 아니면 우리는 실질적인 도움 없이 스스로 헤쳐나가야 하는 걸까? 우리? 당신은 다소 고지식하지만 유복한 뉴욕 주 델마의 가톨릭 집안에서 태어난 신부로, 당연히 자신이 나고 자란 지역의 자녀 양육법을 행사하려 했다. 그리고 신랑인 나는 (완전히 지어낸 허구의 장소이긴 하지만) 하이애니스포트에서 돌을 던지면 닿을 정도로 가까운 트웰브 힐이라는 이름의 케이프코드 타운에서 자랐으며 지금도 열광적으로 사람들의 입에 거론되는 케네디라는 성을 유산으로 물려받은 귀한 독자로 태어났다.

정정

신랑은 자기가 대통령의 명성을 누리는 케네디 집안과 관계가 있다는 이야기를 신부에게 말한 적이 없음을 여기에 기록으로 남긴다. 그것은 신문에도 보도되었고, 신랑도 이러한 사실을 딱 잘라서 부인한다. 결단코 그렇게 말한 적이 없다. 단지 '케네디'라는 단어와 '하이애니스포트 가까운 곳'만을 말했을 뿐이다. 그런데 많은 사람이 성급하게 결론을 내렸다. 뮨 대학 시절 에릭 케네디가 케네디 대통령의 육촌이며 하이애니스포트의 케네디 가문 집성촌으로 이사를 왔다는 루머가 있었다. 신랑이 한두 번 밤늦게 몇몇 여자 동급생들과 같이 있을 때 이에 대해 명확히 밝히지 않았다는 점을 그녀들은 시인할 것이다. 신랑은 케네디라는 이름이 관료 사회 조직을 움직이는 데 윤활유 역할을 했으며, 또 그런 이름을 사용하지 않았더라면 은행 대출 담당이나 교통경찰들의 태도가 상대적으로 더 딱딱하고 차가웠을 거라는 사실을 부인하지도 않는다. 심지어 케네디 집안과의 관계를 부인했을 때조차도 그 이름의 영향력이 있었다.

하지만 신부는 신랑이 케네디 집안이라는 사실에 대해 크게 관심을 기울이는 것처럼 보이지 않았다. 설령 신부가 케네디 집안이라는 이름에 마음이 끌렸다 하더라도 두 사람이 워싱턴 공원에서 처음 만났던 그날에도, 그리고 이후로도 신부는 케네디 집안에 관해서는 단 한마디도 언급하지 않았다. 신부는 진지하고 도덕적인 여성으로, 쉽게 감탄하지 않는 사람이었다. 그녀는 신랑이 사랑하는 여러 해 동안 믿을 수 없을 정도로 아름다움을 더해가는 여성이었다. 신랑은 그 점을 분명히 하고 싶고, 혹시나 둘 중 하나가 잊어버리는 경우를 생각해서 이 서류에 기록해두고자 한다. 신랑이 바라볼 때마다 신부는 신랑을 감탄하게 만들었고 늘 그랬다. 이것이 신부에 대한 명료한 사실이다. 신부가 이쪽 방에서 나와 다른 방으로 들어갈 때마다 그랬다. 예를 들면 파인 힐에서 스크램블드에그 한 접시를 들고 부엌에서 나올 때도 그랬다. 신랑은 신부를 사랑했다. 거짓이 아니었다. 그가 그녀를 사랑했을 때는 마치 한 시간이 1분과도 같았다. 오히려 매 1분은 그 자체로 중요한 것이었다. 흐릿한 환상 속의 고요함이자 살아있다는 의미에서 삶의 영역이 되었다. 사랑의 기술은 신랑의 마음속에 매 순간 욕망의 부족을 채워주었고, 매 시간 또는 날이면 날마다 일종의 희망을 안겨주었다. 이는 신랑이 살면서 경험해본 진정한 기쁨과 안식에 가장 가까운 감정이었다. 또한 신랑은 만약 그들이 이런 것을 잃지 않고 유지했더라면, 만약 그들이 이 같은 사랑을 계속했더라면, 만약 사랑이 영원히 머물 수 있는 우주의 웜홀로 엉금엉금 기어갈 수 있었다면 두 사람은 어떻게 되었을지 여전히 궁금하게 생각한다. 결국 우리의 삶에서 서로 싸우는 힘은 '생명 대 죽음'이 아니라 (신랑은 그렇게 믿었지만) 오히려 '사랑 대 시간'인 것이다. 대부분의 경우, 사랑은 시간이 흘러가면서 사라진다. 그러나 항상 그런 것은 아니다. 때때로 사랑은 시간보다 더 영원해야만 한다.

항변서 계속

결혼식 이후 신랑은 부동산 중개업자가 되었다. 비록 그의 선택은 아니었지만 그리 나쁜 선택도 아니었다. 하지만 여기서 분명히 하고자 하는 의도는 결코 그의 선택이 아니었다는 점이다. 신부의 아버지가 신랑의 장래 계획에 대해 간섭하기 시작했다. 신부의 아버지는 신랑이 의료 분야 번역가로서 돈을 많이 벌지 못하고 심지어 독자적 연구로는 더 적게 벌어들일 것을 염려했다. 하지만 신부는 아버지의 개입을 불쾌하게 여겼다. 그녀는 신랑이 지금까지 살아왔던 라이프스타일을 일반적인 관습에 따라 바꿀 필요는 없다고 생각했다. 그녀는 신랑이 집에서 깊이 사색하는 모습을 좋아했다. 또 그녀가 학교에서 퇴근해 집으로 돌아왔을 때 신랑이 아침에 앉아 있던 장소에 그대로 앉아 있는 모습을 보고 싶어 했다. 신부는 신랑이 자기 연구를 포기한다면 그의 모든 것을 포기하는 셈이라고 주장했다. 충분히 성공을 거둘 수 있는 꿈을 포기하는 것이라고 생각한 것이다. 되돌아볼 때 신랑은 신부가 늘 격려하기 위해 노력해왔던 중학교 학생들처럼, 예민하고 섬세한 인격의 소유자였던 것처럼 보인다.

그래서 신부는 아버지에게 남편을 설득하는 일에서 물러나달라고 부탁했다. 그러면서 신랑의 개인적 연구는 언젠가 빛을 볼 것이라고 말했다. 또 아버지에게 신랑은 열심히 일하는, 굉장히 장래성 있는 사람이라고 말했는데, 그 말은 아버지를 당황하게 만들었다. 왜냐하면 아버지에게 '장래성'이라는 단어는 마치 환상을 보는 것 같은 말로 들렸기 때문이었다.

어쨌든 그는 신부의 아버지였고, 부부의 장래에 대해 계속 염려했다. 부부가 신혼여행에서 돌아오자마자 장인은 마음을 터놓고 대화를 나누기 위해 다가왔다. 신랑은 당시의 대화를 기억하고 있다. 장인을 행크라고 부르자. 그것이 그의 이름이다. 장인은 파인 힐에 있는 신혼집에 찾아와 관절염 때문에 쑤시는 다리를 끌며 신랑의 건너편 소파에 앉았다. 두 사람은 해켓 대로(大路) 저지대의 소금 염전 지역에서 자동차 사고가 많이 일어난다는 이야기를 길게 나누다가 둘 다 어색할 정도의 침묵 속에 빠져들었다.

먼저 침묵을 깬 건 행크였다.

"에릭, 자네에게 하고 싶은 이야기가 있는데 어떻게 꺼내야 할지 모르겠네. 그래서 대신 내 이야기를 들려줄까 하네."

그것은 행크가 20대 청년이었던 시절의 이야기였다. 행크가 지금보다 더 날씬한 아내와 결혼했을 때 이 아파트와 크게 다르지 않은 뉴욕 트로이의 한 아파트에서 장인의 일장 연설을 들었던 이야기였다. 당시 행크는 책임감, 미래, 저축, 될 수 있는 대로 많은 보험을 들어야 하는 중요성에 대한 잔소리를 듣지 않으면 안 되었다. 젊은 행크에게 그 스트레스는 결혼을 포함한 모든 것을 처음으로 되돌려놓고 싶을 정도였나. 그러면서 자기는 훗날 절대로 장인 같은 사람이 되지 않겠다고 맹세했다. 자신은 미래의 사위에게 그런 압력은 절대 넣지 않겠다는 생각이었다. 왜냐하면 갓 결혼한 남자는 노 없는 배의 선장과 같은 신세이기 때문이라고 행크가 자신의 사위에게 말했다. 나침반도 없고, 별도 없고, 선원도 없고, 눈에 보이는 것은 물밖에 없는 바다에 떠 있는 처지라는 것이다. 그러나 결국 이야기의 내용으로 보아 젊은 행크는 처음에는 분노를 느꼈지만 결국 자기 장인의 이야기를 모두 따랐다. 그리고 장인이 세상을 떠난 후에 그의 말이 모두 옳았음을 이해하게 되었다. 또한 그는 장인이 자신을 사랑했다는 것도 뒤늦게 깨달았다. 어느 추운 겨울 아침을 비롯해 때때로 행크는 자신에게 아무것도 바라지 않던 장인이 그리웠다.

신랑은 감사하는 마음으로 미소를 지으며, 동의한다는 듯이 눈을 깜빡이며 행크의 말을 들었다. 신부는 화를 못 이겨 부엌에서 얼음을 휘저었지만 신랑은 한동안 생각에 잠겼다. 스트레스는 어디서 오는가? 노 없는 배란 무엇인가? 신랑은 지금까지 살면서 이보다 더한 행복을 느껴본 적이 없었다. 또 이보다 더 마음이 편한 적도 없었다. 버지니아 해안에 있는 수수한 호텔에서 두 사람은 즐거운 마음으로 북쪽의 겨울을 맞이했고 5일 동안의 신혼여행을 즐겼다. 매일 밤 파인애플로 장식한 음식을 먹었고, 매일 아침 일찍 밀물이 들기 전 해안가에 나가 모래밭 위에 그들이 '쌘 의자'로 이름 붙인 두 개의 의자를 나란히 놓고 앉았다. 신혼여행의 아침은 신랑에게 무엇인가를 말해주는 것처럼 보였다. 그 말은 이런 암시였다. 행복해지자고 결심해라. 만약 당신이 행복하기를 원한다면 행복해져라. 당신이 행복하든 불행하든 다른 사람은 아랑곳하지 않는다. 따라서 행복을 위한 승인을 기다릴 필요가 뭐 있겠는가? 만약 당신이 과거에 불행했다 하더라도 그것이 무슨 문제가 되겠는가? 당신 이외에 누가 그것을 기억하겠는가? 이것은 신랑이 가장 주목하고 싶은 순간이었고, 이것은 또 그를 자유롭게 만들었다. 자신도 행복할 수 있고 성공할 수 있다는 것을 인식한 후에 자신을 또다시 불행하게 만들 수 있는 사람은 아무도 없는 것처럼 보였고, 앞으로 모든 것을 잃어버린다 할지라도 행복만은 영원히 자신의 것이 될 것처럼 느껴졌다. 그의 몸이 뜨거워졌고 가슴이 다시 뛰었다. 그가 간직한 출생의 비밀을 방해할 수 있는 유일한 사람은 바로 자기 자신이라는 것을 알게 되었다.

스스로 이를 확신하고 감정적으로 몰입했다는 이유 외에 자신이 세밀하게 조작하고 최종적으로 비극을 가져온 거짓 신분을 계속 유지해야 할 다른 이유는 없었다. 그가 행복하기로 작정한 이상 그는 자신을 스스로 만들어놓은 과거에 맞게 짜맞추는 수밖에 없었다. 신혼여행 마지막 날, 그는 해안가에서 뛰어노는 아이들과 그 아이들을 바라보는 신부의 모습을 지켜보며 이런 생각을 했다. 과거는 이야기하지 않겠어. 앞으로도 절대 발설하지 않을 거야. 과거를 털어놓아야 한다면 그전에 먼저 내 혀를 잘라버리겠어.

그때 그는 먼 곳을 손가락으로 가리켰다.

"로라, 저기 좀 봐! 저기 오래된 등대 말이야. 트웰브 힐 외곽에 있는 것과 똑같은 등대야. 모든 게 데자뷔야."

신부가 웃으며 말했다.

"무슨 말이에요? 얘기해 봐요."

"등대에 대해서 말이야?"

그는 선글라스를 추켜올리면서 웃었다.

"트웰브 힐의 등대는 꼭대기까지 올라갈 수 있게 되어 있어. 위로 올라가면 오래된 돌계단이 있고, 난간은 없지. 마치 유령이 나올 것 같기도 하고 위험스럽기도 해. 하지만 끝까지 올라가면 몇 마일을 내려다볼 수 있어. 25센트짜리 동전을 넣으면 쫙 펼쳐지는 경치가 한눈에 내려다보이는 전망대도 있는데, 멀리 보스턴까지 볼 수 있어. 그리고 그늘 아래에서 기다리는 엄마의 모습도 볼 수 있어. 그런 걸 기억하는 것은 참 재미있어."

신부는 눈을 감고 말했다.

"에릭, 정말 아름다워요. 당신은 운이 좋아요. 그런 추억이 있다는 건 행운이에요. 그건 정말 아름다운 어린 시절이군요."

"응, 그래. 나는 운이 좋은 사람이지."

신부가 눈을 크게 떴다.

"나중에 그곳에 가봐야 할 것 같아요. 당신이 살았던 항구에 있는 그 등대, 아직도 열려 있을까요? 그 위에 올라갈 수 있겠죠? 나도 당신이 본 것을 보고 싶어요. 당신이 자란 트웰브 힐과 그 외에 다른 곳에도 가보고 싶고."

신랑의 눈이 번쩍 뜨였다. 많은 것이 마음에 와 닿았다.

"그래, 그렇게 하자!"

그녀의 미소는 너무 아름다웠고, 해안에는 산들바람이 불었다. 그의 행복은 세상 그 무엇과도 바꿀 수 없었다. 한순간 마치 트웰브 힐이 실제로 존재하는 것처럼, 신부를 그 등대로 데려가 실제로 자신이 소년 시절에 올랐던 것처럼 올라갈 수 있을 것처럼, 진짜로 엄마가 그늘 아래에서 자신을 기다리고 있었던 것처럼 느껴졌다. 심지어 눈을 감고 추억이라는 조그만 문을 통해 멀리 안개가 낀 보스턴의 풍경을 볼 수도 있었다.

신랑이 백일몽에서 깨어나 소파에 앉아 있는 장인에게 돌아왔을 때는 이미 반대할 수 있는 순간이 지나가고 말았다. 나아가 이미 미래에 대해 분명한 계획도 세워진 뒤였다. 신랑은 그 계획에 대해 아무런 반대도 하지 않았다. 장인은 그에게 고개를 끄덕였다. 그리고 '내가 중개업자인 칩 클레버스와 이야기를 나눠보겠네. 그가 자네에게 어떻게 중개업을 해야 하는지 요령을 알려줄 걸세. 우리가 서로 이해할 수 있어서 기쁘구만.' 하고 덧붙였다. 완벽한 우연의 일치로 두 사람은 서로를 이해했다. 자신이 하는 연구와 사랑하는 아내를 제외하고 신랑은 살아가는 동안 인생 계획을 어떻게 짜야 할지 별다른 생각이 없었다. 그래서 며칠 동안 그와 마찬가지로 특별한 삶의 목표가 없는 외향적인 성격의 사람들과 함께 교실에 앉아 부동산 자격증을 준비하면서 판매 계약과 임대 계약의 차이에 대해 공부했다.

알고 보니 신랑은 부동산으로 돈을 버는 재주가 있었다. 그는 3, 4년간 자신의 좀 더 큰 포부를 완전히, 그리고 효율적으로 억제하면서 엄청난 중개료를 벌어들였다. 덕분에 젊은 부부는 딸 메도를 낳아 키우게 됐다. 그 돈은 아기에게 전동 요람을 사주었고, 베이비 금잔화 오일을 사주었고, 보통 아이들은 꿈도 꿀 수 없는 아름다운 음악과 다양한 회전목마 세트를 사주었다. 그리고 그들은 여러 해를 진정으로 행복하게 보냈다. 만약 신랑이 자신의 거짓말과 기행을 처단할 수 있었더라면 그는 그렇게 했을 것이다. 이제는 아무도 신랑을 믿지 않을 것이라는 생각이 내게 고통을 주지만, 그 당시 신랑이 자기 인생을 얼마나 사랑했는지는 말로 설명할 수 없다. 그는 자기 생활을 몹시 고맙게 여겼다. 어느 겨울 포스턴킬 협곡 공원이 내려다보이는 방 안에서 아기는 엄마의 가슴에 안긴 채 포대기 안에서 잠들어 있었고, 신랑은 나무 밑동에 갓 떨어져 반짝이는 눈송이들을 바라보았다. 또 계곡의 틈새를 타고 오르는 안개와 교회의 뾰족한 첨탑을 내려다보며 앙상하게 드러난 마른 나뭇가지들이 서로 겹쳐진 모습을 바라보았다. 신랑은 자신이 오랫동안 길을 걸어왔고 마침내 의도했던 목적지에 다다른 것처럼 느꼈다.

오, 로라. 내가 온전한 사람, 온전한 하나의 남자로 인생을 살았다면 어떻게 되었을까? 나는 이 모든 것이 실패를 맞이하리라는 것을 추측할 수 있었을까? 내가 5년 내에 별거할 것을 알아차릴 수 있었을까? 그것을 내 힘으로 막을 수 있었을까? 당신의 얼굴이 눈물로 뒤범벅되어 내게 나가라고 요구했던 그날 밤을 말하는 거야. 당신은 나에게 끝을 고했지. 당신은 이미 몇 년 동안 힘들어 했으며, 그것은 마치 기울어진 바닥에 살고 있는 것 같은 느낌이었다고 설명했어. 우리는 잘못되었던 거야.

우리는 파인 힐의 우리 집 주방에 있었어. 당신은 내게서 얼굴을 돌리고 두 손을 싱크대에 올려 몸을 기대고 있었지. 우리는 얼마간 언쟁을 벌였어. 싸우면서도 설거지를 했지. 메도는 잠들어 있었어. 네 살이면 부모의 언성이 높아졌을 때 충분히 들을 수 있는 나이였고, 그래서 우리는 늦은 밤에 서로의 불만을 털어놓으려 했지. 도대체 우리는 무엇 때문에 싸운 것이었을까? 당신은 그에 대해 이렇게 말했지. 당신이 점점 더 가톨릭에 심취한 반면 나는 게으르고, 당신은 질서와 조직이 필요한데 나는 규율이 부족하고, 당신은 순교자적 침묵을 지키는데 비해 나는 이야기를 너무 많이 하는 편이었다고. 예전에 생쥐 한 마리가 실내로 들어와서 내가 그 생쥐를 잡은 일이 있었지. 나는 녀석을 죽일 마음이 없어서 메도에게 애완용으로 주었지. 우리가 말싸움을 하는 동안 나는 플라스틱 박스 이 구석 저 구석으로 생쥐가 왔다 갔다 하는 모습을 지켜보았어.

"입학 문제 때문에 그러는 거야? 그렇다면 좋아, 내가 메도를 시간에 맞춰 등원시키겠어. 하지만 계획에 없는 현장 견학은 따라가고 싶지 않아. 됐지? 이제부터 그렇게 하자고. 나는 그 유치원이 별로 마음에 들지는 않아. 당신도 알잖아. 곳곳에 피 흘리는 예수님이 매달려 있단 말이야. 나는 그게 어린아이들에게 좋은 장소라고 생각하지 않아."

당신은 아무 말도 하지 않았어.

"하지만 뭐, 좋아. 내가 더 잘할게. 태도를 고쳐보도록 노력하겠어. 우리가 결혼했을 때 당신이 가톨릭 신자라고 말하긴 했지만 나는 당신이 이렇게까지 신실할 거라고는 생각 못 했어."

마침내 당신이 나를 향해 돌아섰지. 그제야 당신이 울고 있었다는 것을 알았어. 나는 무척 당혹스러워서 농담을 하려고 했어.

그때 당신은 울면서 이렇게 말했지.

"오, 에릭, 우리 사이는 이미 너무 멀어졌어."

나는 여전히 당신이 씻은 접시의 물기를 닦기 위해 한쪽 팔에는 축축한 행주를 늘어뜨린 채 손바닥을 내밀고 있었지.

비록 우리가 늦은 밤에 싸웠지만, 그리고 우리 두 사람 사이에 여러 가지 차이 나는 면도 있었지만, 나의 둔감한 눈으로 보아도 우리의 결혼 생활의 색채가 흐려졌다 하더라도, 한 가지 분명한 점은 나는 당신을 떠날 생각이 전혀 없었다는 거야. 하지만 우리의 상황이 얼마나 심각한지에 대한 나의 견해와 당신의 판단 사이에는 크나큰 간격이 있었지. 그리고 우리의 삶은 그 간격 속에 깊이 빠져버렸어. 그래서 당신의 말에 나는 이렇게 대꾸했지.

"우리가 정말 그래?"

유년 시절

19세기까지 어린이와 여자를 남자의 재산으로 여겼다는 사실을 우리는 더 이상 기억하지 못할지도 모른다. 결혼 생활의 불화가 극적인 카니발로 이어질 때 우리는 그것을 이혼이라 부르며, 아이들은 아버지의 품으로 가고 여자는 길거리에서 의지할 곳 없이 흐느낀다. 우리는 모두《안나 카레니나》를 읽어보았거나 간략하게라도 줄거리를 알고 있다. 그러나 알다시피 양육권에 대한 인식이 바뀌기까지는 그리 많은 시간이 걸리지 않았다. 19세기 말의 이혼에서 엄마의 우선권은 '미성숙 연령' 기간 동안에만 고려되었다. 즉 여덟 살 미만의 어린이는 엄마에 의해 양육되어야 한다는 원칙이다. 하지만 자녀의 양육을 원하는 남자들은 이런 것을 이해하지 못하고, 그 때문에 무기력함을 느끼고 초라해진다. 그러나 옛날에는 이혼 자체가 드문 일이었으므로 양육권 문제도 거의 제기되지 않았다.

과거는 지나갔고 여기서 일일이 거론하고 싶지 않은 다양한 이

유들로 인해 오늘날 이혼은 흔한 일이 되었다. 1970~1980년대 사이에 사람들은 이혼을 부부 두 사람에게 똑같은 권한을 부여하는 행위로 보기 시작했다. 결혼에 문제가 생긴다면 이혼이 바로 그 해결책이 된 것이다. 얼마 지나지 않아 많은 사람들이 이혼을 원하게 되었다. 이혼은 전보다 훨씬 쉬워졌다. 심지어 길거리에서 이혼을 선언해도 별문제가 없을 것이다. 이제는 배 위에서도, 열차에서도, 마트에서도, 법정 증인석에서도 이혼할 수 있다.

이혼에 대한 인식이 바뀌는 동안 이혼 소송에 있어서도 새롭고 흥미로운 생각들이 더해졌다. 예를 들어 '아무 결함이 없는 불사유 이혼'은 결혼 자체에 문제가 있으며 이는 부부 두 사람과는 별개라는 관점이다. 비록 이 개념에는 모순이 있고 좀 더 정확한 명칭은 '쌍방과실 이혼'이라고 해야겠지만, 법적으로는 이쪽 공방이 훨씬 더 치열하다. 내 생각에 불사유 이혼에 따른 결론의 요지는 자녀 양육에 있어 아버지와 어머니 사이에 더 이상 우선권은 존재하지 않는다는 것이다. 더욱이 부모가 중재위원회를 통해 공판에 앞서 양육권 분쟁을 해결하라는 권고를 받으면서 이혼은 두 사람만의 연극이 아니게 되었다. 상대편을 향한 반대쪽 가족의 열띤 위증은 자취를 감추었고, 현재 12개 주에서 공동 양육 개념에 법적 우선권이 있다.

당신과 내가 우리의 중재인으로 선택한 사람은 머리숱이 많고 키가 작은 포크송 마니아로, 추운 겨울인데도 반바지를 입고 가죽

샌들을 신고 있던 코넬 대학 사회복지사 석사 학위자였다. 그의 사무실에서 당신은 테이블 맞은편에 앉아 수치심이 역력한 눈을 내리깔고 겉으로는 고독한 책벌레 소녀처럼 보이는 모습으로 거의 끝나버린 우리의 6년간의 결혼생활에서 자신을 변론하려고 애썼다.

이혼 중재 기간 동안 내가 당신을 만나게 될 것을 무척 기대했다고 말한다면 나에게 불리한 일일까? 나는 면도를 하고 로션을 바른 후 당신이 사준 셔츠를 골랐다. 중재인은 차도와 가까운 작은 집에서 일했고, 뒤뜰에서 여러 가지 달리아 꽃을 가꾸는 취미가 있었으며, 슬레이트 지붕 현관에 의자 두 개를 가능한 한 마주 보도록 배치하고 만족했다. 그때까지도 나에게 우리의 헤어짐은 뜻밖의 일이었다. 나는 여전히 왜 우리가 헤어져야 하는지 이해하지 못했다. 나는 당신도 그 이유를 몰랐으리라 믿고 있다. 우리는 지난 몇 주 동안 헤어져서 살았고, 이런 헤어짐은 우리의 재회를 새롭게 연애하는 것 같은 분위기로 만들어주었다. 나는 당신이 보고 싶었다. 당신은 그 사실을 믿을 수 있을까? 비록 당신에게 일시적으로 메도의 양육권이 주어지기는 했지만, 당신은 언제든 내가 원할 때 그리고 메도가 원할 때는 메도가 나를 보러 오도록 허용했다. 이런 것이 아직도 우리가 한 가족임을 느끼게 했다. 당신 아버지의 대형 검은 셰비 타호 뒷좌석에 앉아 북올버니에 있는 내 새로운 집으로 오곤 했던 메도는 선탠 창을 통해서 굉장히 예뻐 보였다. 당신 아버지의 친절 역시 그 상황이 양육권 합의와 마찬가지로 일시적일 거라는 생각이 들게끔 했다. 즉 내가 이 일을 잘 처리하면 당신이 제자리로 돌아오리라고 느껴졌다.

화해의 꿈에 완벽하게 속아 넘어간 사람이 있다면 바로 나였다. 당신의 마음을 돌리려는 마음에 눈이 멀어 내가 법 지식에 얼마나 무지했던가? 나는 엄마로서의 당신의 능력과 메도가 당신을 사랑했던 생활을 줄줄이 늘어놓았다. 이러한 주장이 나의 입장에서 피력되었다면 나는 주변 상황을 너무 모르는 사람이었고, 내 주위에서 일어나는 수많은 경고 신호를 몰랐던 것이다. 내 행동은 때로 괴상했고, 나는 메도에게 부모로서 불안정하고 예측할 수 없는 존재였다. 또 연구에 대한 나의 흥미는 난해함을 못 이겨 결국 지루해졌고 어쩌면 내가 여전히 이 일에 흥미가 있다고 믿는 척했는지도 모른다. 나는 이 모든 비난을 수긍한 후에, 또 몇 가지 새로운 비난을 그 위에 차례로 쌓아올렸다. "로라, 당신이 옳았어. 당신이 정말 옳았어." 나는 그렇게 말했다. 나는 당신에게 의도적으로 내가 부족했다는 것을 납득시키고 싶었다. 만약 내가 부족했다면 부족한 만큼 반대로 완벽해질 수도 있다는 뜻이고, 그만큼 나 자신을 전적으로 통제하는 사람이자 변화시킬 수도 있는 사람임을 알리고 싶었다.

당신은 얼굴이 붉어져서 나를 쳐다보지도 않았다. 당신이 나에 대해 굉장히 당혹스럽게 생각했다는 것을 뒤늦게야 깨달았다. 당신은 내가 법의 냉정함에 대해 별로 아는 게 없다는 사실에 몹시 당혹스러워했다. 나 자신이 아이를 양육할 수 없는 부모라는 사실을 알고 난 후에야 나의 잘못, 즉 아무 쓸모없던 내 희생을 분명히 깨달았다.

우리의 마지막 조정 미팅에서 내 운명이 좋지 않은 방향으로 틀어졌다는 생각을 했을 때 중재인은 앞으로 내가 마음이 변해서 이 합의에 따를 수 없게 되면 법정 심리 기간 동안 법원에서 이의를 제기할 수 있다고 나를 안심시켰다. 그는 이혼 후 부모 중 한쪽에 단독 양육권을 주는 것이 낫고, 또 이런 합의가 이루어지더라도 내게 충분히 딸을 방문할 수 있는 권리를 주게 될 것이라고 생각한 듯했다. 메도 같은 어린 아이는 한쪽 가정에서 사는 것이 더 좋다는 것이다. 아빠의 새로운 집은 메도가 묵을 수 있는 또 다른 장소가 될 수 있고, 아이에게 이러한 두 가지 환경이 재미를 줄 수도 있을 것이라고 히피족 같은 털북숭이 중재인이 말했다.

양육권에 대한 합의가 이루어졌으므로 당신과 나는 우편을 통해 이후의 일을 처리했다. 당신을 전혀 보지 못하면서 우리의 우편물은 찬 서리를 맞았다. 무언가 완전히 잘못되어가고 있다는 예감이 내 머릿속에 서서히 자리를 잡아갔다. 내게 약속된 딸의 방문이 점차 줄어들더니 2주에 한 번 정도가 되었다. 이와 같은 인간미 없는 협상은 나를 불안하게 했고, 마침내 잠 못 드는 밤이 시작되었다.

나는 법정에 나가 자유재량권으로 주말 외에도 매주 수요일마다 메도를 데리러 가겠다고 요구했다. 내 요구가 받아들여졌지만 메도는 이후 2주 동안 한 번도 오지 못했다. 전화도 여러 차례 걸었지만 받는 사람이 없었다. 우리의 히피를 방문했지만 그는 별다른 힘이 없었다. 그래서 뉴스코틀랜드 애버뉴의 홍수 피해를 입은 농장에 임대한 나의 새 집으로 다시 돌아왔다. 그리고 온몸이 마비된 채 지하층에서 오물을 퍼 올리는 펌프 소리를 들으며 힘없이 앉아 있었다. 시계침 소리마저 나를 비난하는 것처럼 보이는 한 주였다(자살하고 싶은 마음이 없기 때문에 갇혀 있는 게 아니냐 하는).

술을 마셨지만 달라지는 것은 없었다. 그래서 나는 부엌에 앉아 생각했고, 마음이 완전히 피폐해질 때까지 생각하고 또 생각했다. 여러 해 만에 처음으로 나의 아주 중요한 수수께끼와도 같은 난제를 깨닫게 되었다. 나는 에릭 케네디였다. 나는 알고 있었다. 그것은 바로 내가 결정한 사실이었으며, 꽤 오랫동안 사실이 되어왔다. 내가 감정적으로나 신체적으로 공동의 공간인 사회로 뛰쳐나올 때, 나의 정체성은 언제나 총체적인 사회 계약에서 결정되었다. 다른 말로 하면 내가 에릭 케네디로서 모든 사람들의 동의를 얻을 수 있는 한, 나는 에릭 케네디였다. 그리고 총체적인 합의나 만장일치를 얻어내려면 작전이 필요했다는 사실을 알게 되었다. 예를 들어 나는 법적인 보호를 전혀 받지 못했다. 나는 딸의 양육권 싸움에 휘말렸다. 이제 누군가 내 옛날 기록을 뒤져보고, 고등학교 때 나를 아는 사람을 찾고, 지도 위에 트웰브 힐이라는 장소가 있는지 찾아내는 것은 시간 문제였다. 무엇보다도 나는 열네 살이라는 유년 시절에 내 인생 이야기를 스스로 기록했다. 하지만 그것은 치밀하게 계획된 것이 아니었다.

로라, 내가 그때까지 나 자신이 밝혀진다는 점에 대해서 별로 걱정하지 않았다고 말하면 당신은 놀랄지도 모른다. 어쩌면 내가 비정상적이었기 때문에 그 점을 걱정하지 않았는지도 모른다(내 사건을 읽은 대부분의 사람들이 추측하고 있다시피). 하지만 나는 아주 오래전에 에릭 케네디가 되었기 때문에 그에 대해 전혀 걱정하지 않았던 거라고 생각한다. 시간이 흐른 뒤에도 나는 감사하는 마음으로, 진실로 성심껏 다른 누구도 아닌 에릭 케네디로 살았다. 다른 사람들이 자기 자신으로 사는 것 못지않은 삶이었다. 다른 사람들은 때때로 좋거나 나쁘거나 혹은 낙관적이거나 비관적인 반면에 나는 의도적으로 깊이 생각하고 연구한 나 자신을 위해 모든 노력을 다했다. 에릭 케네디는 좋은 사람이었고, 나는 진정으로 그렇게 생각했다. 나를 아는 많은 사람들도 모두 그렇게 생각했다. 에릭 케네디는 선한 사람에게 주어지는 보상이나 사회적 수당을 받을 자격이 있다고 생각했다(예를 들면 2007년 2월에 클레버스 앤드 컴퍼니 부동산이 받은 이 달의 중개인상이라든가.). 그러나 여러 날이 지나가는 동안 나는 내 딸에 대한 접근이 거절되었고, 잠도 자지 못하고 면도도 하지 못하고 탈수증이 생겼으며, 인생에 대한 활활 타는 분노가 점점 분명한 모습으로 다가왔다.

나는 메도에 대한 나의 사랑만큼은 절대 분노로 불타버려서는 안 된다고 생각했다.

내가 대처국립공원 절벽에서 투신하는 꿈을 꾸기 시작했을 때 당신의 친절한 배려를 우편물로 받았다. 당신은 내가 매주 수요일마다 메도를 만나는 것을 허락했다.

물론 제한적인 만남이었다. 학교에서 메도를 차에 태워 우리 집으로 데려왔다가 정각 6시까지 당신 집으로 다시 데려다주는 조건이었다(학교는 우리가 가끔 싸움을 했던 바로 그 가톨릭 아카데미였다). 함께 지낼 시간은 고작 3시간 23분.

미칠 것 같은 기분에 지쳐 나는 그 조건에 서명했다.

우리의 합의가 올버니 법정을 통해 담당 관련 부서에 서명을 받기 위해 보내졌다. 메도는 바로 그날 오후에 당신과 함께 만든 쿠키를 들고 내 집에 도착했다. 메도가 할아버지의 SUV에서 내리는 모습을 봤을 때의 행복함은 말로 다 표현할 수가 없다. 내 생애에서 가장 행복했던 순간 중 하나라고 할 정도로 좋았다. 막 태어난 메도를 처음으로 안았을 때만큼 좋았다. 그리고 처음 알파벳을 배운 메도가 나의 모든 업무 서류 위에 그림을 그려 망쳐놓은 것을 보았을 때만큼이나 기뻤다. 나는 메도를 껴안으며 앞으로 이보다 더 나은 시간이 있을 것이라고 믿었다. 마음을 치유하는 시간, 그리고 그것이 다시 계속되었다. 메도 역시 나를 보고 기뻐하는 것처럼 보였다. 우리는 함께 쿠키를 먹었다.

나는 또 이상하게 정신착란 상태가 되어 당신이 아직도 나를 사랑하고 있다는 생각을 품었다.

이 모든 착각이 지난 후에야 내가 바로 나 자신의 유일한 적이라는 생각이 들었다.

***

겨울이 다가왔다. 우리가 헤어진 후 맞는 첫 번째 겨울이었다. 부동산 시장에 엄청난 불황이 닥쳤다. 그것은 앞으로 큰 공황이 될 수도 있는 첫 조짐이었다. 나는 다시 내 연구를 계속하려고 노력했다. 그러나 바이러스에 걸리는 바람에 기진맥진한 상태가 되었고, 당신이 예전에 쓰던 큰 쿠션을 움켜쥐고 침대에 누워 있어야 했다. 나는 볼륨을 죽인 채 '동물 농장'을 보면서 동물들이 하고 있는 이야기가 무엇인지 생각하려고, 어린 시절의 원시적인 민간요법을 기억해내려고 노력했다. 이때는 양육비를 마련하는 데도 어려움을 겪기 시작하던 시기였는데, 나는 크리스마스가 다가온다는 사실을 잊어버리려고 애썼다.

나의 유년 시절.

그때는 모든 사람이 다 상냥했다. 농담이 아니다.

오래 전 나의 유년기 때 기억나는 것은 무엇인가? 주전자 물이 끓으면서 내는 슉슉 소리, 침묵을 지키며 조용히 있던 엄마와 나, 바나나를 먹는 즐거움, 키우던 개와의 우정. 소련 초대 서기장 레닌의 앞머리에 관한 노래. 봄철이면 꽃씨가 바람에 날리던 모습, 스팀 텐트, 가끔 고장을 일으켰던 동독제 크림색 트라반트 승용차, 수색 서치라이트, 유산지에 싼 소금에 절인 캐러멜, 그리고 나비넥타이를 매고 있던 초라한 모습. 너무나 사소했지만 너무나 큰 것들.

2월

다시 이야기를 계속한다. 내가 어떻게 해서 메도에 관해 누가 보더라도 참담해 보이는 이런 결정에 이르게 되었는지 사람들은 알고 싶어 할 것이다. 몇 가지 뉴스 기사는 당혹스럽고, 잘못 전해진 내용들이 있었다. 이것이 타블로이드 신문이나 가십 잡지의 기사에 오를 수 있는, 쉽게 오해될 만한 음모라는 것을 나는 안다. 그래서 나는 서둘러 내 사건에 관한 가장 일반적인 질문 몇 가지에 대해 답하려고 한다.

'피고의 행동은 사전에 계획되었는가? 아니면 충동적이었나?'

이 질문에 대답하기 위해선 먼저 2월의 북올버니에 대한 설명부터 시작해야 할 것 같다.

2월의 북올버니는 꽃과 식물들이 다 죽어 있고, 달리는 차들은 흰 눈을 누런 담배 주스 색깔로 바꿔놓는다. 어린아이들은 학교도 가지 못한 채 집안에 갇히고 겨우내 이곳에는 침묵이 자리잡는다. 고양이들은 온몸이 축축하고 뼈만 앙상해진다. 비는 점점 더 거세어져서 마치 비가 아니라 집단적 갈등을 액체로 재분배하듯 퍼부어대는데, 하늘을 향한 얼굴을 따갑게 찔러대는 지독한 찬비는 사람들이 병에서 코르크 마개를 딸 때와 같이 무서운 기세로 쏟아진다. 오, 그곳의 2월은 사람의 가슴을 돌처럼 얼어붙게 한다.

1년 중 또 다른 시기인 지금은 올버니의 활기찬 도시 모습을 보여준다. 대단히 화려한 주도(州都)는 페르시안 디자인에서 건축 양식을 가져왔고, 시청은 우리의 자매 도시인 벨기에의 이에페르 양식을 본 떠 지었는데, 교육 빌딩과 나란히 서 있는 36개의 대리석 기둥의 장엄한 모습이 올버니를 우연히 찾는 관광객들을 놀라게 만든다. 그들이 이 같은 유럽풍의 대도시를 미국의 북쪽 뉴욕주 한가운데에서 어떻게 우연히 만날 수 있겠는가? 관광객이 밖으로 나가 엠파이어프라자의 넓은 공터로 걸어가면 우선 그 규모에 놀라고, 하늘 높이 솟은 거대한 달걀 모양의 빌딩이 축구장 세 개를 이어놓은 크기의 풀장에서 반사되어 두 배처럼 보이는 광경에 더욱 놀란다.

나는 2월에 밖으로 나와 이 광장을 걸어 다니며, 내가 처한 이 환경에서 빠져나갈 방법을 찾았다. 나는 내 인생에 대해 좋은 면을 찾아볼 수 없었다. 우리가 지난가을에 헤어진 이래 메도를 2주에 한 번 주말에 내 농장으로 데려왔는데, 딸의 방문은 내 모든 기대를 충족시켜주는 것처럼 보였다. 즉 이틀 동안의 수수께끼, 반짝거림, 고함 소리, 몰래 가져온 로라의 물건 등등. 이틀 동안 나는 메도의 끊임없이 재잘대는 이야기에 빠져들었고, 소꿉놀이에 메도의 꼭두각시 노릇을 충실히 수행했다. 그리고 나와 메도가 독점했던 수요일은 참으로 달콤했다. 그러나 입학을 하면서 메도의 생활은 완전히 변해버렸고, 때때로 나는 무시당한 채 멍하니 앉아 메도가 워싱턴 공원에서 만난 친구와 노는 모습을 지켜볼 뿐이었다. 심지어 여러 가지 행사 준비로 인해 수요일에 메도를 데려갈 수 없게 되었다는 최악의 소식을 통보받는 날도 있었다.

게다가 또 여러 날 아주 근본적인 문제점도 발생했다. 매번 있던 주말의 만남이 몇 주로 길어지기도 했다. 벌레를 씹듯, 가슴에 병이 들고 딸의 존재로 마음에 위안을 받고 흥분되었던 나의 토요일과 일요일은 그렇게 끝났다. 그리고 격주로 메도를 만나던 주말마저 없어졌다. 이런 주말은 슬픔이 더욱 길게 느껴졌다. 일정이 바뀌어 혹시 내가 메도의 보모 역할을 해줄 기회가 없을까 기대하며 종일 전화기 옆에서 십대 소녀처럼 앉아 있었다. 이런 사이클이 무자비하게 진행되면서 나는 지쳐만 갔다. 메도가 오기를 기대하며 몇 시간이고 나는 농장의 이끼 낀 양탄자 위를 걷곤 했다. 그러다 메도가 할아버지의 타호 승용차 뒷좌석에 앉아 이곳에 도착했을 때는 어떤 물체가 내 몸에 부딪히는 것만 같았다. 피로가 나를 엄습했다. 기다리다 지친 것이다. 결국 한때 소리 지를 것처럼 행복했던 인생이 최악의 상태로 돌아선 후에도 달라진 것이 없었으면 하고 바라는 듯했다. 차에서 모습을 드러내는 메도를 보며 나는 이것이 그럴 만한 값어치가 있는지, 그리고 최근에 그럴 만한 가치가 있었는지 알고 싶어졌다. 메도는 언제나 내가 있는 이 곳으로 걸어올 때 웃어주던 천진한 미소를 짓고 있었다. 상점의 소녀가 아무 생각이 없는 것처럼 나의 비참함을 이해하지 못했을 메도는 당신과 나 둘 사이에서 언제나 최고의 존재였다. 나는 딸이 태어난 순간에 그것을 알았다.

하지만 우리는 그때까지 이혼하지 않고 있었다. 당신은 이혼 신청도 제출하지 않았다. 나는 왜 그랬는지 궁금해지기 시작했다. 종교적 이유였을까? 아니면 내가 먼저 방아쇠를 잡아당기기를 원했을까? 아니면 당신이 순수한 마음으로 내게 다시 돌아오는 생각을 하고 있었을까? 나는 앞으로도 이 모든 것을 모를 것이다. 나는 당신을 자주 보지도 못했고, 자주 이야기도 나누지 못했다. 당신 부모와 외교적 매개체 역할을 하는 딸이 늘 당신과 나를 막고 있었다. 당신은 당신 아버지를 특사로 보냈고, 그와 나는 대단한 그의 자동차 창문을 통해 서로에게 손을 흔들었다. 기사도 정신으로 실수에 대해 너그럽게 생각하는 나는 당신에게 생각할 수 있는 시간적 여유를 주려고 노력했다.

이런 인내심도 모든 희망을 놓아버린 내게는 대단히 힘든 행동이었다.

3월이 되자 햇볕이 내리쬐었다. 나는 집 두 채를 팔았다. 당신도 알지만 별로 좋아하지 않았던 클레버스 부동산 회사 동료 여직원과 섹스를 하기 시작했다.

내가 그녀에게 당신과 별거한다는 이야기를 했을 때 그녀는 실망하는 것처럼 보였고 반사적으로 당신 편을 들었다.

아담하고 접근성 좋고 기품 있는 집

이혼 수속을 맡고 있는 릭 트론 법률 사무소에 처음 걸어 들어갔을 때의 내 모습은 최상의 상태는 아니었다. 나는 머리가 자라 이발을 해야 했고, 살이 얼어붙듯이 추웠다. 한 고객에게 델마에 있는 집을 보여주다가 겨울 코트를 그곳에 두고 왔는데 어쩌다 보니 코트를 찾으러 그곳에 되돌아가지 못한 탓이었다. 트론의 사무실은 쿼큰부시 스퀘어가 내려다보이는 고층빌딩에 있었다. 여름에는 이곳에서 수륙 양용 관광 트롤리 전차가 올버니 관광객들을 모아서 허드슨 강을 왕복한다. 하지만 봄은 아직 그럴 만한 때가 아니었고, 온 세상에 싹이 돋는 활기가 없었다. 3월이 거의 끝나고 있었지만 때늦은 눈보라가 올버니 길거리를 진흙으로 덮었다. 내 장화가 트론의 사무실 문으로 이어지는 복도를 걸어오는 내내 찌걱거렸다. 사무실에 들어갔을 때 나는 아름다운 비서를 보고 멍해졌다. 그녀는 나처럼 마지막 도움을 청하려고 찾아오는 절망적인 남자들을 위해 정확한 위치에 배치되어 있는 것이 틀림없었다.

내 슬픈 이야기를 다 듣고 나서 변호사 트론이 말했다.

"당신이 말씀하고자 하는 건 바로 이거죠? 핵심은 당신이 딸을 몹시 사랑하고 있다는 이야기인데요. 두 분이 헤어지기 전에, 당신이 비록 전업주부 아빠는 아니었다 해도 엄마 같은 아빠 역할을 다했다는 이야기로 생각됩니다. 즉 당신은 집에만 있으면서 일 년 동안 전업주부 아빠 역할을 해왔다는 얘기죠? 딸이 세 살이 되었을 때 전적으로 딸만 보살펴온 아버지란 얘기죠? 내가 정확하게 들은 겁니까?"

"맞아요."

"당신은 사이가 멀어진 부인과 다시 가까워질 목적으로 지금까지 깊이 숙고하면서 그동안 모든 방법을 간구했는데, 지금은 정신적으로 피폐한 감정만 남았군요."

"아무 의미도 없이 마음이 공허합니다."

"안됐군요. 진실된 마음에서 우러나오는 노력을 다했지만 결국 부모로서의 사랑을 주고자 하는 권리마저 빼앗겼다는 마음 때문에 더 괴로운 것으로 보입니다."

"사랑……"이라고 내가 말했을 때 변호사 트론은 돌아앉으며 맞장구쳤다.

"사랑, 그렇지요."

"나는 여전히 아내를 사랑합니다. 별거 중이지만 아직도 사랑합니다."

트론은 어깨가 넓은 사람이었는데, 그의 사무실은 화초나 액자 하나 없이 그의 팔만 겨우 움직일 정도로 좁았다.

"잊어버리세요. 당신 아내는 더 이상 당신을 사랑하지 않아요. 당신의 아내와 딸 메도를 당신으로부터 떼어놓으려는 장인도 마찬가지고요. 남편에게 57차례나 칼에 찔려 너덜너덜해진 아내 같은 신세가 되지 마세요. 남편한테 57번이나 칼에 찔리고도 어떻게 돌아다니며 살아 있을 수 있겠어요? 그건 아직도 사랑을 기다리고 있기 때문이에요. 에릭, 혼란스럽게 생각하지 말아요. 별거한 아내가 당신을 57번 칼로 찌르도록 내버려두지 마세요. 그녀가 당신을 칼로 찌르면 당신도 곧바로 돌아서서 찔러야 해요."

"알겠어요."

"에릭, 이혼 절차를 시작하는 부부는 흔히 이혼을 성장통으로 생각하고 있다는 걸 아세요? 그들은 대체로 적응력이 점점 더 나아집니다. 그러나 충성스러운 배우자, 사랑의 맹세를 끝까지 지키려고 버텨온 배우자인 당신에게 지금 남아 있는 것이 무엇이죠? 빈 가방만 들고 떠나야 하는 신세죠. 이혼은 당신을 아프게 할 수도 있어요."

"정말 그랬어요. 지난 수개월 동안 기관지염을 앓았어요."

"에릭, 당신은 단 한 번뿐이겠지만 나는 지금까지 천 번 정도의 사례를 경험했어요. 이미 오래전에 나를 보러 와야 했어요."

트론은 냉정하게 말하며 필요한 서류를 쌓아 올렸다.

"지금 어느 쪽에서 진정서를 제출했나요?"

“진정서라고요?”

“이혼 진정서 말이에요.”

“우리는 아직 이혼 신청서를 제출하지 않았습니다. 별거 중이에요. 별거 심리 중이지요.”

“그렇다면 오늘 이혼 신청서를 제출하도록 합시다.”

트론이 엄지손가락에 침을 묻히며 두툼한 용지철에서 양식 서류 한 장을 떼어냈다.

“오늘 이혼 신청서를 내야 소송을 시작할 수 있어요. 이혼 없이는 양육권 소송을 할 수 없어요. 그러지 않으면 불화 이혼이 됩니다. 당신은 이미 이런 것을 다 해보지 않았습니까? 이젠 소송밖에 없어요.”

“하지만 나는 할 수 없습니다.”

“할 수 있어요, 에릭. 먼저 서류를 접수하세요. 이쪽에서 먼저 하는 겁니다. 절대로 피고가 되지 마세요. 카운터펀치를 맞으면서 인생을 소비하지 마세요.”

“하루만 더 생각해볼게요.”

“하루요? 그럼 내일 다시 와서 서류를 접수하세요. 될 수 있는 한 빨리 우리 쪽에서 양육권 협정 조정을 위해 가정법원에 진정서를 제출해야 합니다. 만약 당신의 헤어진 아내가 여기에 동의하지 않으면, 음…… 우리는 법정으로 갈 겁니다.”

“알겠습니다.”

“경비는 들겠지만 가능하다면 좀 더 능력 있는 사설 자녀 양육권 평가자를 고용할 필요가 있어요. 그는 당신에 대해 관찰하고, 또 당신이 딸과 같이 보내는 장면을 관찰합니다. 즉 함께 체스를 두는 모습, 소다수를 나눠 마시는 모습, 이 모든 것을 관찰하고 나서 아버지로서의 당신의 능력에 대해 A+ 보고서를 써줄 것입니다. 이 보고서는 우리가 법정에 갔을 때 판사의 결정을 도와주는 서류가 될 거예요. 아시겠어요?"

"네."

"왜냐하면 당신은 좋은 아빠이기 때문이에요. 알겠어요?"

"고맙습니다."

"당신이 좋은 아빠라는 것을 확실히 말할 수 있어요. 당신의 눈을 보면 알 수 있어요."

끝내 양쪽 눈에서 눈물이 글썽거렸다. 내 가슴은 너덜너덜해진 비둘기를 하늘로 보내버렸다. 그때까지 나는 내가 얼마나 '당신은 좋은 아버지'라는 이야기를 해줄 사람을 원했는지 몰랐다. 겨드랑이와 이마, 등을 비롯해 온몸에서 안도감의 땀이 흘러나왔다.

동시에 내 안에 있는 다른 목소리가 '이런 일 하지 마, 이건 바보 같은 짓이야. 너는 무엇이 중요한지 모르는구나'라고 외치는 소리가 들렸다.

"자, 에릭, 몇 가지 기본적인 정보를 살펴봅시다. 먼저 생년월일부터 시작하죠."

"1970년 3월 12일."

"출생 장소는?"

나는 창밖을 내다보았다. 오후에는 항상 그랬던 것처럼 구름이 허드슨 강 위로 가볍게 떠 있었고, 계곡 사이로 빛을 뿌리며 태양이 넘어가고 있었다.

나는 하마터면 그 순간 트론에게 전부 털어놓을 뻔했다. 사실 나는 에릭 케네디가 아니라는 것과 다섯 살 때 아버지의 손을 잡고 빈 몸으로 동독 국경선을 넘었다는 것, 그리고 내가 매사추세츠 도체스터에 있는 이민국 수용소에서 비참한 사춘기를 보냈다는 것까지 모두 이야기할 뻔했다. 나아가 그것은 내 이야기의 시작에 불과하다는 것까지도.

트론의 창문 밖 쿼큰부시에 늘어선 빌딩 사이로 허드슨 강을 응시했다. 저 강도 참 불쌍하다. 저 강도 나처럼 가진 것이 아무것도 없다. 물도 없고 물 밑의 침전물도 다 흘러가버렸다. 이 상황은 끝나지 않을 것이다. 나는 스스로에게 다짐했다. 모든 것은 창조됐으나 남는 것은 하나도 없다.

"나는 매사추세츠 하이애니스포트에서 별로 멀지 않은 트웰브힐에서 태어났어요."

나는 이야기를 시작했다.

"좋아요."

변호사 트론이 받아쓰며 묻는다.

"작은 마을인가요?"

"네. 아주 작은 마을이에요."

"그 마을에서 사셨나요?"

"그 마을 중심가에서 살았어요. 우리 집은 평범한 이층집이었죠. 지하실도 있었어요. 아버지와 어머니는 부유한 집안에서 태어났지만 우리는 부자가 아니었어요. 친가 쪽 조부모가 50대 후반에 믿었던 동업자에게 사기를 당하고 전 재산을 다 날렸거든요. 그들은 케이프타운으로 이사했고 아버지는 그곳에서 자랐어요. 나도 그곳에서 자랐고요. 우리가 살던 집은 보석 같은 곳이었어요. 야생화와 들장미가 피어 있는 경치가 무척 좋은 해안가였죠."

"그래요, 근사하게 들리는군요. 당신 부모님은요? 살아 계신가요? 아니면 돌아가셨나요?"

"어머니는 내가 아홉 살 때 돌아가셨고 마을 공동묘지에 묻혔어요. 아버지는 해외에서 사업을 하고 있어요. 아버지를 볼 수 있는 경우는 극히 드물어요."

트론은 종이를 만지작거렸다. 문득 그의 눈이 반짝였다.

"저, 그런데 당신은 케네디 집안하고는 직접 관계가 없지요?"

나는 어깨를 으쓱하고는 웃었다.

"관계라…… 없는 거나 다름없죠."

아버지

나는 도체스터에서 습관적으로 괴롭힘을 당했다. 흑인 애들은 전반적으로 잘 대해주었다. 마치 내가 그곳에 없는 것처럼 나의 유약한 시선을 감추기만 한다면 말이다. 그러나 허름한 3층 임대 아파트에서 살았던, 나와 비슷한 외형에 비슷한 생활수준을 가진 내 또래 아일랜드계 애들에게 나는 봉이었다. 그들은 항상 나를 놀리고 밀치며 장난을 쳤다. 비록 그중 누군가를 적으로 규정해야 할 만큼 무자비하지는 않았지만. 그들은 더 이상 내 발음에서 독일어 악센트를 찾지 못하게 된 후에도 오랫동안 내 독일어 악센트를 놀리곤 했다. 언젠가 한 번은 나보다 크지도 않고 힘도 세지 않은 아이가 학교에서 집으로 가는 길 중간에 있는 콘크리트 하수도 웅덩이에서 싸움을 걸어왔다. 사실 나는 그 아이를 적으로 여긴 적이 없었다. 우리는 자주 아침에 학교 계단에서 숙제를 비교해보던 사이였다. 그래서 그 아이가 주먹을 쥐고 양쪽 발에 번갈아 체중을 실으며 스텝을 밟기 시작했을 때 깜짝 놀랐다.

"슈로더, 덤벼."

그 아이는 불안하게 말했고, 나는 혼란스러웠다.

"덤비라니? 뭘 어쩌자는 거야?"

"얼른 덤비라니까!"

"왜?"

"그냥!"

나는 싸울 수도 있었다. 그리고 싸웠다면 아마 이겼을 것이다. 이 싸움에서 승리를 하면 놀림에서 어느 정도 벗어날 수도 있을 것이고, 언제나 내 주변에 도사리고 있는 외국인 혐오증이 어느 정도 해소될 수 있다는 것도 알았지만 나는 그와 싸우지 않았다. 나는 일찍이 탈출하는 것만 배웠다. 나는 철망 울타리의 출입문 쪽으로 달아나면서 그 아이가 나를 쫓아오지 못하도록 문을 탁 닫아버렸다.

나는 달렸다. 한참 동안, 미치광이처럼 정신없이 뛰었다. 수풀과 부서진 세발자전거 그리고 먼지 나는 도체스터 들판을 가로지르며 나는 그 아이가 뒤에서 따라오고 있는지 뒤돌아보지도 않았다. 이른바 문학적 표현을 빌리자면, 미친 듯이 갈지자걸음으로 뛰었다. 그때 그 모습을 지금 회상하면 바로 그것이 나 자신이었다는 느낌이 든다.

그날 저녁 늦게 나는 내 의지와는 달리 아버지 앞에서 울음을 터트렸다. 부끄러웠다. 나는 아버지에게 그날 있었던 이야기, 즉

한 아이가 싸움을 걸어왔지만 맞서지 않고 오히려 도망쳤음을 털어놓았다.

아버지는 포크를 내려놓고 깊은 생각에 잠겼다. 나는 크랜베리 같은 붉은 색을 띤 아버지의 굵은 수염을 응시했다. 그리고 아버지가 무슨 이야기를 하든 내 마음에 위안이 되기를 기대했다. 아버지는 그다지 말이 많지 않은 사람이었고, 보스턴에서 사는 동안 말수가 점점 더 줄어드는 것 같았다. 얼마 후 아버지는 포크를 다시 집어 들었다.

"싸우지 않은 게 당연하지. 그럴 때 맞서 싸우는 건 정상적인 게 아니야. 실제로는 도망치는 것이 자연스러운 일이지."

독일어였다.

평가

여기서 우리의 양육권 싸움을 다음 단계인 '보다 격렬한 대립'으로 끌고 갔던 왜곡과 수 싸움, 허를 찌르는 아픔을 되풀이하고 싶지는 않다. 물론 결혼 생활의 화해에 대한 한 조각 희망조차 내가 변호사 트론에게 사건을 맡긴 즉시 모두 사라져버렸다. 하지만 내심 우리가 재결합하기를 바라고 있었던 것은 사실이다. 트론과 함께 보낸 시간이 짧기는 했지만, 그해 봄 여러 달 동안 그는 나의 좋은 친구였고 나는 그를 믿었다. 그래서 그가 자녀 양육권 평가 수속을 진행하자고 제안했을 때 동의했다. 나는 평가사의 사무실에서 여러 차례 내가 아이를 양육하는 것이 좋다는 대화를 오랫동안 나누었지만, 처음에는 메도의 정규 방문 동안 공공장소에서 평가사를 만나곤 했다.

나는 워싱턴 공원 운동장을 미팅 장소로 택했다. 메도가 자란 곳이었다. 메도가 어린 아기였을 때 그곳에서 나무 장난감을 가지고 놀았고, 손잡이를 잡을 정도가 되었을 때는 금속으로 된 말을 타고 놀았다. 최근 몇 년간 메도는 공원 근처 언덕에서 연날리기를 배웠다. 나는 메도에게 큰 삼각 날개와 번쩍이는 색실을 가진 연을 사주고 띄우기 좋은 날씨를 기다리곤 했다. 그리고 언덕 위의 우리의 모습과 넓고 푸른 하늘, 팽팽한 연줄을 상상하고, 무척 즐겁고 가치 있는 일이라고 생각했다.

첫 번째 장애물이 발생했다. 트론이 신청한 평가사가 받아들여지지 않은 것이다. 결국 우리는 내키지 않지만 상대측에서 선택한 다른 전문가를 받아들이는 수밖에 없었다. 바람도 불지 않았다. 메도와 나는 재회할 때마다 연을 날리려고 시도했지만 결국 날지 못하고 풀밭에 떨어졌다. 다시 띄우려 했을 때는 짓궂은 돌풍이 연을 심하게 내팽개쳐서 커다란 너도밤나무 가지에 걸려버렸다. 예감이 좋지 않았다. 어쩌면 내가 메도를 불안하게 하는 건 아닐까? 일련의 좋지 않은 일들이 나를 불안하게 만들고 있었기 때문이다. 그러나 나는 연을 구해보겠다고 메도에게 말했다. 내 생각에 메도가 내 어깨에 올라타면 얼마든지 그 연에 닿을 수 있을 듯 싶었다.

보통 메도는 그런 일에 대해 쉽게 흥미를 느꼈다. 여기에 재미있을 거라는 약간의 양념을 조금 과장해서 주입하면 우리의 별것 아닌 일이 재미있어졌다. (우리가 연을 다시 회수하지 못한 채 밤이 오면 열성 스탈린주의자들이 이 도시를 시커멓게 덮칠 것이다!) 하지만 그날 나는 메도를 끌어들이지 못했다. 메도는 싫증난 것처럼 보였고, 내 능력을 의심하는 것처럼 보였다. 아마도 메도는 그동안 엄마와 함께 나에 대해 이야기했을 것이다. 그렇다 해도 나는 그들을 전혀 원망하지 않았다. 이혼은 전반적으로 자녀에게 감정적 문제를 일으키고 그로 인해 너무 많은 좋지 못한 이야기들이 나오기 때문에 사람들은 결국 최소한의 해결이나 지워버리고 싶은 것들에 대한 법적 판결에 작은 희망을 걸게 된다. 그때까지 사람들은 이런 문제를 처리할 직원도 없고, 스스로도 충분한 능력을 가지고 있지 않기 때문에 이것은 거의 개인의 문제가 된다.

"무슨 문제라도 있니?"

나는 메도에게 물었다.

"아무 일도 없어요."

"확실해?"

"네, 그냥 별로 놀 기분이 아니에요."

"그렇구나. 꼭 놀 기분을 낼 필요는 없지. 그렇지만 큰 문제가 없다면 조금만 생기 있게 걸으면 어떠니? 활기차게 깡총거리는 것도 좋겠지. 지금 너는 꼭 키우던 강아지가 죽어버린 것 같은 얼굴을 하고 있구나."

"나는 강아지가 없는걸요."

"그러니까 말이다. 자, 좀 웃어보련? 아빠를 위해서 말이야."

그녀는 오래된 운동장 이쪽저쪽을 왔다 갔다 하고, 내키지 않는 농담을 하며 정글짐을 탔다. 그녀는 자주색 낡은 점퍼를 입고 흰 스타킹을 신었는데 무릎은 거무스름했다. 머리카락은 쭉 뻗쳐 있었고, 머리띠에서 머리카락이 흘러 내려왔다. 나는 그 자리를 박차고 나가서 모든 것이 될 대로 되라는 식으로 놔두고 싶었지만 참고 달래며 상황이 더 나빠지지 않도록 해야 했다.

순간 근처에서 자동차 문이 탁 닫히는 소리가 났다. 우리의 구세주가 될 수도 있는 평가사가 도착한 것이다.

나는 일찍이 그런 여자를 본 적이 없었다. 그녀의 얼굴은 감자같이 둥글고 희지만 머리는 검고 꺼칠했다. 부은 듯한 얼굴은 여러 가지 색소가 뿌려진 것 같았고 점들은 너무 커서 주근깨라고 할 수도 없었다. 양 손목에는 검은 부목을 대고 있었다. 그녀는 낡은 도요타 자동차에서 내려 다소 신경질적인 발걸음으로 걸어왔다. 내가 지금까지 만난 여자 중에서 가장 못생기고 매력이 없었지만 나는 좋게 생각했다. 그녀야말로 나에게 가장 동정의 마음을 품을 수 있는 사람일 것이다. 그녀가 이런 심리학 분야의 일을 하게 된 것은 분명히 자기 자신의 아픔이 크기 때문이리라.

"와주셔서 감사합니다."

나는 손끝으로 악수하며 말했다.

"당신의 의견은 나와 메도에게 상당히 의미가 있습니다. 우리는 이 갈등을 해결해 다시 정상적인 생활을 되찾고 싶어요. 지금은 연을 날리고 있었어요."

그러면서 너도밤나무에 걸린 물체를 가리켰다.

"당신이 메도가 연을 날리는 모습을 보았더라면 좋았을 텐데요. 메도는 연을 잘 날리는데 또래 아이들에 비해 뛰어난 기술을 가지고 있어요. 저것 좀 봐요."

나는 피크닉 테이블 쪽을 가리켰다.

"당신에게 보여줄 게 있어요."

평가자인 소냐 뱅이 나를 따라왔다. 나는 메도에게 이쪽으로 오라고 휘파람을 불었다. 메도는 나무 사이로 얼굴을 내밀면서 빤히 쳐다보다가 별로 관심 없다는 듯 머리를 흔들었다.

제발? 나는 입 모양만으로 말했다.

싫어. 싫어.

아빠를 위해 한 번만?

싫어.

나는 나를 쳐다보고 있는 소냐 뱅에게 얼굴을 돌리고 말했다.

"처음 보는 사람이라 부끄러운가 봐요. 하지만 곧 괜찮아질 거예요."

그녀는 어깨를 으쓱하더니 부목을 끌러 피크닉 테이블에 걸쳐 놓았다.

"나는 아버지 역할이 조금도 부담되지 않아요"라고 말을 시작했다.

"전혀 짐이 되지 않아요. 어떤 남자들은 자신이 가족에게 사로잡히는 것처럼, 일종의 희생으로 받아들인다죠? 그들은 자신이 가족의 포로가 되지 않으면 — 내 생각에는요 — 자기들이 무슨 세계기록을 갱신하고, 그런 사람이 될 수 있다고 믿는가 봐요. 이런 생각은 그 사람들에게 첫째는 자신이 성공하지 못한 데 대한 구실이고, 둘째는 자녀 양육에 있어 보다 더 지루한 일에서 벗어나고 싶은 욕구일 테지요. 무슨 뜻인지 알죠? 그러니까, 마룻바닥을 쓸고 애들을 조용히 시키고 잔소리를 하는, 일반적으로 아이들에 대해 알아가는 것 — 더 높은 목표와는 거리가 먼, 그저 부모의 역할을 하도록 등을 떠미는 그런 일들 말이죠. 무슨 말인지 아시겠어요?"

나는 미소를 지었다. 마치 그녀의 격려라도 기다리듯. 하지만 소냐 뱅은 의자에서 엉덩이를 조정하는 것 이외에는 전혀 움직이지 않았다. 그녀는 다소 숨을 거칠게 내쉬고 있었다. 내 머릿속에 처음으로 의심이 스쳐갔다. 상대편에서 스파이를 보낸 걸까?

"메도가 태어난 순간부터 육아에 관여했어요. 그래야 되기 때문이 아니라 그러고 싶었기 때문이에요. 불황이 닥쳐왔을 때는 메도의 유모로, 그리고 하루 종일 아기와 시간을 보내는 아빠로 함께 집에서 일 년을 보냈어요. 그건 법정에서 내게 양육권을 지정해줄 수도 있는 일이지 않을까요? 비록 당신에게 얘기할 필요는 없지만 말이죠. 그렇지요? 그리고, 맞아, 그해 동안 내가 특히 알게 된 사실은 메도에게 꼭 필요한 일이란, 아이를 가까이서 돌봐주는 것이었어요. 애들은 이해하기 간단해요. 우리는 아기에게 고릴라같이 동작 언어를 가르칠 필요도 없어요. 단지 그들이 이미 말하고 있는 것에 관심만 기울여주면 돼요."

소냐 뱅이 내 말을 이해했는지 확인하기 위해 쳐다보니 그녀는 자신의 부목에만 눈길을 두고 있었다. 어쩔 수 없이 나는 말을 이었다.

"아빠가 반드시 엄마처럼 할 필요는 없어요. 남자는 부드럽지도 않고 좋은 냄새가 나지도 않지요. 알다시피 향기롭지는 않잖아요. 그러나 좋은 아빠는 아이에게 엄마가 할 수 없는 일종의 직접적이고 인간적인 관심을 기울여줄 수 있어요. 또 어린아이가 좀 더 폭넓은 사회 배경에 따라 적성을 계발하도록 도와줄 수 있어요. 나는 그에 관한 연구들을 찾아봤어요."

그러면서 그녀에게 인터넷에서 출력해 온 자료를 내밀었다.

"자녀의 성별과는 상관없이 양육권이 아버지에게 있어서 아버지와 함께 살 때 자녀가 더 나은 심리적 건강을 유지한다는 내용이에요. 그 이유는 당신도 직접 읽어볼 수 있어요."

평가사가 자신의 낡은 핸드백에서 안경을 꺼내어 보고서를 들여다보았다.

그녀의 침묵에 더 이상 참을 수 없어서 입을 열었다.

"부목을 하셨네요. 넘어지셨나요?"

하지만 그녀는 쳐다보지도 않고 짧게 대꾸했다.

"피로가 누적되어서요."

나는 다음 단계의 몇 가지 증거들을 그녀에게 내놓았다.

"여기, 제가 팔불출 같지만, 이 서류를 보여드리고 싶군요. 메도가 세 살 때 받은 IQ테스트 결과예요. 예전 메디컬센터 동료들이 별 생각 없이 충동적으로 했던 건데."

초조, 짜증과 같은 느낌이 그녀의 얼굴을 스쳐갔다. 나는 이런 이야기는 그만두어야 한다는 걸 느꼈다.

"내 생각에, 이 자료는 한 사람의 학자로서 생각할 때만 중요하지요. 그러니까, 내가 학자일 때 말이에요. 내 연구의 자세한 내용으로 당신에게 부담을 주고 싶지는 않아요. 메도의 아버지로서 지금까지 필요했던 것 이상으로 메도에게 해주어야 되지 않나 하고 느끼고 있어요. 이렇게 재주 있는 아이는 함께 있는 부모가 필요하고, 같이 모을 수 있는 자원을 가지고 아이를 이끌어가야 할 필요가 있습니다."

그때 소냐 뱅이 "미안합니다만 지금 아이는 어디 있죠?"라고 물었다.

나는 눈을 깜박거렸다.

"메도 말이에요? 이곳 어딘가에 있는데?"

"나는 두 사람이 같이 있는 것을 지켜보기 위해 왔습니다. 그러니 아버님이 아이와 함께 놀고 장난하며 같이 있어야만 합니다. 잘 아실 테지요."

"물론이죠."

"케네디 씨, 나는 배심원이 아닙니다."

"네, 알고 있습니다."

"그리고 나는 부모의 자격에 관한 이론에는 관심이 없습니다."

"물론 그러시겠지요."

나는 돌아서서 운동장을 샅샅이 돌아보며 메도를 찾았다.

"미국의 이혼율은 50퍼센트에 달하고 있습니다. 어떤 선진국

보다 더 높은 수치이지요. 저는 이른바 활황산업에 속하는 사람입니다."

그녀의 말이 점점 빨라졌다.

"그리고 제가 볼 때 이러한 양육권 다툼에서 지나치게 많이 생각하는 사람들이 있습니다. 부부 사이의 차이점에 대해 잘 파악하고 정리하는 사람들, 행복보다 누가 옳은지 따지는 부류의 사람들 말입니다."

나는 마음의 고통을 느끼며 그녀의 옆에 서 있었다.

메도는 어디에도 보이지 않았다. 놀이기구나 바위 오르기에도, 그네에도 없었다. 그때 웃통을 벗은 젊은 남자들이 운동장 안으로 몰려 들어왔는데 세인트 로즈 크로스컨트리 팀이었다.

"이런!"

나는 메도가 강아지와 놀고 있을 거라고 예상하며 언덕 아래 분수대 쪽으로 서둘러 걸어갔다.

"이렇게 많이 걷게 해서 죄송합니다."

그녀가 나에게 안심시키는 말을 건네지 않은 건 그리 놀랍지 않았다.

"메도는 언제나 멀리 돌아다니곤 해요. 아이 엄마한테 물어보세요. 메도는 자주 다른 사람이 데리고 나온 개하고 놀아주거든요. 남의 자전거를 보며 부러워하기도 하고요."

"경계해야 돼요."

그녀는 내 옆에서 성큼성큼 걸으며 퉁명스럽게 중얼거렸다.

"그동안 아이들에게 일어났던 사건들을 말씀드리면 아마 밤에 편히 자지 못할 거예요."

나는 물었다.

"당신은 어떻게 이런 일을 하게 되었나요?"

"사법 기관에서 일을 하다가 그만두었어요."

"아, 그래요?"

"그러고 나서 아버지의 해산물 사업을 관리했는데 아버지가 돌아가셨어요."

"오."

"이후에 레모네이드를 만들어 팔다가 학교로 되돌아갔고 그곳에서 내 천직을 찾았어요."

분수대 주위에서 강아지 몇 마리가 냄새를 맡고 있었고 주인들은 가까이에서 산책을 하고 있었다. 하지만 그곳에도 메도는 없었다. 애써 안정을 취하려 했던 마음은 어느새 사라지고 나는 입가에 양손을 모아 메도의 이름을 크게 외쳤다. 주위 사람들이 나를 쳐다보았다. 장미 덩굴을 손질하던 공원 관리인이 무전기에 손을 갖다 댔다. 나의 운명을 손아귀에 쥐고 있던 잔혹한 여자는 유명한 건축가가 자기 아버지를 기념하기 위해 지은 대리석 분수대 가장자리에 엉덩이를 대고 앉았다. 그리고 생기 없는 눈빛으로 나를 쳐다보았다. 나는 속으로 중얼거렸다. 꺼져. 꺼지라고. 너 같은 여자랑 상대하고 싶은 마음도 없어.

그 순간 딸을 발견했다. 메도는 계속 우리 가까이 있었다. 바로 우리 머리 위, 연이 걸려 있던 커다란 너도밤나무 위에 올라가 있었다. 이제 아이의 모습은 분명히 보였지만, 너무 멀리 떨어져 있었다. 후회의 감정이 일기 시작해 기하급수적으로 커졌다. 메도가 나뭇가지에서 연줄을 잡으려고 조금씩 팔을 뻗을 때 안경이 햇빛에 반짝였다. 렌즈는 마치 이런 신호를 비춰주는 거울 같았다. '이런 짓을 하다니, 완전히 미쳤어!' 메도는 공중에 떠 있는 어린아이였다. 내가 메도를 그곳에 올려놓은 것이었다. 나뭇가지 위에 올라간 아이의 위태로운 모습을 보는 것은 충격적이었고, 나는 지금까지 한 번도 이런 일을 한 적이 없었지만, 앞으로의 상황이 더욱 최악의 상태가 될 것이라는 예감이 들었다.

회전목마

이후의 이야기는 간략하게 정리할 수 있다.

메도는 나무에서 떨어지지 않았다. 연도 회수하지 못했다. 개인 평가는 내게 호의적이지 않았다. 기회를 엿보며 상대편은 전열을 가다듬었고, 그 사이 메도를 보지 못한 채 주말이 지나갔다. 내가 할 수 있는 일이라곤 아무것도 없었다. 트론 변호사가 위협은 쓸데없는 일이라고 내게 말해주었지만 메도를 볼 수 있는 기회가 완전히 사라진 것은 있을 수 없는 일이었다. 나는 지금까지 있었던 그 어떤 것보다 심한 우울증에 빠졌다. 2주 동안 집 밖으로 나가지 않았다. 주류 상점과 던킨 도넛에 가는 것을 외출에서 제외한다면 말이다. 요가를 가르칠 장소를 찾고 있던 나의 마지막 열성 고객인 요가 선생은 몇 번 전화한 끝에 화가 나서 다른 중개인에게 가버렸다.

5월이 되었다. 어느 날 아침, 나는 집을 나서서 아무 목적 없이 걷기 시작했다. 뉴스코틀랜드까지 걸어가 시내 중심가로 들어갔다. 몇 시간 후에 나는 뉴욕 주 박물관 앞에 서 있었다. 현대식 디자인의 건물 윗부분과 기념 발코니로 올라가는 수백 개의 구불구불한 계단이 특징인 이 빌딩은 눈에 잘 띈다. 발코니에서 바라보면 중심 지역을 둘러싸고 있는 애디론댁, 그린, 화이트, 버크셔 네 개의 산맥이 만들어내는 경치가 한눈에 들어온다. 도시의 어느 곳에 있든 산맥에 둘러싸여 있다.

하지만 나는 그 산을 구경하기 위해 온 것이 아니었다. 그보다는 순례여행에 더 가깝다. 이곳은 나의 개인적 성지였다. 왜냐하면 내가 집에서 지낸 일 년 동안 메도를 데리고 이곳에 자주 왔기 때문이다. 당시 메도는 세 살이었고, 그때 벌써 책 읽는 법을 배웠다. 또 리코더와 왈츠를 배웠고, 주기율표를 읽고 독일어도 몇 마디 할 수 있었다. 북쪽지역다운 긴 겨울 동안 우리는 거의 매일 도서관에 갔다. 나는 내 연구 과제를 가지고 갔는데, 아직은 내 연구 과제에 대해 이야기하는 것이 꺼려진다. 메도는 근처 카펫 위에 자리 잡고 크레용으로 장난을 치거나 책을 벗 삼으며 우리는 다정하게 몇 시간씩 보내곤 했다. 메도가 내 바짓가랑이를 잡아당기는 것은 회전목마에 갈 시간이 되었다는 것을 알리는 신호였다.

회전목마는 1935년에 우리의 자매 도시인 벨기에 이에페르 사람들이 올버니 주민들에게 준 선물이었다. 귀청이 터질 듯한 오르간과 거울은 처음 그대로였다. 그러다가 1970년대에 회전목마는 뉴욕 주 박물관에 기증되었다. 서른여섯 마리의 말과 사슴 두 마리, 당나귀 두 마리, 원숭이 한 마리를 자랑하는 이 회전목마는 방문할 만한 가치가 충분하다.

회전목마를 혼자 보러 갔던 날, 여러 부류의 수많은 사람들이 줄을 서서 기다리는 모습은 메도와 내가 함께 그곳에 갔을 때와 똑같은 광경이었다. 딴 데 정신이 팔려 있는 젊은 부모들, 펄쩍펄쩍 뛰는 어린이들, 난간 사이에 머리를 집어넣거나 아장거리는 아기들……. 나는 아이들이 너무 어려서 자신들에게 일어나는 모든 일의 가치를 이해하지 못할 것이라고 생각했다. 여기서 일어나는 모든 향기, 모든 손길, 모든 소리가 그들 마음속에 새겨지는 것들이고 또 생명의 마지막 순간까지 안고 갈 인생의 원형들이다. 바로 이 세계가 영원히 그들의 신경 속에 남게 되는 것들이다.

"몇 살이에요?"

아이를 품고 있던 내 옆의 젊은 엄마에게 묻자 "8개월이에요"라는 답이 돌아왔다.

"참 귀엽군요. 이가 난 거예요?" 하고 가리켰다.

젊은 엄마가 아기 입에 손을 갖다 대고 입을 닦아주었다. 아기의 눈이 커졌다.

"아니에요. 뭔지 모르겠네요."

그녀는 아기의 작은 스웨터를 여며주었다.

"정말 귀여운 사내아이군요."

"맞아요"라고 빙긋 웃으며 말하는 엄마의 모습이 설명할 수 없을 정도로 아름답게 보였다.

이곳의 목마 중에서 메도가 좋아하는 말은 금색 안장을 얹은 검은 말로, 바깥쪽에 위치한 것이었다. 나는 수없이 그 말 옆에 서 있었다. 메도가 회전목마를 처음 탔을 때 딸의 허리가 통통했던 것은 젖살 덕이었다. 그러나 매번 회전목마를 타러 올 때마다 메도의 몸은 달라졌다. 메도의 허리는 갑자기 살이 빠졌고 내 손안에 잡힐 듯 가늘어 보였다. 다리는 길어졌고 딱딱한 플라스틱 바닥의 신발과 주름진 장식이 있는 두꺼운 양말을 신고 발을 들었다 내릴 때마다 메도의 신발은 나를 긁어댔다. 메도가 어렸을 때는 나를 거의 알아보지도 못했고 이 회전목마에 장식해놓은 거울과 빛 때문에 온통 넋이 나갔었다. 그러나 차차 익숙해져 심지어 혼자서 회전목마를 탈 수 있게 된 후에도 메도는 반드시 내가 옆에 서 있도록 부탁했다. 나는 휘파람을 불거나 메도가 탄 조랑말을 칭찬해 주었고, 메도는 말을 타며 나를 내려다보곤 했다. 내 딸이 쉽게 얻을 수 없는 기적 같은 행복한 어린 시절을 보내고 있다는 생각에 나는 더없이 기쁨을 느꼈다.

회전목마. 누가 어린 시절에 이런 경험이 없을까? 채워지든 아니든 모든 갈망의 전반적인 상징이 자석처럼 영원히 우리 주위를 맴돌고 있는 것은 아닐까? 믿든 안 믿든 1974년경 동베를린의 트렙타워 공원에서 동독 사람들도 이런 것을 다 경험할 수 있었다. 베를린의 생활이 제한적이기는 했지만 거기서 자란 어린이들은 그렇지 않았다. 즉 동베를린 어린이도 똑같은 즐거움을 누렸다.

몇 번씩 회전목마를 타고, 옆에서 지켜보는 사람을 바라보며, 동시에 회전목마가 오르내리며 빙빙 돌아갈 때 느끼는 감정을 느꼈다. 모든 아이와 마찬가지로 동베를린의 어린이도 침대에서 밤늦게까지 소란스럽게 놀았던 회전목마를 추억했다.

아이의 생각은 두 가지 면이 있었다. 우선 자신이 경험했던 회전목마를 기억함으로써 회전목마를 영원히 소유했다는 기분이 들었다. 물론 회전목마가 풍선이나 장난감 같은 물건과 달리 소유할 수 없다는 것은 이해하고 있었다. 만약 운 좋게 엄마가 자신을 다시 그곳에 데려가더라도, 오늘 같은 기분은 들지 않을 것이다. 또한 아이는 아이는 비밀과 신비 사이에 차이가 있다는 것을 알기 시작했다. 그리고 불행하게도, 인생은 비밀이 아닌 신비라는 것을, 그래서 어느 누구도 이것을 소유할 수 없다는 사실을 알게 되었다. 그런 이유로 어느 누구도 아이를 위해 인생을 정확하게 설명해줄 수는 없을 것이고, 누군가의 죽음도 이에 대한 대답이 되지 못할 것이다. 어쩌면 아이는 회전목마를 타면서 무의식 속에 이것을 이해했을지도 모른다. 자신이 몇 살이 되든, 얼마나 나이가 들든 간에 관계없이 회전목마를 바라볼 때마다 그것이 자신에게 어떤 느낌이 들게 했는지에 대한 수수께끼는 풀 수 없을 것이다.

돌고 또 도는 목마의 회전이 계속되는 한, 얼어붙은 말은 뛰어오른다.

슬픔도 회전목마.

죄책감도 회전목마.

삶 그 자체도 회전목마.

아니, 역사도 회전목마.

아니, 아니, 역사는 기억이지.

기억도 회전목마.

망각

격렬한 양육권 소송에 휘말린 부모에게 해주고 싶은 충고 한 가지는 자녀의 여권을 몰수하라는 것이다. 만약 상대 배우자가 아이를 데리고 도망가는 사태, 즉 납치(나는 이 단어를 선택한다)를 우려한다면 법원에 아이의 여권을 보관하도록 요청할 수 있다. 하지만 이에 대해 알아야 할 것이 있다. 첫째, 미국은 출국 관리를 하지 않는다. 결국 우리는 마음만 먹으면 언제나 혼란에 빠질 수도 있지만 벗어날 수도 있다는 뜻이다. 둘째, 일단 여권이 발행되면 그 여권을 추적하거나 발행을 취소할 방법도 없다.

이런 것들이 상황을 흐릿하게 만들었다.

무의식적인 생각이 내 머릿속으로 들어와 자리를 잡게 되었다.

비판적인 자녀 양육권 평가로 좀 더 대담해진 당신의 변호인단은 내가 딸에게 위협적인 존재라고 주장하면서 양육권 협의를 재조정해야 한다고 진정서를 냈고, 내가 심리검사 결과를 제출하기 전까지 항소를 취하하지 않겠다고 강조했다. 그러는 동안 당신의 변호사는 내 변호사 트론에게 당신이 양육권 문제를 다시 협의할 것이며, 이는 방문 횟수의 증가가 아닌 감축을 위한 것이라고 통보했다. 그들은 내가 감독의 관리 하에서만 메도를 만날 수 있고 그렇지 않으면 어떤 경우에도 딸과 함께 있는 것이 금지될 거라고 경고했다. 주 정부가 승인한 보호자가 우리의 만남을 감독할 것이다. 그러면서 당신의 변호사는 앞으로 다시는 기이하고 태만한 아빠의 행동 때문에 아이가 위험에 빠지게 하는 일은 용납하지 않을 것이라고 일갈했다. 나는 메도와 사적으로 이야기를 할 수도 없다. 만약 내가 딸과 함께 있고 싶으면 아동보호소에서 나온 감독관이 있어야 한다.

뜻밖의 소식을 접하고서 나는 고주망태가 되도록 캐나디언 클럽을 마셨고, 다음 날 아침 웃통을 벗은 채 카펫 위에서 눈을 떴다. 해가 이미 중천에 뜬 뒤였고 내 얼굴은 햇볕에 붉게 달아올라 있었다. 나는 누운 채 방 안을 둘러보았다. 중고로 산 작은 테이블과 책장, 심지어 파인 힐 아파트에서 가져온, 케네디 가(家)의 유물이라고 주장했던 낡은 고딕 스타일 옷장 등 마루에 고정되지 않은 가구들이 옆으로 밀려나 있었다. 아마도 내가 한 짓일 것이다. 옷장을 들어 바로 세우려 했을 때 뒤편 판지 사이에서 무엇인가가 떨어져 내 발등을 찍었다.

내가 케네디가 되기 전에 있었던 내 인생의 흔적에 대한 모든 서류를 다 지워버렸다 하더라도 혹시 필요할 경우를 생각해 독일 여권만은 찢어버리지 않았다. 나는 미국 시민이 아니다. 비록 지금까지 해외 여행은 될 수 있는 대로 피해왔지만, 만약 급하게 해외로 나갈 경우에 독일 여권이 필요할 수도 있었다. 나는 오래 전 이것을 바로 이 옷장 속에 숨겨놓았었다. 그 여권이 무엇인가를 암시하듯 바닥에 떨어져 페이지가 활짝 열렸다. 눈을 비비고 내용을 들여다보려고 몸을 굽혔다. 그곳에는 십 년 전의 스물여덟 살짜리 미혼 남자인 내가 있었다. 피부는 탱탱했고 눈매는 얼음과 같이 냉철했다. 나는 이 얼굴이 누군지 기억하기도 어려웠다.

이 사람 이름은?

아, 지금은 모든 사람이 다 알지.

슈로더.

에릭 슈로더.

아냐, 아냐. 슈로더가 아니야. r 발음을 후두음으로 발음해봐. 그래야 진짜가 나오지.

슈그로더. 바로 그거야.

그럼 움라우트는 어디 갔지? 다 버렸지. 우리가 독일을 떠날 때 누군가 아버지한테 미국인은 움라우트를 사용하지 않는다고 주의를 주었어. 게다가 미국에 있는 사람은 사람을 부를 때 성을 사용하지 않고 오히려 헬로! 가이! 이런 식으로 인사를 한다고 했지. 내가 아버지와 함께 보스턴에서 살았던 8년 동안 아버지는 새로운 문화에 잘 동화되지 않았기 때문에 아버지가 미국에 적응하기 위해 양보한 유일한 일이 움라우트의 생략이었다고 나는 생각했다. 그것은 우리가 보스턴으로 가는 국제공항에서 줄을 서서 수속을 밟았던 1979년에 아버지와 대화를 나눈 사람 모두에게 아버지가 보여준 하나의 변화였다.

아버지는 미국에 귀화할 계획이었지만 끝내 이민 수속을 밟지는 않았다. 우리는 언제나 이방인으로 남아 있었다. 때문에 우리는 늘 추방당할 수도 있다는 불안한 마음을 갖고 살았다. 천천히 운전하고, 무단 횡단도 하지 않고, 빚도 지지 않고, 부탁을 주고받는 것도 피했다. 기본적으로 보스턴 지역사회에 뿌리내리기 위한 어떤 시도도 멀리했다. 규칙을 철저히 지키는 사람인 아버지는 그것을 원망하면서도 언제나 내게 외국인 등록증을 가지고 다니게 했고, 아버지 역시 그랬다.

나는 그것을 이해하지 못했다. 아버지는 독일을 굉장히 비판적으로 말했다. 그리고 사람들이 아버지나 독일에 대해 아무리 나쁘게 이야기하든 상관하지 않는다고 했다. 왜냐하면 독일인과 독일을 가장 미워하는 사람이 아버지이기 때문이다. 독일만큼 철저히 그 자체를 혐오한 나라는 없었다. 아버지는 우리의 모든 움라우트를 다 버렸다. 그 행위야말로 독일을 싫어하는 마음을 잘 나타낸 것이 아닐까? 고등학교를 다니던 어느 날 내가 직접 가서 아버지와 나의 귀화 신청서를 받아 집으로 가져왔다. 그런데 신청서 'N-400'의 1장 D항에 이민 수속을 할 때 '자기 이름을 법적으로 바꾸기를 원하는가?'라는 문항을 보고 나는 깜짝 놀랐다. 아, 이름을 바꿀 수도 있구나. 이것이 내 마음을 두근거리게 만들었다. 그

때는 이미 내가 새 이름을 가지고 있었기 때문이었다. 이곳에서도 이름을 합법적으로 변경할 기회가 있었다. 만약 내가 '나는 누구고, 내 이름은 무엇이다'라고 하면 나는 그가 되는 것이다.

나는 책상으로 사용했던 테이블 옆에 서 있었고 아버지는 서류를 꼼꼼히 들여다보았다. 아버지는 오랫동안 그 서류를 읽었다. 그러는 동안 나는 합법에 관한 나의 갈망이 터무니없다는 사실을 알았다. 여름철 오피시의 에릭과 도체스터의 에릭 간의 차이는 극명했고, 그 간격은 너무나 엄청났다. 평범한 소년이 둘을 연결시키는 것은 불가능했다. 아버지에게 내 새로운 이름을 결코 말할 수 없을 터였다. 나는 그 누구에게도 슈로더이자 케네디인 사람이 되지 못할 것이다. 아버지가 테이블 위에 서류를 내려놓고 팔짱을 끼며 머리를 천천히 흔들었을 때, 나는 마음이 놓였다.

"아니, 에릭, 나는 하지 않겠다."

아버지는 독일어로 말했다.

"아버지 말씀이 옳은지도 모르겠어요."

"문제는 독일 사람인 것이 아니다. 국가들이 문제인 것이다. 그리고 그 국가는 존재한다."

우리는 잠시 침묵했다. 아버지는 카드 테이블 옆에 서 있었다.

"뿐만 아니라……."

아버지는 어깨를 으쓱하며 영어로 말했다.

"아직 모르겠니, 에릭? 세상에 망각만한 것은 없다."

첫날

이상한 날씨였다. 천둥과 비바람이 계곡 아래 모여들고 있었다. 아침인데도 검은 하늘이 으르렁거렸고, 그 사이로 비추는 햇살이 찬란히 빛났다. 바람에 나뭇잎이 뒹굴었다. 풍향계가 징징 울었다. 새들은 침묵을 지켰다. 피부가 평소와 달랐다. 두피가 땅겼다. 나에게 닥친 급격한 파도, 내 운명의 변화, 방향의 전환 같은 것들 때문에 나는 병들었다. 나는 끝이 필요했다.

당신은 우수한 코넬 대학의 젊은 분위기를 갖고 있는 열성적인 변호사를 채용했고 내게는 릭 트론 변호사와 망한 양육 평가서밖에 없었는데도 불구하고 웬일인지 어려움에 처한 쪽은 당신이었다. 당신은 메도의 방문을 자꾸 걸렀고, 판사는 이를 법정 모독죄로 여겼다. 내 변호가 트론이 밝히지 않아서 잘 모르겠지만, 증거 자료가 없어지는 바람에 당황한 것은 오히려 당신 쪽이었다. 이의 신청을 하기 위해 당신 쪽에서 재빠르게 움직였지만, 판사가 우리가 이미 지난 일 년 동안 유지해온 합의안이 있고 그것이 메도에게 적합한 판결이라고 통보하는 바람에 그 노력은 수포로 돌아갔다. 우리는 여전히 조건과 제한 사항에 대해 협의할 수 있었지만, 어쨌든 당신은 아빠를 방문하도록 딸을 보내야만 했다.

그때 나는 법률적인 문제에 대해 걱정하는 것을 그만두었다. 실체가 밝혀지는 것은 단지 시간문제일 뿐이라는 것을 알았다. 나는 무모했고 비논리적이었고 어쩌면 도덕적인 면모가 부족했는지 모르지만 나는 제정신이었다. 당신의 변호사가 내 변호사보다 훨씬 더 우수했다는 것도 알았다. 내 변호사는 나의 위조서류마저 제대로 확인하지 못한 사람이었다. 확실한 것은 이 상황에 대한 불안감을 더 이상 참을 수 없다는 것이었다. 언젠가 시간이 지나면 지금보다 기분이 나아질 것이라고, 새로운 인생에 익숙해질 거라고 상상할 수 있었지만, 오늘은, 지금 이 순간에는 딸이 나를 떠날 때마다 세상이 무너져 내리는 듯한 이 상황을 더 이상 견딜 수 없었다. 메도가 올버니의 길거리와 정원과 공원을 떠날 때 모든 것이 버려진 듯했고, 내 인생도 끝나버렸다. 내 삶이 구운 콩을 먹고 가끔씩 소파에 누워 잠을 자는 일상으로 되돌아오자 나는 갑자기 밀려오는 슬픔과 심각한 정신적 고통을 느끼게 되었다. 더 이상 이런 일들을 참고 싶지 않았다. 아니, 오늘은 아니다. 오늘은 그럴 수 없다. 만약 나에게 오늘이 끝날 때쯤 내가 죽을 것이라고 말했다면 '좋아'라고 답했을 것이다.

눈에 익은 검은 셰비 타호 자동차가 인도 옆에 멈춰 섰다.

나는 현관까지 나와서 주머니에 손을 넣고 기다렸다. 장인이 자신의 트레이드마크인 깜짝 놀란 듯한 웃음을 지어보였다. 그는 '이봐, 자네는 여전히 그대로네?'라는 듯 웃음을 지어 보이고는 손을 흔들었는데, 마치 내가 자신의 딸과 치열한 분쟁의 소용돌이에 말려들어 있지 않다는 듯한 모습이었다. 나는 메도가 가방을 메고 잔디밭을 가로질러 뛰어오는 것을 기다렸다.

첫 번째 질문, 피고의 행동은 사전에 계획되었는가?

대답은 '아니다'.

또는 '그렇지 않다'.

게다가 '납치'라는 단어는 전혀 잘못된 것이다. 그것은 무지와 현실 부정의 결과, 메도와 나 둘이서 시작한 일종의 모험과도 같은 것이었다.

"안녕, 귀염둥이?"

딸이 나를 올려다보았다. 뒤뜰에 있는 농가 건물 위로 늘어진 버드나무 여러 그루의 그림자가 아이의 빨간 테 안경 위로 비쳤다. 바람이 일어 긴 갈색 머리카락 끝을 일으켰다. 메도가 어깨에 맨 가방을 치켜 올렸다.

"안녕? 아빠?"

길을 나서다

점심식사 후에 메도에게 씻고 가방을 메라고 하면서 "자, 우리 길을 좀 때려주자!(We're hitting the road!)"라고 말했다. 그러자 메도가 머리를 갸웃했다.

"우리가 길을 때린다고요? 뭘로 때려요?"

"아냐, 아냐. 어딜 가자는 거야. 여행을 떠나는 거지. 즉석 여행이야. 너와 나. 멋있지 않니?"

나는 웃었다. 그러자 메도가 미키마우스 접시 위에 땅콩버터와 젤리 샌드위치 조각을 그대로 두고 의자에서 내려왔다.

"좋아요. 어디로 가요?"

"조지 호숫가에 가려고 하는데 어때? 맘에 드니?"

메도는 가슴 앞으로 두 손을 모아 쥐고 말했다.

"네, 좋아요. 좋아요!"

"누가 하루 종일 여기 앉아 있고 싶겠니? 수영할 수 있을 만큼 날씨도 따뜻한데, 그렇지 않니?"

"맞아요!"

"혹시 너 수영복 가져 왔니?"

"아니요."

"문제없어. 괜찮아. 거기서 네게 맞는 새 수영복을 사자."

그날 아침 딸이 도착하기 전에 나는 조그만 가방을 하나 꾸렸다. 수영 도구, 칫솔, 읽을거리 몇 가지를 넣은 그 조그만 가방을 보니 달아나고 싶은 나의 욕망을 잘 보여주는 것 같았다. 그러나 사전에 미리 계획한 것은 분명 아니었다. 잠시 머뭇거리다가 마지막으로 여권을 넣은 것은 자포자기한 행동이었다. 만약의 경우를 대비해서! 무슨 일이 일어날지는 누구도 모르는 것이다! 우리는 새턴 자동차를 타고 창문을 모두 내렸다. 메도는 뒷좌석 어린이용 의자에 앉았다. 차는 깨끗했고, 다른 사람이 볼 수 있도록 양쪽 문에 클레버스 앤드 컴퍼니 광고 스티커가 붙어 있었다.

우리가 올버니 근교의 병목 지점을 거의 지났을 때 백미러를 통해 무엇인가 뒤에서 따라오고 있다는 것을 알았다. 내 차 뒤에서 일정 거리를 두고 계속 따라오는 검은 자동차 그림자. 나는 급히 좌회전했다. 그 차도 따라왔다. 내가 무작정 우회전하자 그 차 역시 우회전하면서 따라왔고, 속력을 내자 마찬가지로 속력을 냈다. 나는 주차장에 차를 세우고 공회전을 시켰다. 미행자는 슬금슬금 앞을 지나가더니 약 50야드 정도 떨어진 길가에 차를 댔다. 나는 거칠게 머리를 흔들었다.

"저게 뭐죠?"

메도가 물었다.

"할아버지가 우리를 따라오고 있어."

메도는 머리를 쭉 빼고 빤히 내다봤다.

"아냐, 내다보지 마!"

"그런데 할아버지가 왜 따라오는 거예요?"

"나도 모르겠어. 생각 좀 해봐야겠어."

"우리 여전히 조지 호수에 가는 거 맞죠?"

"쉬. 생각해보자."

딸은 손을 무릎 위에 올리고 한숨을 쉬며 중얼거렸다.

"아빠, 아빠는 우리가 조지 호수에 간다고 했잖아요? 우리가 그곳에 갈 수 있다고 말했잖아요? 그랬잖아요?"

나는 타호 자동차가 시동이 걸린 채 서 있는 모습을 지켜보았다. 핸들을 꽉 잡고 머리를 몸 쪽으로 한껏 숙이고 있을 가련한 남자의 모습을 마음속으로 그려볼 수 있었다. 저 늙은이는 진심으로 내가 자기를 못 볼 거라고 생각하는 걸까?

"집에 있는 건 너무 지루해요."

"메도, 제발. 생각 좀 해보자."

"엄마하고 글렌은 늘 그러고 있어요. 마주앉아서 끊임없이 계속 말을 해요."

나는 눈을 들어 백미러를 쳐다보았다.

"엄마하고 누구?"

"글렌이요. 아빠, 글렌은 계속 말해요. 재미없는 사람이에요. 변호사구요."

"그렇지만 엄마 변호사는 여자 아니었니? 엄마가 변호사를 바꿨니? 아니면 글렌은 변호사 친구니? 아무렴 어때? 그렇지? 아무 상관없어. 너는 어때? 아빠는 괜찮아."

나는 지나가는 차들을 되돌아보았다. 헤어진 아내가 글렌이라는 사람과 이야기를 나누는 모습을 떠올렸고, 아내가 만든 음식을 함께 먹으며 법원에서 얻은 승리를 축하하는 모습을 상상했다. 불현듯 '누가 내 죽을 먹어버렸지? 누가 내 의자에 앉았어?' 하고 말하는 가련한 아빠 곰 이야기가 생각나서 하마터면 날카롭게 산산이 흩어지는 웃음이 터져 나올 뻔했다.

나는 뒤로 손을 젖혀서 메도의 안전벨트가 잘 채워졌는지 확인하고 메도의 무릎을 가볍게 쳤다. 그러고 나서 급히 액셀을 밟았다. 타이어가 끼익 소리를 냈다. 빌딩 주위로 급히 핸들을 꺾고 반대 방향으로 가는 이차선의 시스코 트럭 바로 앞까지 진입했을 때 나는 하마터면 펩시 운반 차량을 받을 뻔했다. 사이드미러를 통해 장인의 타호 차가 빙글 돌아 급히 앞으로 나오면서 도로 쪽을 먼지구름으로 뒤덮는 것이 보였다. 그것이 바로 내가 노린 꼼수였고, 장인은 내 뒤에서 계속 추적하고 있었다. 노란색 중앙선을 넘어 시스코 트럭을 추월하려다 계속 실패할 때마다 마주 오는 차들이 지나가면서 요란하게 경적을 울려댔다. 그런 위험을 각오하고 운전하는 그의 모습이 내게는 스릴이었고, 얼마나 멀리까지 쫓아오는지 보고 싶은 마음도 생겼다. 혼잡한 교차로에서 고속도로로 향하는 우회전 전용 차선으로 장인을 끌어들인 뒤, 좌회전을 허용하는 푸른 신호가 바뀌기 직전 마지막 순간에 나는 두 개 차선을 넘었다. 나는 밴 렌설러 대로에서 또다시 북쪽을 향했고, 그는 고속도로에서 서쪽 진입을 피하려고 노력했으나 병목 현상으로 방법이 없었다. 더 이상 장인의 모습이 보이지 않았다. 요란한 자동차 경적 소리가 울려 퍼졌다. 흥분으로 턱이 떨렸지만, 승리의 환호는 애써 자제했다.

우리는 누가 누구를 놀리고 있었던가, 나와 행크? 그는 처음 만났던 날부터 나를 의심했음에도 지금까지 적대감을 겉으로 드러내지 않고 오랫동안 참았다. 나는 그에 대해 어느 정도 감사했다. 내 생각에 그는 긍정적이면서 동시에 배타적인, 미국 가정의 평범한 가장의 전형이었다. 그리고 나도 그런 아버지의 대열에 끼어들었다. 우리는 지금 밴 렌설러 대로에서 가다 서다를 반복하며 시속 60마일 정도의 속도로 달리고 있었다.

나는 내 승객을 뒤돌아볼까 망설였다. 더 이상 메도와 함께 오랜 시간을 보내는 일이 익숙하지 않았다. 우리가 같은 지붕 아래 살다가 헤어진 일 년 동안 메도는 유치원 과정을 마치고 여섯 살이 되었다. 아이는 친구들 사이에서 어떤 소녀보다 키가 크고 똑똑했다. 나는 메도가 뒷자리 얼룩말 무늬 어린이용 좌석에 앉아 나의 도덕적 판단을 인정해주기를 바랐다. 메도는 아장아장 걷던 때조차 감상적이지 않은 아이였다. 메도는 눈물을 자아내는 말도 싫어하고, 열띤 입맞춤도 싫어해서, 나는 메도에게 내가 지금 벌인 일에 대한 어설픈 정당화 같은 감정적 호소는 하지 않기로 결심했다. 그것을 인정받기에는 불충분했다.

"길이 너무 막히는데."

"네."

"뒷좌석에 별일은 없지?"

"사실은 목이 말라요."

딸은 다소 긴장된 목소리로 말했다.

"그래? 마실 거 사줄게. 뭐 좋아하지? 젤리빈 주스? 음? 몽키 밀크?"

"그럼, 마운틴듀 마셔도 돼요? 마리아는 마운틴듀를 마셔요. 마리아 엄마는 걔한테 마운틴듀를 사줘요."

"물론이지. 문제없어. 좀 더 간 다음에 차를 세우고 마운틴 듀를 사줄게."

"네. 저, '스타워즈'도 볼 수 있어요?"

"어쩌면. 자, 한 번에 하나씩 해야지."

"좋아요."

"너 정말 괜찮아?"

"네."

"아무 문제 없을 거야, 알겠지?"

바로 그때 장인이 다시 나타났다. 마치 머리가 잘려나간 채 비틀거리며 앞으로 걸어 나오는 좀비처럼. 타호의 앞 범퍼가 찌그러져서 멀리서도 한눈에 알아볼 정도였다. 그는 헤드라이트를 번쩍이며 필사적으로 따라오고 있었다. 그는 정말 내가 차를 세울 거라고 생각했을까? 서로 이를 드러낸 지금, 내가 자신의 경고에 귀를 기울일 거라고 생각하는 건가? 메도를 만나도록 허용된 방문 협의안을 위반하고 있는 것은 아니었다. 합의 사항 가운데 올버니 외곽으로 빠르게 달려가면 안 된다는 내용은 없었다. 안 되지. 나는 그렇게 생각하며 백미러를 다시 들여다보았다. 오늘은 안 돼. 나를 막으려면 나를 죽여야 할 거야.

이혼 직후 내가 사회적으로 자살 상태에 있던 시기에 나는 루던빌에 있는 차압된 방갈로 별장 구입을 중개해주었다. 거래가 끝나고 나서 고객과 나는 친구가 되었는데, 그 역시 독신이었고 쓸쓸하고 고독한 냄새가 났다. 나도 틀림없이 그랬을 것이다. 그가 여름휴가를 가기로 결정했을 때, 자신의 집을 봐주고 미니쿠퍼 자가용의 배터리가 방전되지 않도록 때때로 엔진 시동을 걸어달라는 부탁 전화를 걸어왔다. 언젠가 이 친구의 집을 방문해서 미니쿠퍼에 시동을 걸어놓고 주차장에 앉아 있을 때, 나는 단순히 할리우드 영화 속 이야기가 아니라 실제로 사람은 일산화탄소 냄새를 맡을 수 없다는 것을 깨달았다. 그리고 그 미니쿠퍼는 탈출용 차량이 되어 378고속도로에서 서쪽으로 달리고 있었다. 장인의 타호 자동차가 차체에 손상을 입은 채 스파크를 일으키며 내 뒤로 점점 멀어져가는 모습이 보였다.

가장 아름다운 호수

조지 호수를 건너온 최초의 백인들은 그 아름다움에 넋을 잃고 서 있다가 쉽게 포로가 되었을 것이다. 새러토가 스프링스에서 북쪽으로 30분 정도 차를 몰고 가면 바다 색깔 그대로의 그림 같은 푸른색을 띠며 해발 100미터의 애디론댁 산맥을 떠받치고 있는 이곳을 우연히 목격하게 된다. 이 분지는 조지 호수 마을에서부터 타이콘데로가 북쪽 모든 길로 뻗어 있고, 서쪽 경계선에 자리한 작은 즐거움을 주는 별난 마을들은 모텔과 워터슬라이딩 그리고 팬케이크 가게들이 빼곡하다.

북쪽을 향해 운전해 가면서 기대감에 들뜬 메도와 나는 '노란 잠수함'과 '켄터키 우먼' 같은 좋아하는 노래를 불렀다. 메도는 미니쿠퍼를 타면서 기분이 좋았고, 루던빌에서 새턴 대신 미니쿠퍼로 차를 바꿔 탄 이유나 할아버지가 여전히 추격하고 있는지 전혀 묻지 않았다. 우리는 다시 만났다. 마음이 편안해졌다. 일 년 만에 처음으로 나는 희망을 느꼈다. 나는 마침내 조종키를 다시 빼앗은 것 같은 기분이었다. 이제 더 이상 이혼 조정으로 옥신각신하지 않으리라. 우리가 조지 호수로 출발하기로 했을 때 나는 그 사실을 알았다. 그리고 솔직히 말해서, 그 후에 일어날 일은 아무래도 상관없었다.

6월치고는 계절답지 않게 꽤 더웠다. 우리는 차창을 내리고 손을 밖으로 내밀어 공기를 휘저어보았다. 새러토가 스프링스에서도, 루전 호수에서도, 글렌즈 폴스에서도 우리는 멈추지 않았고, 조지 호수에 진입할 때까지 한순간도 속도를 줄이지 않았다. 마침내 메도가 '팝콘! 애플 캔디! 아이스레모네이드!'라고 소리치기 시작했다. 호수 공원과 고카트 트랙은 일찍부터 개방되어 있었고, 겨우내 누렇게 뜬 우리 같은 관광객이 반바지 차림으로 주위를 걸어 다녔다. 어느 여름에 우리 가족이 여기에 와본 적이 있지만, 이번은 이혼 후 메도와 나의 방문 원년이라 말할 수 있다.

우리는 길가에 차를 세우고 야외 음악당과 운동장을 지나 혼잡한 부둣가 옆 해변으로 곧장 뛰어 내려갔다. 메도는 모래 위에서 햇볕을 쬐고 있는 사람들 사이를 뚫고 옷을 입은 채 물속으로 거침없이 걸어 들어가 나를 놀라게 했다. 오렌지색 반바지 단에 물이 스며들 때에야 비로소 물속에서 멈춰 섰다.

"아빠, 물이 차요."

메도가 얼굴을 돌리며 소리를 질렀다.

"물론, 아직 차지" 하고 웃으며 대답한 뒤 카키색 바지를 무릎 위까지 걷어 올렸다.

"깊이가 60미터는 되겠구나. 자, 이제 수영복 사러 갈까?"

"아니에요, 아직 필요 없어요."

나는 그 소리를 들으며 가만히 웃었다. 메도가 관심을 무엇인가에 집중하면 그것이 무엇이든 간에 거기서 다른 데로 관심을 돌린다는 것이 얼마나 어려운지 기억났기 때문이다. 그것이 병병마개든, 무당벌레든, 유리병에 붙은 스티커 뒷면 끈끈이 제거든…….

나는 손을 허리에 얹은 채 주위를 둘러보았다. 어떤 이들은 찬물 속으로 조금씩 걸어 들어갔고, 또 다른 이들은 은박지 꾸러미와 아이스박스를 펼쳐놓았다. 모두 한 푼이라도 아끼려는 듯 집에서 만든 샌드위치를 가져왔고 값싼 담배를 피웠다. 그때는 이미 경기가 불황이었고, 앞으로 어떻게 될지 모두 불안해하고 있었기 때문이다. 한 매력적인 젊은 가족이 메도 근처의 물가에 자리를 잡고 있었다. 나는 그들 넷을 보고 웃어 보였다. 멀리 있는 기선의 움직임에 정신이 팔린 아빠는 미국의 모습을 이상화시킨 크고 잘생긴 얼굴이었고, 그 옆에 탄탄한 몸매에 비키니를 입은 붉은 기가 도는 금발의 엄마는 허리에 사롱을 두르고 있었다. 두 자녀는 모래를 파고 있었다.

나는 그들을 향해 외쳤다.

"이런 식으로 하루를 보내면 스트레스가 모두 달아나겠어요."

자그마한 엄마가 내 쪽을 보며 말했다.

"오늘 날씨가 참 좋죠? 이렇게 좋은 날씨는 계속 붙들어두고 싶어져요. 박스 속에 넣어 영원히 간직하고 싶어요."

"그렇게 생각하지 마세요. 그런 생각을 하면 슬퍼져요."

나는 그녀가 있는 방향으로 한두 발짝 걸음을 옮겼다. 그녀가 머리를 살짝 기울이며 미소 지었다. 내가 다시 말을 붙였다.

"어쨌든 이런 멋진 날을 보관할 수 있는 장소를 알고 있잖아요? 당신 가슴속 말이에요. 그게 바로 이런 멋진 날을 보관할 수 있는 박스이지요."

메도를 바라보던 내 눈은 조지 호수에 있는 그녀 허리까지 내려가 있었다. 나는 그녀의 아이들을 내려다보고 싱긋이 웃었다.

"이봐, 너희 둘은 지금 금을 파고 있니?"

아이들은 내 말을 들은 체도 하지 않았다. 마치 그녀의 남편이 내 말을 무시하듯이. 그녀의 뺨이 붉어졌다. 어쩌면 나는 그녀의 입술에 키스를 할 수도 있었을 것이다. 그랬어도 그녀의 남편은 계속해서 건너편에 있는 증기 보트에 대해 중얼거렸으리라. 갑자기 밀려오는 어떤 감정을 느꼈다. 그녀와 나, 그리고 아이들과 내 아이, 심지어 로라 당신에 대한 연민이 갑자기 파도처럼 닥쳐와 균형을 잃을 뻔했다. 나는 눈을 감았다. 나는 '느끼고' 있어. 그렇게 생각하며 손을 폈다가 단단히 주먹을 쥐었다. 나는 느낀다. 나는 살아 있다.

눈을 떴을 때 그녀는 나를 계속 쳐다보고 있었다.

"괜찮으세요?"

"괜찮아요. 아주 좋아요."

사람들이 풍화된 부둣가를 따라 조용히 걸어 다녔다. 그러나 배 갑판 위의 삐걱거리는 소리, 노걸이 안에 둔 노의 삐걱거리는 소리, 장사꾼들의 외침, 먼 곳에서 들리는 기선의 윙윙거리는 소리 때문에 사람들은 소리를 죽인 채 입을 다물고 경외하는 듯 보였다. 이 세계가 부드러워지고, 활짝 피어나고 있었다.

"봄은 언제나 승리 같아요."

나는 그녀에게 말했다.

"마치 마땅히 누려야 할 좋은 일을 한 것처럼요."

"맞아요. 게다가 겨울이 얼음 같았어요. 춥고 진흙탕이었고 끔찍했죠."

"최악의 겨울이었죠. 적어도 제가 겪어본 중에서는요. 하지만……."

그러면서 나는 그녀를 쳐다보았다.

"한 가지는 분명히 장담할 수 있어요. 이제 곧 대단한 여름이 올 거예요."

이 말에 그녀는 조금 간격을 두고 다시 미소를 지으며 진주 같은 앞니를 드러내 보였다.

"정말이에요? 그걸 어떻게 아세요?"

"그냥 알아요. 아가야!"

나는 메도를 불렀다.

"너무 멀리 가지 말고 이쪽으로 와. 알았어? 여기 '수영 금지'라고 쓰여 있어. 그리고 아직 구조대도 없대."

"아빠, 난 수영하지 않아요. 지금 물고기를 잡고 있어요."

메도가 쳐다보지도 않고 소리 질렀다.

새로 사귄 친구와 나는 두 사람만의 은밀한 목적이 합법적이라는 듯한 눈길을 주고받았다.

"호숫가에 머무실 건가요?"

그녀가 물었다.

"이번 주말에는 날씨가 좋을 거라고 하네요. 계절에 맞지 않게 따뜻하다고요."

"아니요."

나는 한숨을 지었다.

"집에 가야 해요. 한참을 달려야 하지요."

"집이 어디신데요?"

"캐나다예요."

"오, 캐나다 분이군요?"

그녀는 다시 얼굴을 붉혔다. 그녀의 얼굴에서 희미한 실망의 빛을 감지했는데, 그녀가 벌써 나와 정이 든 듯했다.

"나는 캐나다 사람은 모습이 좀 다를 거라고 생각했어요. 그런데 그렇지 않군요."

"그게 우리가 말하는 방식이죠……."

나는 말했다.

"우리가 얼마나 슬픈지 속내를 털어놓기까지는 시간이 다소 걸려요."

그녀가 물속에 발을 담그며 웃었다.

"아이 엄마는요? 집에 있어요?"

"네."

나는 돌아서서 그녀를 쳐다보았다.

"아내는 집에 있어요. 우리를 기다리고 있죠."

저 뒤에서 그녀의 남편이 희미하게 나를 알아보았다.

"아내는 계속 우리에게 전화해요. '지금 몇 마일이나 남았어? 도착하려면 몇 시간이나 더 걸려?' 우리를 기다려요."

"물론 그렇겠죠."

그녀가 생각에 잠기며 뺨을 붉혔다. 바람이 그녀의 구슬 달린 사롱을 슬쩍 건드렸다. 그녀가 모래 밖으로 섬세하게 생긴 발을 꺼내자 모래가 푹 꺼지는 소리를 냈고, 멀리서 증기 보트가 뚜뚜 하는 소리를 냈다. 나는 그녀로부터 얼굴을 돌려 호수 건너편 언덕을 쳐다보았다.

"정말 멋지지요?"

나는 분위기에 압도되어 말했다.

"빛이 호수 건너편 언덕까지 길게 비치고 있어요. 저것 좀 보세요. 저 언덕은 또 다른 차원처럼 보여요. 참 아름다운 오후네요. 당신 말이 맞아요. 이날이 영원히 끝나지 않았으면 좋겠어요. 우리가 이날을 계속 간직할 수 있었으면 좋겠어요. 아세요? 올해 들어 내가 다리에서 뛰어내리고 싶지 않은 날은 오늘이 처음이랍니다."

그리고 나는 새 친구를 바라보았다. 미풍이 그녀의 이마에 드리워진 살구색 머리카락을 살짝 들어 올렸다.

"우리는 모르는 사이지만 당신이 이곳에 와서 기뻐요. 당신이 식구들과 함께 와서 그렇다는 말입니다. 당신 가족을 보니 행복해지네요."

"오, 그래요?"

"좋은 일이죠. 그렇지 않아요? 중요한 건 그거죠. 같이 있다는 것 말이에요. 이렇게 가족으로."

그녀가 나를 다시 쳐다보았지만 그녀의 표정은 불분명했다.

"이봐요."

여자의 남편이 소리쳤다.

"당신 아이가 옷을 입은 채로 수영하고 있어요."

우리는 동시에 고개를 돌렸다. 가까운 곳에서 메도가 정말로 수영을 하고 있었다. 얼굴에 함박웃음을 띤 채 머리를 물 위에 꼿꼿이 세우고 있었다. 그때 태양이 구름 사이로 다시 모습을 막 드러내면서 수면 위에 놀라운 빛을 골고루 뿌려 마치 호수가 황금으로 가득 찬 것 같았다. 나는 햇빛으로부터 눈을 가리고 메도가 수영하는 모습을 지켜보았다.

"저것 좀 보세요. 내 딸이 수영할 수 있는지 몰랐어요."

"아니, 수영하는 걸 몰랐어요?"

그녀가 한 발짝 앞으로 발을 내디디며 말했다.

"괜찮을까요?"

"네, 그럼요. 쟤 좀 보세요. 아주 잘하는 걸요. 작년에 배웠나 봐요."

"그렇지만 위험하지 않겠어요? 지금 물속에 있는 사람은 저 애밖에 없고 물이 너무 차요."

"당신 말이 맞아요. 메도한테 가봐야겠어요. 실례해요."

나는 바지를 무릎까지 걷어 올리고 푸른 체크무늬 반소매 셔츠를 입고 있었다. 지갑과 열쇠를 뒤쪽 해변에 던져놓고 셔츠가 몸에 달라붙을 때까지 차디찬 물속으로 걸어 들어갔다. 물이 가슴까지 찼을 때 나는 몸을 엎드렸다. 그리고 귀는 물속에 댄 채 딸이 있는 쪽으로 천천히 자유형으로 헤엄쳐 갔다.

"안녕, 만나서 반갑구나."

아이가 내 시야에 들어왔고, 메도의 안경이 물에 반짝였다.

"물이 심장을 얼려버릴 정도로 차갑잖아?"

내가 말했다.

"내 심장이 방금 멈춘 것 같구나."

우리의 웃음이 물을 넘어 저 멀리 울려 퍼졌다. 물가에 있던 사람들이 우리 쪽을 쳐다보았다. 나는 내 머리가 붉게 물들어 아름답게 보이는 모습을 상상했다. 메도가 스스로 물속에서 움직인다는 것이 얼마나 대견한지 말로 다 설명할 수 없었다.

증기 보트

메도가 증기 보트를 타고 싶어 해서 나는 '마인-하-하(Minne-Ha-Ha)'라는 이름의 배를 골랐다.

"하-하-하!"

우리는 외쳤다.

"하! 하! 하!"

우리는 사람들을 피해가며 배와 부두 사이에 걸쳐놓은 건널 판자 위로 뛰어갔다. 이 배에서 가장 멋진 부분인 외차바퀴를 보고 싶었기 때문이다. 우리는 가장 안전한 자세로, 갑판 위의 난간에 기댔다. 뱃고동 소리를 울린 후에 배는 부두를 떠났고, 우리는 스크루에서 튕겨 나오는 차가운 물방울을 잔뜩 뒤집어썼다. 메도가 소리를 지르자 다른 아이들이 모두 우리 쪽으로 몰려왔고, 그중 몇몇은 부모들이 부를 때까지 난간 밖으로 머리를 내밀고 있었다. 우리는 이미 물을 흠뻑 뒤집어썼기 때문에 젖는 것을 상관하지 않았다. 우리 뒤로 선창가가 서서히 멀어졌고, 마치 신부 들러리들이 신부의 면사포를 붙잡은 것처럼 갈매기 무리가 우리 뒤를 따라오며 빙빙 돌았다.

"아빠, 웃긴 얘기 하나 해 줄까요? 개는 어디서 식품 쇼핑을 할까요?"

메도가 말했다.

"글쎄, 모르겠는데?"

"그거야 냄새나는 곳이죠."

"야, 그거 기발한 농담이로구나."

"내가 만든 거예요. 내가 롤러스케이트를 탈 수 있다는 거 알아요?"

"수영도 하고, 롤러스케이트도 타고. 또 뭘 할 수 있지?"

"날 수 있어요."

"그건 좀 믿기 어려운데?"

"똑-똑."

메도가 똑-똑 말장난 놀이를 시작했다.

"오렌지."

내가 대답했다.

"잠깐, '누구세요?' 하는 질문을 빼먹었어요."

그래서 다시 물었다.

"누구세요?"

"하! 아뇨. 제가 물어볼 차례예요."

증기 보트가 칙칙 소리를 내며 조지 호수의 동쪽 기슭으로 향했다. 배가 방향을 돌릴 때 서서히 황혼이 내려앉았다. 우리는 노르스름한 태양이 북쪽 산 능선 사이로 사라지는 모습을 보았다.

"후우!"

메도가 숨을 길게 쉬며 태양에 고했다.

"굿나잇."

"태양아, 아직 지지 마!" 하고 내가 소리쳤다.

"지지 마!"

"태양이 내려가네."

"다 내려갔어요. 시내까지 내려가나 봐요."

"아래쪽으로 완전히 내려갔어."

메도는 활짝 웃으며 갑판 위에 놓인 철제 벤치 위로 올라갔다.

"하지만 나는 날 수 있어요. 자, 봐요."

메도는 의자 팔걸이 위에 올라서서 팔을 옆으로 쭉 뻗으며 균형을 잡았다. 그리고 양팔을 휘휘 돌리기 시작했다.

메도가 난간에서 충분히 안전한 위치에 있기는 했지만 나는 "조심해"라고 말했다. 아이의 반바지가 보기 좋게 양쪽 허벅지 위까지 주름져 올라갔고, 벤치 위에서 시소 포즈를 취할 때는 티셔츠가 배 위로 말려 올라갔다. 그리고 뛰어내렸을 때 바람에 머리카락이 휘날렸다.

"네가 날 수 있다면 아빠 손에 장을 지진다."

나는 그렇게 말했다.

"날 수 있다니까요."

"귀염둥이, 넌 악동이야. 입술도 파래지고."

우리는 따뜻한 실내로 들어갔다. 오후의 거센 바람으로부터 도망친 많은 가족들이 모여 있었다. 자유 공간을 얻은 아기는 끈끈한 리놀륨을 칠한 마룻바닥 위를 이리저리 기어 다니다 앞에 있는 빈 소다수 캔을 두들겨댔다.

"아빠, 배고파요."

나는 실내를 둘러보았다.

"저녁을 먹어야겠구나."

메도가 손으로 자판기를 가리켰다.

"저기에서 뭘 좀 사먹으면 어때요?"

"아주 좋은 생각이야. 요깃거리가 있을 거다."

에이머스 쿠키와 유후 초콜릿은 메도 것, 뜨거운 원두커피는 내 것.

"자, 여기 벤치에서 먹자꾸나."

우리 바로 아래에서 강력하게 돌아가는 모터 소리가 웅웅거렸다. 그 진동 소리가 너무 커서 내 마음을 온전히 비워버렸다. 그때 배의 우현으로 푸른 산등성이가 지나갔는데, 거리가 무척 가까워 나뭇가지에 앉아 우는 새의 모습이 보일 정도였다.

메도가 말했다.

"아빠, 나는 커서 아빠한테 시집갈래요."

무심결에 나는 눈을 찡긋하며 내 신발을 쳐다보았다. "안 돼"

라고 하면서 종이컵에 손을 갖다 대어 온기를 느꼈다.

"너는 나랑 결혼할 수 없어. 그리고 그때가 되면 아빠와 결혼하고 싶지도 않을 거야. 하지만 네가 그렇게 말하는 건 깜찍하구나. 사실은 말이지, 결혼할 때는 나이가 비슷한 사람을 찾는 거야."

"마리아는 나와 동갑이에요, 그럼 아빠 말고 마리아하고는 결혼해도 돼요?"

"흠, 어떤 주(州)에서는 가능하겠지."

"난 아빠랑 결혼하고 싶어. 그게 내가 하고 싶은 거야. 똑-똑. 아빠? 똑-똑?"

나는 메도를 바라보았다. 마음속의 슬픔을 들키지 않게 주의하면서.

"얘야, 아빠는 널 사랑한단다, 알지?"

"알아요. 똑-똑?"

"내 영혼을 다 바쳐서 너를 사랑한다. 이걸 설명할 수 있으면 얼마나 좋겠니?"

"이미 알고 있어요."

나는 웃으며 물었다.

"좋아. 그런데 영혼이 무엇인지 아니?"

"그럼요."

메도가 정색하며 말했다.

"영혼이란 몸을 지탱해주는 거예요."

나는 드넓은 하늘이 어둠을 다 삼키고 내 머릿속의 복잡함을 빨아들이고 내 가슴을 가득 채워주는 모습을 지켜보았다.

"네가 표현하는 방식이 멋지구나. 사물을 바라보는 방식도 훌륭하고. 마음씨도 최고야."

메도는 어깨를 으쓱하며 "나도 알아요"라고 말했다.

"아빠가 늘 그렇게 말했잖아요."

메도는 가방에서 또 다른 쿠키를 꺼냈다.

희미한 행복감과 흐릿한 목적의식을 가진 채 우리는 미니쿠퍼로 되돌아왔다. 메도는 뒷좌석에서 안전벨트를 매고 '미국 호수의 여왕'이라고 쓰인, 새로 산 커다란 비치타월로 몸을 감쌌다. 우리는 다시 운전해 북쪽으로 향했다. 달이 나무 사이로 끈질기게 우리를 따라왔다. 라디오를 틀자 앨 그린의 노래가 흘러나왔다. '나는 혼자 있는 데 지쳤어요. 혼자인 것도 지겨워요.' 백미러를 통해 메도가 슬그머니 엄지손가락을 입에 무는 것을 보았다. 이내 아이의 눈꺼풀이 무거워졌다.

"메도, 치과 의사 선생님이 손가락을 입에 넣고 빨지 말라고 하지 않았니?"

나는 장인을 통해 전달된 몇 가지 금지 사항을 기억했다.

"그래야 치아 모양이 삐뚤어지지 않겠지?"

"손가락 안 빨아요."

메도가 중얼거렸다.

"졸리니?"

"아뇨. 눈이 말똥말똥해요. 밤새 깨어 있을 거예요."

“좋아. 그럼 아빠와 친구할 수 있어.”

나는 백미러로 딸을 쳐다보며 웃었다.

“사실 아빠는 조용한 것을 싫어한단다. 영국 작가 G. K. 체스터턴은 침묵을 ‘참기 어려운 대답’이라고 말했지.”

나는 조지 호수를 따라 운전했고 달이 나뭇가지 사이로 건너뛰며 따라왔다.

“게다가 네가 곁에 없으면 너무 적막하단다.”

나는 말을 이었다.

“똑똑 말장난도 못 하고. 노래도 못 부르고. 나는 너의 한 해를 통째로 잃어버린 것 같아. 네 잘못이 아니야. 그렇지만 나는 네가 수영을 할 수 있다는 것도 몰랐어. 마치 내 인생은 멈춘 것 같은데 네 인생은 계속 흘러간 것처럼.”

나는 자신을 보고 웃었다.

“맙소사, 네 엄마는 내 이런 점을 정말 싫어했단다. 말하고 또 하고…….”

이미 짐작했듯이 뒷좌석에서는 아무 대답이 없었다. 메도의 엄지손가락이 입술에 걸려 있고, 머리는 한쪽 어깨로 떨군 채였으며, 안경은 콧등에 걸려 있었다.

사람들은 내가 방법을 찾았다고 말한다

당신이 내게 사랑한다고 말하게 만드는 방법을

이봐요, 그것은 자연적인 일이죠, 노력이 아니라.

가르쳐주오. 내가 어디로 되돌아가야 할지, 이봐.

타이콘데로가 북쪽 어딘가에서 라디오 신호가 끊어져버렸다.

깨어진 꿈

조지 호수를 따라 북쪽으로 가면서 펼쳐지는 아름다운 샛길과 내 마음 상태를 좀 더 이야기하고 싶다. 호수 동쪽에 자리 잡은 애디론댁 산맥 뒤로 검은 거인과 같은 어둠이 깔리고 있었다. 도로변에 자리한 모텔 네온사인 위로 별들이 무리 지어 반짝였다. 모텔들은 한결같이 호수, 만(灣), 편안함을 연상시키는 이름들이다. 운전석 창 틈새로 들어오는 공기는 너무나 깨끗해서 마치 태초의 공간에서 흘러나오는 것 같은 순수한 맛이 느껴졌다.

뒤엉킨 인생으로부터 달아나 북쪽의 어둠 속으로 운전해 가면서 갈망에 대한 예리한 감정이 내 몸을 적셨다. 내가 처한 상황이 수습될 수 없다는 것을 깨달았다. 나는 죽은 사람과 같았고, 나의 주검에 호소하고 있었다. 그런 호소가 얼마나 늦었으며 얼마나 무능한 것인지를 느꼈을 때 나는 무척 슬펐다. 어째서 이러한 세상, 함께하는 세상은 내 것이 될 수 없을까? 타월로 젖은 몸을 말린 가족들은 도로 불빛 아래 거북처럼 맨발로 산책하고, 한 방에 네댓 명씩 들어가 천장 선풍기 아래 잠이 들고, 머리를 맞대고 누워 꿈을 꾼다. 갓난아이는 누나한테 기대어 새우잠을 자고, 갑자기 눈을 뜬 아빠는 천천히 세 자녀를 세어보고 꿈속에 있는 아내(내 사랑, 어떻게 여전히 이렇게 아름다운 거야?)를 살펴본다. 권투팬티 차림으로 통을 들고 얼음 제조기로 걸어간다. 불빛 아래 모여드는 나방들과 한밤중에 마시는 캐나디언 클럽 한 잔. 어째서 나는 이렇게 될 수 없었을까? 심지어 지루함도, 가벼운 알코올 중독도 나는 모두 받아들였을 것이다. 매일 그런 것들에 대해 감사했을 것이다.

그러나 영혼이 승천한 사자 에릭은 북으로 가고 있다. 내가 계획했던 것보다 좀 더 멀리 운전해 갔다. (그곳에는 도로가 많았다.) 나는 다만 한 곳으로부터 멀어질수록 다른 곳에 더 가까워진다는 사실을 알았다.

가까워진다. 그러나 대체 어디에 가까워진다는 걸까?

멀어진다면 그것은 또 어디로부터일까?

죄책감이 떠오를수록 페달에 힘이 가해진다. 죄의식이 엄청난 속도로 다가온다. 이것이 내가 한 일에 대한 처벌이다. 그 속도는 백미러에 자동차 불빛이 나타날 때마다, 또 거리가 떨어져 있는 차를 따라잡을 때마다 효력을 발휘했다. 불빛이 가까워져 내 백미러를 가득 채울 때면 나도 모르게 속도를 더 내지 않을 수 없었다. 다른 차들이 나를 추월해 갈 때는 마음이 갑자기 위축되면서 축

늘어지는 기분이 들었다. 자동차 미등의 붉은 불빛은 나를 메스껍게 했다. 나는 내가 무엇인가 잘못했다는 것을 알았다. 그러나 나에게 잘못된 일들이 많이 일어나기도 했다. 그리고 때때로 잘못된 것이 제대로 작동하기도 했다.

나는 '패러독스(모순) 2마일'이라고 적힌 교통 표지판을 지나면서 씁쓸하게 웃었다. 그 바람에 메도가 뒷좌석에서 몸을 일으켰다.

"아빠?"

딸은 잠이 덜 깬 얼굴로 "아빠, 괜찮아?" 하고 물었다.

"그럼, 물론이지. 아주 좋아. 너하고 같이 있어서 좋다는 거야. 그러니 다시 자렴."

이것은 노래가 나오던 주파수를 잃어버렸을 때 일어난 일이었고, 이제는 두 남자가 야구선수 매니 라미레즈에 관해 흥분해서 떠드는 소리가 흘러 나왔다. 나는 동쪽으로 보이는 칠흑 같은 샘플레인 호수를 쳐다보았다.

'세상에 망각만한 것은 없다.'

검고 광활한 샘플레인 호수를 보고 마음이 불안해진 나는 고속도로로 향하는 뒷길로 도망쳤다. 조수석 앞 글로브박스를 뒤졌더니 다행스럽게도 꼭지 달린 작은 술병 하나가 나와서 한 모금 마셨다. 계기판에 푸른빛이 비쳤고, 라디오 주파수는 여전히 찾을 수 없었다. 그때는 이미 밤 12시가 가까워 있었다. 나와 함께 깨어 있는 사람은 없는 듯했고, 살아 있는 사람은 아무도 없어 보였다. 뒷좌석의 메도는 잠들어 있었고, 비치 타월은 턱까지 내려와 있었다. 나는 딸을 깨워볼까 생각했다. 단지 내가 아닌 다른 사람의 목소리를 듣고 싶은 마음에.

플래츠버그의 불빛이 내 마음의 위안이 되었다. 플래츠버그는 조그만 마을로, 놀라울 정도의 불모지이며 떠돌이 백인들이 모이는 임시 막사 같은 곳이고, 아이들은 밤새도록 깨어 있었다. 경찰관이 부족한 게 분명한 플래츠버그는 한 번 머물기에 좋은 장소처럼 보였다. 나도 휴식이 필요했다. 내 위트를 되찾기 위해서라도. 메도는 계속 잠을 잤다. 나는 난방용 기름 회사 주차장의 가로등 아래 차를 세우고 시동을 켜놓은 채 문을 열고 나가 안심할 수 있을 만한 거리까지 걸어갔다. 항구로부터 조명이 등 뒤에서 비춰 떨기나무 위까지 나의 그림자가 길게 뻗쳤다. 그때 갑자기 목이 꽉 막히며 숨이 막혀왔다. 나는 손으로 목을 감싸고 '자비로우신 하느님, 지금은 안 됩니다'라고 생각했다. 물론 전에도 이런 일이 있었지만 이처럼 오래 지속되지는 않았었다. 어렸을 때는 이런 일이 자주 있었다. 당시에는 별다른 치료 없이 소련 스타일의 민간요법으로 오랫동안 혼자서 스팀 샤워를 하는 정도였는데, 화장실 옆에서 나를 기다리는 흐릿한 엄마의 모습과 간간이 괜찮냐고 묻는 목소리가 떠올랐다. 나는 내 인생이, 내가 저지른 실수들이 운명이었노라 말하고 싶지는 않다. 아직은 말이다. 내가 플래츠버그 주차장에 서 있을 때처럼 호흡이 거칠어졌던 것은 꽤 오래 전이었다. 나는 완전한 어둠 속에서 잠을 깨어났다가 근원을 알 수 없는 빛에 눈이 멀 것처럼 느꼈다. 마침내 나는 잠을 깼지만 그 건너편에는 누가 있었을까? 누가 불빛을 비추었을까?

나는 캐나다로 가기로 결심했다. 잠시 동안만. 나는 여권도 있다. 장인이 에릭 케네디를 경찰에 신고했다 하더라도 이 땅 위의 어느 누구도 에릭 슈로더는 찾지 않을 것이다. 메도의 여권이 없긴 하지만, 잠들었기 때문에 잠시 안아서 트렁크에 넣고 국경선을 넘어갈 수 있을 거라는 묘안이 떠올랐다. 나는 실제로 캐나다 국경선은 쉽게 넘어갈 수 있다는 이야기를 들었다. 국경선의 검문은 아마 다음과 같은 우호적인 대화로 이루어질 것이다.

안녕하세요?

네, 안녕하세요?

독일인이세요?

네.

(내 얼굴을 들여다보면서)

여행오신 건가요?

네, 그래요. 캐나다에서 가보고 싶은 곳이 많아요.

(비어 있는 뒷좌석을 플래시로 한번 비춰보고)

네, 좋아요. 가세요. 즐거운 여행 하세요.

캐나다 경계선에서 수색 조명이 고속도로 저 아래까지 비추고 있어서 멀리 화재가 난 듯한 인상을 주었다. 나는 길가에 차를 댔다. 뒤를 돌아보니 뒷좌석에서 메도가 여전히 잠에 빠져 있었다.

메도의 다리를 가볍게 흔들었지만 반응이 없었다. 자동차 밖으로 나와서 트렁크 문을 열었다. 달빛조차 없는 깜깜한 밤이었다. 미니쿠퍼는 뒤 트렁크가 너무 작았다. 말 그대로 '미니'였다. 나는 조지 호수 타월과 친구가 놓아둔 옷가지들로 최대한 트렁크 안을 아늑하게 만들었다. 나는 점퍼 케이블들을 옆으로 치우고, 거친 천의 먼지를 털어 깨끗하게 했다. 그런 다음 차 뒷문을 열었다. 상체를 웅크리고 들어가 잠든 아이를 팔에 안았다. 메도를 조심스레 트렁크 안에 눕히고 타월을 팔다리에 덮어주었다. 딸은 정말 편안해 보였다. 어깨를 토닥거려주었다. 나는 스스로에게 중얼거렸다. 이 아이는 계속 잠을 잘 것이고, 국경을 넘는 데는 15분도 걸리지 않을 거야. 그러면 우리가 많이 원하든 적게 원하든, 이 세상의 시간은 전부 우리 것이 될 것이다. 아니, 우리는 시간의 개념 밖에 있게 될 것이다. 시간으로부터 자유롭게 될 것이다. 뒷좌석에서 메도의 가방을 꺼내 자갈길을 살금살금 발 끝으로 걸어서 딸의 발 옆에 갖다 놓았을 때 메도가 눈을 뜨고 나를 빤히 쳐다보고 있었다.

"아빠, 우리 뭐하는 거예요?"

딸이 나지막이 물었다.

"왜 내가 트렁크에 있어요?"

나는 서서 한 손을 트렁크 문에 올린 채 메도를 내려다보았다. 딸의 눈은 반짝이고 있었고, 색깔이 없었다. 세워놓은 자동차 미등이 풀을 비추고, 도로를 비추고, 나의 몸까지 붉은 빛으로 물들였다.

"혹시 괜찮으면, 만약에 말이야, 아빠가……."

나는 목을 가다듬었다.

"네가 불편할까? 그러니까 아빠가 만약에……?"

그 순간 갑자기 위경련이 일었다. 풀밭 속으로 몇 발짝 걸어 들어가 구토를 했다. 나는 한동안 컴컴한 풀밭 속에서 몸을 숙이고 있었다. 차를 돌아보니 메도는 똑바로 앉아 손가락을 트렁크 고무 이음새에 대고 걱정스럽게 나를 쳐다보고 있었다.

하지만, 말해 봐요. 유년시절이란 이런 게 아닌가요? 자기도 모르게 시작하는 모험? 유괴? 태어나기 전에, 구체적인 모습이 나타나기 전에 천사가 전생의 환상적인 별빛 속에서 물은 것은 무엇인가요?

'실례해요. 지금 태어나고 싶어요? 이 집에서 태어나고 싶어요? 아니면 저 집? 어떤 인생을 살고 싶어요? 어떤 환경에서 태어나고 싶어요?'

우리가 자신의 인생에 대해 언제 동의했죠? 대답 좀 해주세요.

위반자

괜찮다면 독일 역사를 간단히 이야기하고 싶다. 전쟁은 대체로 지도와 국경선 때문에 생기고 가끔은 벽 때문에 일어나기도 한다. 독일인 대부분은 현대 역사라는 주제 앞에서 움츠러든다. 그들의 역사는 누구도 떠안고 가고 싶지 않은 악한 형태의 그림자다. 제2차 세계대전 당시 연합군의 손에 독일이 패망한 뒤 둘로 나누어진 결과도 잘 알 것이다. 사실 이 나라가 1946년에 동과 서로 분할되기 전 얼마 동안은 영토가 네 구획으로 나뉘었고, 그중 일부는 어떤 이유로 해서 프랑스 쪽으로 넘어가기도 했다. 그리고 베를린! 마찬가지로 네 구역으로 조각조각 분할된 베를린은 그 자체로 분열된 이 나라의 거울과 같았다. 서독은 구소련의 영향권 아래 둘러싸여 고립되었다. 우리는 '이혼'이라는 단어로 독일을 생각해볼 수 있다. 독일의 이혼은 일종의 '공동 양육' 형태를 낳았고, 이 양육권에서 여러 승전국들이 하나를 이루어 부모 형태로 출현했고,

그들은 전쟁에 참여했다는 이해관계가 확고했던 이념과 부조리한 갈등이 빚었던 분쟁을 무리 없이 해결하고자 했다. 그래서 전쟁은 더욱 냉전이 되었고, 국가 간의 예의는 불가능했다. 그리고 서로의 중재 절차는 사납고도 적대적인 부모의 합의가 되어버렸고(포츠담 회담), 이를 통해 독일을 지배하는 부모들은 자녀들을 '분할'하기로 결정했다. 한 자녀는 서쪽으로, 다른 자녀는 마지못해 동쪽으로 끌려갔다.

그래서 독일은 분할되었고, 베를린도 분할되었다. 한동안 사람들은 나아가려고, 재건하고, 또 잊어버리려고 노력했다. (파괴된 건물, 시체, 반이 부서진 민족이 검은 들판의 먼지 아래 널빤지처럼 쌓였다.) 나는 잘 모르기 때문에 이에 대해 별로 언급하고 싶지는 않지만, 그 후 얼마 되지 않아 동독은 경제적으로 파탄 상태에 빠졌고, 사람들은 몇 조각의 버터와 바나나 한 개를 얻기 위해 노력해야 했다. 이러한 노력을 기울인 뒤에, 당연하게도 동독 사람들은 대부분 사회주의에 환멸을 느끼게 되었다. 이는 필연적인 사실이었다. 서베를린은 너무 가까이 있었다. 예를 들면 베르나우어 슈트라세를 따라 늘어선 아파트 건물에서 솔솔 새어나오는 버터 바른 토스트 냄새를 맡을 수 있을 정도였다. 1961년에 동독 정부는 서베를린으로 향하는 지친 동베를린 사람들과 매일 민주주의를 찾아 떠나는 사람들에 대한 해결책을 찾아내려고 노력했다. 그리고 실제로 벽이 생긴다는 루머도 돌았다. 독일민주공화국 국가원수이자 공산당 당수였던 울브리히트는 탈출하는 사람들을 막기 위해 곧 벽이 생길 거라는 루머에 대한 기자의 질문에 이렇게 답했다.

"누구도 '벽'을 세우려는 사람은 없다."

울브리히트의 전설적인 대답은 이것이었다.

하지만 벽은 세워졌다. 프리캐스트 공법으로 만든 대형 강화 콘크리트 구조물이었다. 지난 오랜 세월 동안 중국이나 터키에 있던 큰 벽과 달리 이것은 스포트라이트, 차량 통행 방지 참호, 철조망, 방어벽 벙커, 감시탑 같은 혁신적인 추가물이 있었고, 심지어 개 한 마리조차 통과할 수 없었다. 이 벽은 단순한 벽이 아니라 넓게 땅을 파놓아 목숨을 건 어떤 탈출자도 쉽게 목격될 수 있는 벽이었다.

그러나 동베를린 사람들은 탈출을 포기하지 않았다. 벽을 통과할 수 없기 때문에 더욱 이 벽을 넘고 싶어 했다. 어느 압제의 역사에서도 독일인들이 국경선을 넘을 때 보여준 치밀함을 발견하지 못했을 것이다. 1961년 장벽이 세워진 8월부터 1989년 11월 붕괴될 때까지 28년간 동독 전역에서 수천 명의 사람들이 자신이 생각할 수 있는 모든 방법을 동원해 이 경계선을 탈출하여 독일 역사를 다시 쓰기를 원했다.

1965년에는 어떤 역사적인 사실이 있었는가? 라이프치히의 한 엔지니어가 동독 정부 청사 지붕에서 무거운 밧줄을 던지고 가족 한 사람 한 사람씩 아래로 내려 보냈다. 1968년에는 제브니츠 출신의 베른트 뵈트거가 보조 엔진을 부표에 장착한 세계 최초의 수륙용 스쿠터를 고안하여 시속 5킬로미터라는 안타까운 속도로 발트 만(灣)을 통과했다. 그는 아직 살아 있다. 나는 실제 있었던 사람들의 이야기를 하는 것뿐이다. 또 1975년에는 어땠는가? 그때는 동독 정부가 주민들에게 행동의 자유를 약속하는 헬싱키 조약에 서명한 직후였다. 서독의 두 형제가 알루미늄으로 비행기를 만들어 그 위에 소련 국기를 덮은 후 동독의 트렙타워 공원으로 날려 보냈다. 그곳에서 오랫동안 만나지 못했던 셋째 동생이 어린 아들을 데리고 그 비행기에 올라 서베를린으로 다시 돌아왔고, 어린 소년은 즐거움과 전 과정의 혼란 속에 고함을 질렀다. 그것은 유명한 사건이다. 이것이 유명하지 않다면 당연히 유명한 사건이 되어야 한다.

내가 확신하는 일이 하나 있다면 그것은 사람들이 통제의 사슬을 피해 결사적으로 탈출한다는 것이고, 내 아버지 역시 마음속에 늘 품었던 염원이었는지도 모른다. 아버지는 수집가이고, 일벌레이고, 납을 때우는 땜장이였다. 아버지는 뚱뚱하고 의심이 많고 서류를 볼 땐 몸을 구부려 확인했다. 조그만 기계를 보면 쪼개서 들여다보는 사람이었지만, 오랫동안 우리의 탈출을 마음속으로만 생각했었다. 아버지와 나의 탈출 말이다. 아버지는 벽을 통과하는 방법에 관해 자기가 할 수 있는 만큼 조사하고, 도움이 될 만한 지인들을 면밀히 검토했다. 아마 그는 모든 사람들을 샅샅이 탐구했을 것이다. 스프린터, 점퍼, 굴 파는 사람, 열차 차장, 비행기 조종사, 글라이더, 수영 선수, 다이빙 선수, 배선원, 불도저 운전사, 사기꾼, 여권 위조범 등. 동독 정부 문서 '국경 안보 보안 시설을 통과한 계획적 성공적인 범법 행위에 관한 재고'(1974~1982)라는 제목의 내부 자료는 재미있는 읽을거리다. 이 서류에 의하면 그때까지 7,282명의 국경선 범법자가 체포되었고, 그중 313명만 국경을 넘는 데 성공했다.

이것은 극소의 숫자지만 정확한 수치라고 할 수 있다.

나는 자랑하려고 이런 얘기를 하는 게 아니다.

국경에 대해 알고 있기 때문에 이야기하는 것이다.

신음

그렇게 딸과 나는 길가에 멈춰 있었다. 아이는 미니쿠퍼 트렁크 안에 조용히 앉아 있었다. 나는 트렁크에 손을 얹고 이 상황을 어떻게 설명할지 곰곰이 생각했다. 하지만 끝내 한마디도 설명할 수 없었다. 그때 대형 트럭이 지나가면서 우리 사이의 침묵을 깨뜨렸고, 고속도로로 접어들면서 이 슬픈 광경에 헤드라이트를 쏟았다. 나는 조금도 움직일 수 없었다. 운전사는 차를 세우지 않았다. 트렁크 안에 어린아이를 집어넣은 남자에 대해 그가 상관할 바가 아니었다.

"아빠?"

메도가 내 계획에서 위험을 감지한 듯 다시 말했다. 긴장한 듯 숨소리가 거칠었다. 삑삑거리는 주전자 같은, 귀에 거슬리는 쉰 듯한 목소리, 조여오는 압박감.

내가 손을 뻗자 메도가 그것을 잡았다.

나는 어색하게 웃으며 말했다.

"거기서 나와. 내가 무슨 생각을 하고 있는지 나도 모르겠다."

메도는 트렁크에서 일어나 범퍼 위에서 균형을 잡은 뒤 뛰어내렸다. 아이가 잠시 도로 뒤편을 쳐다보았다. 더 많은 트럭들이 다가오고 있었다. 헤드라이트 불빛이 메도의 무릎 사이를 비췄다.

"여기가 어디예요?"

"북쪽이야."

"그럼, 계속 갈 거예요?"

"이 방향으로는 못 가."

나는 경계선을 가리키며 말했다.

"나도 이제 더 이상은 모르겠다."

나는 범퍼에 앉아 셔츠 소매로 얼굴을 닦았다. 메도가 주위를 돌아보았다.

"만약 계속 가면 어디가 나와요?"

"캐나다가 있지."

"그 다음에는?"

"아마 배핀 만일 거야."

"그 다음에는?"

"그린란드?"

"그 다음에는?"

"맙소사, 메도. 그 다음은 없어. 바다겠지. 이리 와봐. 넌 공기를 들이마셔야 돼."

나는 트렁크에서 메도의 배낭을 가져와 바깥 주머니에서 공기 흡입기를 꺼내 흔들었다. 딸은 몸을 앞으로 굽히고 주입기 두 개를 받아 들었다. 나는 흡입기를 배낭 속 딸기 치약통 옆에 다시 집어넣었다.

"내 말은, 바다 다음에 말이에요."

메도가 내 얼굴에 숨을 내쉬듯 얼굴을 바짝 대고 말했다.

"북극의 다른 쪽에는 아무것도 없어요?"

"음, 네가 말하는 뜻을 알았다. 러시아가 있지."

"그 다음에는요?"

"메도, 이제 나도 몰라."

"아빠?"

한 줄의 차량이 우리 주위를 통과했다. 쭉 붙어서.

"아빠?"

"응?"

"아빠 얼굴이 축축해요."

나는 내 뺨에 손가락을 가져다 댔다.

"오, 내가 울고 있었나 봐. 신경 쓰이니?"

"아뇨."

"그럼 됐다."

우리는 지나가는 차들을 쳐다보았다.

"아빠가 슬프면 너도 슬프니?"

"네."

"슬퍼지면 되는 일이 아무것도 없어. 그러니까 참아야 해."

"알겠어요."

"참아야 해. 그냥. 그러면 나중에는 마음이 편안해질 거야. 엄마와 내가 세상을 떠난 후에 말이야. 다른 사람이 죽을 때 마음이 한결 가벼워지는 것은 바른 일이야. 어느 누구도 이런 이야기를 네게 해주는 사람은 없을 거야."

메도가 또다시 나를 빤히 쳐다보았다.

"내 말을 믿어, 메도."

"네, 믿을게요."

나는 내 얼굴을 닦았다.

"메도."

나는 메도의 셔츠를 잡아당겨 냄새를 맡아보았다.

"네 옷이 축축하구나. 잘못하면 천식이 올지도 모르니까 뒷좌석에서 파자마로 갈아입는 게 어때? 그동안 아빠는 지도를 좀 볼게. 알았니?"

"집으로 돌아가는 길 몰라요?"

"돌아가는 길은 알고 있어. 내가 말한 대로 할래?"

나는 도로변에서 차를 움직여 끼익 소리를 내며 유턴했다. 메도가 나를 지켜보고 있다는 걸 느꼈지만 내 눈물에 대해 어떻게 이야기해야 할지 몰랐다. 지금도 그것에 대해서는 할 말이 없다.

"메도, 아빠 기분을 좋게 만드는 방법 알지?"

"그게 뭔데요?"

"아빠는 너와 함께 아주 높은 산을 보고 싶어."

"좋아요. 그럼 여기 가까이에 산이 있나요?"

"물론이지. 산은 어디에나 있어."

"좋아요. 월요일에는 학교에 가니까."

"그래? 알겠다."

다시 저 멀리 플래츠버그 지역의 오렌지색 불빛이 나타났다.

"학교는 언제 방학을 한다니? 가톨릭 아카데미는 여름을 몰라. 벌써 날씨가 더워졌는데 말이야. 블랙베리도 익었고, 벌써 야외 생활이 시작됐는데 말이야."

"나도 잘 몰라요. 6월쯤?"

"지금이 6월인데. 이제 파자마 입을래?"

메도는 벨트를 풀고 안경을 옆에 치워두었다. 그리고 몇 차례 몸을 뒤틀어 꺾은 후 머리를 구멍 밖으로 내밀었다. 메도는 옷을 아래로 잡아당기고 안경을 도로 썼다. 뒤차의 헤드라이트 불빛이 딸의 머리에 별의 왕관을 만들어주었다. 내가 이런 말을 하는 것이 터무니없겠지만, 세상의 모든 것에는 수많은 단계가 있고 인생살이에도 끝없는 절차가 있다는 것을 이야기하고 싶다. 나는 이 점에 대해 사과하고 싶다.

"좋은 생각이 하나 있는데……."

나는 말했다.

"좋으면 좋다, 싫으면 싫다고 말해. 알겠니?"

"네."

"아빠가 얘기하는 걸 생각해봐."

나는 손으로 앞 유리를 닦았다.

"워싱턴 산. 미국 북동부의 가장 높은 산봉우리이자 지금까지 기록된 최고 속도의 지상풍이 부는 곳이지. 그리고 워싱턴 산의 가장 좋은 점은 정상까지 차를 몰고 갈 수 있다는 거야. 최정상까지 가는 길에 프라이드치킨도 사먹고 범퍼에 붙이는 스티커도 살 수 있어."

메도는 몸이 얼어붙은 듯 꼼짝도 하지 않았다.

"그런데 이곳에 가려면 이틀 정도 걸릴 거야. 네가 원한다면 우리는 '진짜' 자동차 여행을 할 수 있어. 여기 들렀다 저기 들렀다 할 수 있지. 몇 가지 문제 때문에, 너도 알다시피 우리가…… 한동안 우리가 함께 지낼 수 있는 시간이 통 없었어. 왜냐하면 아빠랑 엄마 사이에 귀찮은 일들이 있었기 때문이야."

메도는 골똘히 생각에 잠긴 듯했다. 딸의 파자마에는 마이크를 입에 대고 노래를 부르는 멋진 금발 소녀의 모습이 그려져 있었다. 소녀의 눈동자는 반짝이는 빛으로 가득했다. 딸은 가슴 위로 안전벨트를 끌어당겨 채우고 백미러를 통해 나를 쳐다보았다.

나는 마치 게임을 하듯이 웃었다.

"아빠가 수녀님한테 편지를 쓸까?"

"나는 수녀님한테 배우지 않아요. 수녀님은 음악하고 종교 시간만 가르쳐요."

"그렇다면 다른 과목을 가르쳐주는 비기독교인 선생님에게 편지를 써야겠구나."

메도는 쓴웃음을 지어 보였다. 나는 그 웃음이 좋았다. 쓴웃음이란 지적 욕구의 실망을 의미한다. 나는 메도가 실망하는 것을 원하지 않았지만, 메도가 총명하다면 피할 수 없는 일이었다. 나는 메도가 내 말을 거절할 가능성도 생각해보았다. 어떤 면에서 나는 메도가 우리를 구원할 거라고 생각한 게 아닐까.

"좋아요."

메도가 어깨를 으쓱하며 말했다.

"정말이니? 진짜로? 학교 빠져도 돼?"

"괜찮아요."

"정말? 좋아. 좋았어."

"물론이죠. 그런데 엄마한테 물어봐야 돼요."

가슴이 철렁했다. 충실하게도, 메도는 우리가 하고 싶은 것을 마음대로 할 수 없게 만드는 절충안적 해결책을 찾아냈다. 우리는 또다시 우리 자신이 만든 덫의 포로가 되었다.

나는 쓴맛을 삼키며 "당연하지"라고 말했다.

"내일 아침에 가장 먼저 엄마에게 전화를 걸어서 엄마가 뭐라고 하는지 들어보자."

"당장 할 필요는 없을 거예요. 가는 길에 하면 돼요."

"그러자꾸나, 귀염둥이. 엄마를 생각하는 건 좋은 일이야."

"그런데 며칠이나 걸려요?"

"이 여행을 며칠 동안 했으면 좋겠니?"

메도가 좌우로 눈을 굴리며 말했다.

"6일?"

"6일? 멋진데? 그건 거의 일주일이야."

"그건 바로 내 나이예요."

"행운의 숫자로구나. 우리는 한 번도 6일 동안 같이 있어본 적이 없어."

"그리고 나는 학교에서 배울 게 별로 없어요. 나는요, 거기에서 공부하는 것을 다 알고 있어요. 읽는 거라든가, 그런 것들은요, 아기였을 때 벌써 다 배웠거든요."

"메도, 정말 미안해. 아빠 마음이 아프구나."

"그래서 나는 워싱턴 산에 가고 싶어요. 하지만 지금은 배가 고파요. 도넛 사주시면 안 돼요?"

"그럼, 그럼. 근처에 파는 곳이 있을 거야."

하지만 주변을 둘러보아도 도로 양편은 짙은 밀림의 벽이었다.

"아니면 플래츠버그에서 살 수 있을 거야. 거기에는 백 개, 천 개쯤 있을 거야. 네가 다 먹어도 돼."

그러나 우리가 플래츠버그에 도착했을 때 메도는 다시 잠들어 있었다. 나는 메도의 무의식이 외부의 감각을 어떻게 꿈으로 표출할지 상상해보았다. 트럭들이 승용차 옆으로 줄지어 지나가고, 페리 선박이 램프를 아래로 내리면서 쨍그랑 쇳소리가 나고, 자동차 바퀴가 땅이 아닌 다른 표면 위로 굴러가며 덜컹거리고…….

그때는 새벽 1시 5분이었다.

플래츠버그에서 그랜드 아일까지 왕복하는 페리는 놀라울 정도로 붐볐다. 순서대로 차를 갑판 위까지 끌고 가서 엔진을 끄고 열린 창문 밖으로 한쪽 팔을 걸쳐놓고 앉아 있었다. 호수에서 불어오는 미풍이 갑판 위를 슬쩍 스치고 지나갔다. 메도는 여전히 뒷좌석에서 미동도 없이 깊은 잠에 빠져 있었다.

나는 차 문을 열고 내려 우리 뒤쪽에 여전히 시동을 걸어놓은 채 높은 운전석에 앉아 있는 트럭 운전사에게 눈인사를 했다. 나는 철제 계단을 밟고 승객들이 모인 갑판 위로 올라갔다. 미니쿠퍼가 보이지 않는 한구석에 몸을 숨기고 호수의 깊이를 들여다보며 난간 위에 몸을 기댔다. 이상한 일이었다. 순간적으로 딸로부터 달아나고 싶었다. 딸에 대한 사랑을 모두 버리고 싶어졌다. 나는 아이를 사랑할 때 생기는 온갖 귀찮은 일들을 다 잊어버렸다. 그 무엇보다 딸과 함께 있고 싶었기 때문이지만, 또 한편으로는 그런 욕망에서 해방되고 싶었다. 왜냐하면 내가 메도와 같이 있는 순간의 끝을 알기 때문이었다. 당신과 나, 죽음, 십대의 딸, 무엇이 이것을 끝내게 될까. 무엇이든 간에 나에게 달린 문제는 아닐 것이다.

'세상에 망각만한 것은 없다.

'참아내야만 한다.'

샘플레인 호수는 기름처럼 검었다. 저 먼 곳의 불빛 목걸이가 호숫가에서 깜박거렸다. 나는 전망대에 올라가 비단으로 짠 스카프가 시커먼 물 위에서 흔들리고 있는 모습을 보았다. 사람들은 말이 없었고 모든 것이 적막했다. 바람 한 점 없는 호숫가의 이상한 고요는 어딘가에서 들려오는, 막 연주를 시작한 팝 음악이 흘러나오는 라디오의 반복적인 끊겼다 이어지는 소리에 깨졌다. 그 음악이 나를 정신 차리게 해주었고, 아무 생각 없이 기대고 있던 난간에서 몸을 바로잡게 했다. 높은 운전석에 앉아 있던 운전사를 떠올렸고, 어떻게 단 1초라도 아이 혼자 내버려두고 올 생각을 했는지 의아스러웠다. 나는 다시 철제 계단 밑으로 뛰어 내려왔다. 메도는 미니쿠퍼 뒷좌석에서 여전히 깊이 잠들어 있었다. 페리도 천천히 엔진을 꺼뜨렸다. 이제 우리의 남은 길을 어려움 없이 갈 수 있을 것이다. 뉴욕 주를 뒤로 하고 우리는 버몬트 주로 들어갔다.

과묵

아버지는 말이 없는 사람이었다. 나는 아버지와 언제나 침묵으로 대화했는데, 그것이 우리가 함께 살아온 역사였다. 아버지에게 영어로 학교생활을 이야기할 때마다 그는 반 정도밖에 이해하지 못했다. 그는 모직 코트를 입었고, 회색 머리카락이 등까지 내려왔다. 그의 수염은 통풍 치료를 위해 늘 마시던 체리 주스처럼 진한 홍색이었다. 나는 가끔씩 남은 주스 방울을 마시면서 나도 아버지처럼 머리카락이 굵어질까 생각했다. 그리고 일을 할 수 있을 만큼 원기와 건강을 찾을 수 있기를 기대했다. 나는 항상 허약했기 때문이다.

아버지는 무자비한 사람은 아니었다. 나를 야단치는 경우도 극히 드물었다. 어쩌다 한 번을 제외하고는 내게 무엇을 하도록 강요한 적도 없었다. 또 어느 시점부터는 내게 어떤 지시나 조언도 하지 않았다. 사실 그는 아버지로서 해야 할 관습을 전부 잊어버린 것처럼 보였다. 어렸을 때 자주 해주던 사소한 충고들이 그리웠다. 가족이 함께 동독에 있을 때 종아리를 때리던 걱정과 염려가 그리웠다. 도체스터에서의 삶은 다소 우울했지만, 그의 분노가 내 마음에 위안이 되었는지도 모른다. 그러나 아버지 마음속에 있던 분노는 내가 성장하면서 사라졌고, 아버지와 나의 역사는 점점 더 의미를 잃었다. 왜 우리는 이곳에 오기 위해 그토록 많은 어려움을 겪어야 했을까? 침묵이 아버지를 떠올리게 한다고 말한다면, 그것은 검열된 대화와 검열된 기억, 지워진 테이프의 의미에서 얘기하는 것이다.

둘째 날

다음 날 아침 우리는 버몬트 주 그랜드 아일에서 눈을 떴다. 등은 뻣뻣했고, 주위로 닭들이 둘러싸고 있었다. 어젯밤 나는 캄캄한 어둠 속에서 여기에 차를 세워두었다. 날이 밝은 뒤 나는 우리가 적당한 장소에 잘 숨었다는 사실에 안도했다. 우리는 '그레이트 버몬트 콘 메이즈'라고 적힌 대형 광고판 뒤쪽 모래밭 귀퉁이에 서 있었다. 그곳은 닭과 도로 이외에 문명의 흔적이 없었다.

만약 처지가 달랐다면 지금 나는 메도에게 맛있는 아침을 사주기 위해 밖으로 나가거나 씻고 옷을 갈아입을 수 있는, 안전하고 깨끗한 곳을 찾아 나섰을지도 모른다. 그러나 차 안에서 잠자기 시작하면 반드시 이상한 일이 닥친다. 일종의 허가 같은 것이 필요했는지도 모른다. 우리는 캐나다로 도망가지 않았다. 그렇다고 올버니로 되돌아간 것도 아니었다. 우리는 자동차 여행을 하는 중이었다. 내가 솔직해지려고 할 때 그랬던 것처럼, 메도가 잠옷을 갈아입고 머리를 빗는 것이 갑자기 아무 의미 없는 것처럼 느껴졌다. 간판을 뒤로하고 나무숲을 가로질러 출발했다. 우리 둘 다 이 모험에 무척 흥분했다고, 나는 그렇게 생각했다.

그리고, 맞아, 나는 당신에게 전화를 걸 계획이었다.

당신은 풀을 모두 베어버린 버몬트의 들판을 본 적이 있을까? 새벽녘 진한 초록색의 거대한 목초 더미들이 서쪽으로 그림자를 드리우는 모습을 본 적이 있을까? 멀리서도 뚜렷이 보이는, 밤을 머금은 서늘한 그림자를 드리운 채 문을 활짝 열어놓은 붉은색 창고를 본 적이 있을까? 우리는 숲에서 벗어나 노란 꽃이 만발한 벌판으로 들어갔다. 고요한 공기를 가르며 둥지 튼 새들의 지저귀는 소리를 들을 수 있었다. 샘플레인 호수가 들판 너머 자리한 흰 자작나무 사이에서 반짝였다. 깨끗한 땅에 주름진 듯한 고랑을 따라 새로 페인트칠을 해야 할 것 같은 오래된 농가 한 채가 자리 잡고 있었고, 손질을 잘한 농가의 지붕 경사면은 언덕에 맵시를 더해주었다. 모든 것이 아침과 더불어 활기를 띠었다.

"여기, 아빠 어깨 위로 올라와."

나는 메도를 위로 들어 올렸다. 제법 무거웠다. 하지만 나는 메도를 든 채 들판을 건너는 수고를 기뻐했다. 이렇게 아이를 어깨에 태울 수 있다는 사실 자체가 행복했다. 우리가 어울렸던 일들이 머릿속에 떠올랐다. 지난 여름 내가 올버니로 다시 돌아가기 전 마지막으로 메도를 어깨에 태웠고, 그 후에는 가끔 보거나 감독 아래 만나는 게 전부였다. 귀뚜라미, 나비, 오렌지색 띠를 두른 새들이 풀 밖으로 튀어나왔다. 내 어깨에 올라타고 있던 딸은 한 손으로 머리를 꼬면서 다른 손 엄지손가락을 몰래 빨았다. 딸의 눈은 어린 시절 사랑을 듬뿍 받던 시절처럼 편안하게 풀려 있었다.

우리가 들판을 반쯤 가로질러 왔을 때 농가 문이 활짝 열리며 웬 여인이 나타났다. 우리를 바라보는 여인의 얼굴이 그림자에 반쯤 가려졌다. 나는 머리를 숙여 인사하고 걸음을 재촉했다. 그때 작은 개 두 마리가 집에서 쏜살같이 달려 나와 내 발목 주변에서 맴돌았다.

메도가 소리쳤다.

“강아지다! 아빠, 강아지 쓰다듬어도 돼요? 만져보고 싶어요.”

“안 돼, 귀염둥이. 우리는 계속 가야 돼.”

나는 그 여자를 힐끗 쳐다보며 말했다.

“아빠, 제발요. 봐요, 정말 귀엽고 작아요.”

어느새 메도가 풀밭으로 들어가 개를 쓰다듬어주는 동안 나는 그곳에 서 있었다. 나는 개 주인이 우리를 지켜보는 것을 모른 척하려고 했다. 우리는 침입자였다. 나는 우리가 누구인지, 혹은 우리가 무얼 하고 있는지 궁금해 하는 사람이나 문제가 될 수 있는 일들을 피하는 게 좋겠다고 마음먹었다. 게다가 그녀는 엽총 같은 느낌의 사람이었다. 나는 그녀가 알아들을 수 없는 말로 소리치는 것을 들었다.

나는 안 들리는 것처럼 가장했다.

“네? 뭐라고요?”

“우리 집에 온 거냐고요!”

그 여자는 다시 소리쳤다.

“아뇨. 그렇지 않아요.”

“민박용 오두막집이 있거든요.”

그녀는 굳이 발코니에서 목초지 끝 계단 아래까지 내려왔다.

“우리 집에 숙박하러 온 손님인 줄 알았어요. 오두막을 빌려주고 있거든요.”

나는 고개를 끄덕거리며 메도의 등을 살짝 밀었다.

“가끔씩 여기서 배회하는 사람들이 있어서요. 마을 사람들한테 우리 집 얘기를 듣고 오죠. 그래서 물어본 거예요.”

그녀는 등 뒤로 손을 갖다 댔다. 자세히 보니 그녀는 꽤 나이 든 여자였고 회색 머리를 남자처럼 바짝 자르고 있었다.

“마을에서 나에 대해 들은 사람들, 그러니까 추천을 받아서 온 사람들에게만 방을 빌려주려고 하거든요.”

“물론이죠. 충분히 이해해요.”

“그래요, 그럼.”

그녀가 손뼉을 짝 치자 개들이 뛰어오며 우리를 바라보았다. 그녀는 몸을 돌려 현관 쪽으로 향했다. 나는 다시 한 번 경치를 돌아보았다. 여기저기 흩어져 있는 농가, 호수, 딸의 머리카락에 앉은 이슬방울.

“잠깐만요!”

나는 수풀을 헤치고 들판을 가로질러 그 여자를 향해 걸어갔다. 내가 다리에 붙은 풀을 터는 동안 그녀는 흐릿한 푸른 눈을 껌벅거리며 나를 보았다.

"대답이 늦어서 죄송해요. 딸과 저는……."

들판을 등진 메도의 머리카락에 붙은 엉겅퀴는 마치 작은 도깨비 같아 보였다.

"저희는 자동차 여행을 하고 있는데, 사실은 머물 곳이 필요해요. 하루나 이틀쯤이요."

그녀는 메도 쪽으로 모호하게 눈을 돌렸다.

"우리 집에 대한 얘기를 들었나요? 동네사람 중에 누가 추천해줬나요?"

"아니요. 솔직히 말씀드리면 마을 이름도 몰라요. 밤새 운전해 왔거든요."

늙은 여자는 실망한 듯 보였다.

"사실 나는 소개받고 오는 사람을 좋아해요. 모르는 사이니까요. 당신도 내가 누군지 모르고요."

"충분히 이해해요. 하지만 우리는 그저 아빠와 어린 딸일 뿐인걸요. 아이가 파자마를 갈아입을 장소가 필요해요. 딸이 쉬고 옷을 갈아입을 만한 방이 있으면 좋겠어요."

그녀는 고개를 끄덕였다. 하지만 메도가 잠옷을 입고 있다는 걸 모르는 것 같았다. 아예 보지 못한 걸지도 모른다. 나는 더 열심히 그녀를 설득했다.

"이렇게 말씀드리면 조금 어처구니없이 들릴지도 모르지만요,

저는 우리가 추천을 받았다고 생각해요. 바로 이곳의 지형이 우리를 안내했다고요. 그러니까 우리가 여기까지 이끌려 왔다고 할까요. 죄송하지만……."

나는 손가락으로 눈을 지그시 눌렀다.

"저는 밤새 운전하고 왔어요. 그리고 댁의 임대 원칙을 잘 이해해요. 제발요, 부인."

"자."

그녀는 마치 내가 아무 말도 하지 않은 것처럼 말했다.

"가서 두 번째 오두막집을 둘러보도록 하지요. 첫 번째 오두막은 이미 빌려주어서 선택의 여지가 없어요."

그녀는 걸으면서 땅을 보고 말했다.

"그 방도 추천받지 않은 사람에게 빌려주긴 했어요."

"경제가 최악이죠."

나는 메도의 손을 잡으며 말했다.

"우리 모두 많은 걸 잃었어요."

그녀는 다시 말을 이었다.

"아침 식사나 다른 편의 시설은 제공하지 않아요. 인터넷도 없고요. 젠장, 사실 전화기도 없어요. 하지만 손님 대부분은, 솔직히 말해서, 그런 걸 별로 상관하지 않는 것 같아요. 그런데 어디서 오시는 거죠?"

나는 메도의 손을 꾹 누르며 윙크했다.

"캐나다요."

한순간 메도의 눈이 동그랗게 커졌다가 음모라도 꾸미는 듯이 가늘어졌다.

여자는 우리를 자갈길 아래로 안내했다. 그 길은 딱딱한 회색 모래로 덮여 있었고, 작은 말발굽 형태의 만으로 연결되어 있었다. 호숫가 양쪽에 작은 격자로 새로 단장한 연장 보관 창고처럼 보이는 건물 두 채가 서 있었다. 초콜릿색의 그 구조물은 너무 작아서 숲 속의 장난감 집처럼 보였다. 그녀는 허리에서 열쇠 꾸러미를 꺼내 문을 열었다. 메도가 방 안으로 달려 들어가 좁은 철제 침대 위로 뛰어올랐다. 그 방은 한 번도 쓴 적이 없는 것처럼 먼지투성이였고, 젖은 양털 냄새가 났다. 마루에는 로프로 짠 타원형 깔개가 깔려 있고, 10여 개의 작은 약병들이 어둠 속에서 하나뿐인 창틀에 나란히 놓여 있었다.

그녀는 잠깐 기다리더니 나를 향해 입을 열었다.

"괜찮아요?"

내가 무슨 말을 했을까? 무어라고 했어야 할까? '아니'라고 말했어야만 할까? 거절하고 돌아서서 차라리 집에 가는 편이 더 나았을까? 나는 결혼 생활에 실패했고, 아버지로서의 권리도 지키지 못했고, 여러 면에서 결심도 부족했다. 똑똑한 내 아이는 흥미를 잃게 하는 지루한 교육을 시키는 가톨릭 아카데미로 돌아가야 하고, 고리타분한 외할아버지와 무정한 엄마에게 돌아가야 한다. 우리는 결코 이런 얘기를 꺼내선 안 되고, 그저 '네'라고 말했을 때 과연 얻는 게 무엇일지 궁금해 해서도 안 되겠지. 현실적으로 나는 뉴스코틀랜드 애버뉴의 집으로 돌아가야 한다. 그리고 욕실에서 비누로 몸을 닦고 칫솔질을 하고 캐나디언 클럽 양주로 또 밤을 보내야겠지.

방으로 들어가자 먼지 때문에 재채기가 나왔다. 나는 그녀의 손을 가볍게 두드리며 "고마워요, 좋네요" 하고 말했다.

의심할 때와 의심하지 않을 때

불황은 내면을 성찰하게 만든다고 한다. 직장을 잃은 사람들은 갑자기 영혼의 내면을 숙고하는 시간을 갖는다. 수십 년간 필요 이상으로 속도를 내며 살아왔던 사람들이 갑자기 빵을 굽고 시를 읊고 정교한 만다라를 만들고 사제나 랍비에게 까다로운 질문을 던진다. 나는 이런 일들이 좋다기보다 단지 우리가 최선을 다하기 위해 노력하는 것이라고 말하고 싶다.

나에 대해 말하자면, 역사가 나를 부동산 시장에 거품이 꺼졌을 때도 사업을 최고로 끌어 올리던 전도유망한 젊은 부동산업자들 속에 포함시켜 주리라고 생각한다. 2006~2007년까지 나는 꾸준히 부동산을 판매해왔다. 올버니 북쪽의 농장과 방갈로를 비롯해 파인 힐에 위치한 새로 리모델링한 다세대 빌라도 중개했다. 큰 규모는 아니지만, 새로 집을 장만하는 사람들이 많았다. 기회가 뜸한 사람들에게는 나쁘지 않은 거래였다. 많을 때는 한 번에 열건에서 열다섯 건의 부동산을 관리했는데, 대부분 다음 주 일요일 신문 광고란에 실리기도 전에 시장에서 시리졌다. 일이 잘 풀리고 있었기 때문에 걸려오는 전화도 받지 않았다. 비록 존경받지 못하는 직업이었지만, 이 같은 성공은 잠재적 예외주의 성향의 사람인 내게 상당히 매력적이었다. 덕분에 불황 속에서도 그럭저럭 운영해나갔다. 사실 내가 부동산에 흥미를 잃어버렸을 때가 내 경력의 최정상이었을 것이다. 무슨 일이든 잘하는 편이라, 나는 일에 대해 쉽게 싫증을 내고 새로운 도전을 찾는 게 습관이 되었다.

처음 딸이 태어났을 때 뛰어난 아이라는 것을 알았다. 무엇보다 메도는 울지 않았다. 새로 태어나는 아이의 울음은 생명의 표현이요, 활력의 신호라고 알고 있었지만, 나는 이런 진부한 이야기가 두려웠다. 솔직히 말해 그때까지 나는 메도에 대해 그다지 관심이 없었고, 아이를 별로 좋아하지도 않았다. 바꿔 말하면 어린아이를 원치 않았다기보다 아이에 관해 생각할 준비가 되어 있지 않았다. 내가 아이를 원하지 않은 것은 아니었다. 그러나 메도가 태어나서 울지 않자 바로 이것이 나의 관심을 자극했다. 은색 저울 안에서 허공을 향해 작은 주먹을 휘젓는 메도를 빤히 들여다보며 '어떻게 이럴 수가! 이건 엄청난 일이야'라고 생각했다.

그 뒤 내가 메도에 대해 단순한 흥미를 넘어 관심을 쏟기까지는 2년이 더 걸렸다. 메도는 귀여웠지만 아직은 큰 의미가 없는, 다소 현실과 관계가 없는 존재 같았다. 게다가 메도는 로라 당신의 것이었고 당신의 젖을 빨았다. 나는 그저 아버지라는 의미만 있었다.

그래서 메도가 태어나던 당시에 아버지로서의 노력을 많이 하지 않았다. 나는 그저 제공자였다. 당신이 아기와 함께 집에 있는 시간을 줄 수 있다는 것 자체에 자부심을 느꼈다. 일정하지 않은 직업 스케줄을 즐겼고, 취미인 축구에 많은 시간을 투자했다. 겨울이면 친구가 된 고객들과 함께 세 시간씩 점심 식사를 하는가 하면 여름에는 올버니 북쪽 새러토가로 당연한 듯 여행을 다녔다. 어깨에 운동화를 멘 채 밤늦게 집으로 돌아왔고, 울음소리를 듣고서야 가끔 메도가 있는 2층으로 올라갈 정도로 내게 아기가 있다는 사실 자체도 잊어버렸다.

물론 로라 당신도 많이 변했다. 메도가 당신의 인생이었다. 메도를 낳은 후 당신은 집에서 일 년간 흐트러진 모습으로 지냈다. 환경오염을 걱정하며 직접 이유식을 만들고, 직업적 욕망도 무시해버렸다. 언젠가 내가 귀가했을 때 부엌은 마치 약탈당한 듯 난장판이었는데, 당신과 아이 둘 다 흔적이 없었다. 그래서 2층으로 달려가니 김이 자욱한 욕조 안에 당신과 메도가 몸을 담그고 있었고, 당신의 큰 블라우스 셔츠와 메도의 유아복이 문지방 여기저기에 연인들의 것처럼 흩어져 있었다.

누군가의 인생관을 따르는 데는 그리 많은 노력이 들지 않는다. 사실 무엇이든 동의하는 일은 간단하다. 그러나 어느 날 불현듯 스스로의 이야기를 요구하는 소리가 바로 문 앞에 와 있다는 것을 감지하게 된다. 어느 날 축구를 하고 돌아왔을 때 나에게도 그런 일이 일어났다. 말문이 트인, 18개월이 된 메도가 땀 흘리는 내 얼굴을 가리키며 "아빠 비 온다"라고 말했던 그때였다. 딸이 태어나서 울지 않았을 때와 마찬가지로 그 말은 나를 멈칫하게 만들었다. 어떻게 이 어린 아이가 저렇듯 예쁜 문장을 지어낼 수 있을까? 메도는 나를 올려다보았다. 그때 나는 서른넷이었다. 그리 많은 나이도 아니지만, 나의 인생 족자의 타버린 한쪽 끝을 슬쩍 들여다보기엔 충분했다. 이 아이는 여기에 펼쳐져 있는 내 인생의 단서일까?

나에게, 그리고 우리에게 경기 불황은 정신적 성장의 기회를 주었다. 나는 파산을 향해 갔고, 당신은 북올버니 지역의 새 대안 학교에서 남들이 부러워할 만한 자리를 얻었다. 2009년 봄까지 부동산 시장은 사막처럼 말라붙었다. 판매자와 구매자 간의 즐거운 거래가 왕성하던 이전의 활성기는 마치 동화처럼 느껴졌다. 이것이 내가 어떻게 일 년간 전업 주부 아빠가 되었는지에 대한 이야기다. 그해 가을 나는 아직까지 낯설기만 한 세 살 짜리 딸과 함께 현관에 서서, 주름 블라우스에 고상한 진주 귀걸이 차림을 한 아름다운 아이 엄마가 내 회사 차를 몰고 출근하는 것을 배웅했다.

메도와 함께 보낸 처음 며칠을 뚜렷이 기억하고 있다. 내가 메도를 내려다보았을 때 아이는 엄지를 입안에 문 채 다른 팔엔 유아용 담요를 끼고 있었는데, 그 모습이 나를 겁에 질리게 만들었다. 주위는 마치 무덤처럼 조용했다. 참나무 잎이 가지 끝에 단단히 매달려 있었고, 도토리가 자동차 보닛 위에 통 소리를 내며 떨어졌다. 혈관으로 피가 흐르는 소리가 귓가에 들리는 듯했다. 누군가 길 아래에서 천천히 이쪽으로 다가오기를 기다렸다. 누구라도 좋았다. 내 장기인, 아무 의미 없는 시시한 수다를 나누고 싶었다. 유머 감각이 서로 다른 두 사람이 어떻게 하루를 채울까? 나는 재미있고 근사한 일을 해야 한다는 책임감을 느꼈다. 혹시나 메도가 애착하는 베개만 들고 아장아장 걸어 나갈까 봐 걱정되기도 했다. 하지만 내가 미처 몰랐던 것은, 메도가 달리 의지할 데 없이 내게 매달리고 있었다는 점이다. 메도에게서 떠나 방황할 사람은 오히려 나였다. 소방서 앞에 딸을 버려두고는 한두 해 가량 열심히 자기변호를 거듭하다가 이후 다시는 아이에 대해 생각하지 않을 사람은 바로 나였다. 딸아이는 코듀로이 재질의 아동복 위로 물방울무늬 팬티를 드러낸 채 그 상황을 무척 당혹스럽게 생각하는 것처럼 나를 제대로 쳐다보지도 못하며 서 있었다. 순간 가슴이 철렁했다. 아이가 어떻게 '내버려질' 수 있단 말인가.

서로의 약점에 대해 자세히 아는 게 없는 채로 우리의 관계가 시작됐다. 집 내부에서 노는 건 금세 지루해졌고, 나는 인형과 크레용에 별 흥미를 갖지 못했다. 그나마 집밖에서는 우리 둘 다 숨을 돌릴 수 있어서 나왔다. 우리는 젖은 모래 박스와 축축한 풀숲에서 놀았다. 거대한 수풀 울타리 안쪽에 서 있으면 심지어 우편배달부의 눈에도 띄지 않는다는 사실을 알게 되었다. 또 울타리 건너편에 아직까지 늦여름의 블랙베리가 기묘하게 엉겨있는 덩굴에 매달려 있다는 것도 발견했다. 우리는 이 경계선 수풀 울타리가 우리의 것인지, 따라서 블랙베리도 우리 소유라고 할 수 있는지 따져보았다. (우리는 그렇다고 결론을 내렸다.) 이웃집 마당에서 잡초가 무성한 정원도 보았다. 민트 잎을 엄지와 검지로 비벼 으깨면 그 향기가 몇 시간 동안 없어지지 않고 남아 있다는 사실도 알았다. 함께 풀 스튜를 만들면서 내 딸이 엄마의 세밀한 주의력과 아빠의 엄청난 호기심을 하나로 결합할 수 있다는 것도 깨닫게 되었다. 반짝이는 것을 좋아하거나 흥분하면 고음을 지르는 것 같은 평범한 행동은 우수한 통찰력을 가진 진정한 자아를 감추는 위장이었다.

아, 이 작은 모방자! 완벽한 거울! 우리가 함께 지낸 지 며칠 지나지 않아 메도는 내가 평소에 쓰는 단어와 문구를 따라하기 시작했다. 아이가 이해하지는 못할 거라고 생각하며 약간 큰 혼잣말처럼 뱉은 것들이었다. 야유는 '불만'을, 트림은 '분출'을, 도토리는 '혼합'이었다. 나는 메도가 어리다고 해서 깔보듯이 말하거나 낮춰 이야기한 적이 단 한 번도 없었다. 나는 언제나 어휘들을 좋아했다. 어린 시절 영어를 배울 때 독일어와의 유사점을 발견하고 흥미를 느꼈다. 이후 나는 자연스럽게 스페인어, 일본어, 심지어 깊이 묻어버린 모국어인 독일어 등 몇 가지 외국어 단어나 구문을 대화에 끼워 넣었다. 메도는 그 모든 단어를 잊지 않고 간직했다. 당연하지만, 나는 메도에게 또 다른 능력이 있는지 궁금했다.

'A-B-C-D-E-F-G.'

어느 날 나는 클레버스 중개소의 편지지와 잘 깎은 연필 몇 자루를 들고 메도와 마주 앉았다.

"이것은 'A'이고, 말할 때는 '아'로 발음하거나 'cat(캣)'처럼 '애'로 발음해. 또 여기에 'y'를 덧붙이면 알파벳 이름을 읽을 때처럼 '에이'로 발음해. 가령 'day(데이)'처럼."

메도는 "에에이" 하고 발음하고는 "그레이엄 크래커 먹어도 돼요?"라고 물었다.

"물론이지. 지금 하는 것만 마치면 바로 줄게. 자, 다음은 'B'. 'B'는 발음이 '버' 소리가 나."

"버."

"'버' 소리가 나는 단어는 뭐가 있지?"

"햄버거."

"좋았어. 또 다른 건?"

"bug(버그)."

"버그! 그래, 좋아! 버그."

'H-I-J-K-L-M-N-0-P.'

그 가을이 끝나갈 무렵 메도는 글을 읽을 수 있게 되었고, 그때 고작 세 살이었다.

이제는 나의 실수들에 대해 털어놓아도 괜찮을까? 그럴 거라고 믿는다. 내가 아이를 보살피는 동안 몇 차례 문제가 있었다고 고백해도 될까? 내가 식료품 쇼핑도 맡아 해야 했기 때문에 나는 그랜드 유니언 마켓에 장을 보러 가곤 했는데, 그곳에서 두 번 딸을 잃어버려 미아 방송을 해야 했다. 또 한 번은 집에서 우리가 과학이라는 이름 아래 실수로 화재 탐지기를 잘못 다루는 바람에 소방서에서 찾아왔다. 그러나 내가 절대 사과하고 싶지 않은 단 한 가지는 메도에게 글 읽는 방법을 가르쳐준 사실이다. 이 점 때문에 사람들이 나에 대해 어떻게 생각하는지 나는 상관하지 않는다.

메도에게 물어보면 그 아이가 말해줄 것이다. 우리는 함께 '재미있는' 시간을 보냈다. 우리의 일상은 풍요로웠다. 나는 부모가 되는 요령을 익히고 있었다. 더 이상 침체된 부동산 시장에 대해서 아쉽게 생각하지도 않았고, 내가 돈 버는 재주가 없는 것에 대해서도 씁쓸하게 생각하지 않았다. 아내에게 용돈을 부탁하는 일종의 모욕감도 받아들일 수 있었다. 공과금 청구서 뭉치 아래에서 개인 연구 원고를 찾아내 낮잠 시간에 그것을 들여다보기도 했다. 모든 게 좋았다. 단 하나의 문제만 빼고.

'Q-R-S-T-U-V-W-X-Y 그리고 Z.'

"당신, 대체 어디 갔었어요?"

당신은 말 그대로 눈물범벅이 된 채 건물 밖 현관까지 나와서 따지듯 물었다.

"에릭, 내가 두 시간 동안 얼마나 초조했는지 알아요? 두 시간이라고요! 지금은 11월이에요. 벌써 깜깜해졌잖아요? 정말 미칠 뻔했다고요."

당신은 무릎을 꿇고 손으로 메도의 몸을 살폈고, 메도는 엄마의 그런 모습에 웃음을 터트렸다. 메도는 파카를 껴입고 후드를 눌러써 단단히 앞을 여민 모습이었다. 나는 혼란스러웠다. 메도가 안전하지 못할 이유가 대체 뭐란 말인가?

당신은 나를 쳐다보았다.

“에릭, 지금이 몇 시인지 알아요?”

“여보, 우리는 시간 가는 줄도 몰랐어. 미안해.”

“우리라고요? 제시간에 집에 와야 하는 책임을 진 사람은 메도가 아니라 당신이에요. 맙소사, 걱정이 돼서 미치는 줄 알았다고요 전화라도 걸면 안 돼요? 메모 한 장 남길 수도 없어요? 오, 귀염둥이, 춥지 않니? 어디 갔었어?”

“도서관에요.”

머플러 속에서 메도의 목소리가 흘러나왔다.

당신은 한숨을 내쉬었다. 중학교 선생님으로서 당신은 도서관 방문을 나무랄 수는 없었다.

“자, 어서 들어가자.”

당신은 따뜻한 불이 켜진 집안으로 우리를 들여보냈다.

“두 사람 때문에 걱정이 끊이질 않아요..”

이런 대화가 겨우내 되풀이되었다. 나의 시간 관리 문제와 불규칙적인 일정 등에 당신이 무척 격분하는 것을 알았지만, 내가 생각하는 한 나 자신은 충실한 보호자였다. 강건한 체격을 가진 남자이고, 여러 개 언어를 구사할 수 있는 훌륭한 해결사였다. 그런데 당신은 도대체 뭐가 그리 걱정스러웠던 걸까? 내가 말할 수 있는 것은 부모는 아이를 키울 때 날마다 여러 복잡한 상황, 임기응변과 취사선택이 필요한 순간을 만난다는 점이다. 온전한 정신 집중이 필요한 일이다. 당신에 대해 생각하거나 당신이라면 어떻게 했을지 생각하는 건 아무 도움이 되지 않는다. 당신 말대로라면 메도와 내가 하루 종일 창밖만 쳐다보면서 집 안에만 있으란 말인가?

그러나, 좋다. 나는 가정법원에서 발언이 허용되지 않았던 넋두리를 쏟아내기 위해 이 글을 작성하는 것은 결코 아니다. 나는 진심으로 나에 대한 다음과 같은 혐의를 받아들인다.

1. 우리의 행선지를 알리는 메모를 남기는 일을 종종 잊어버렸다.
2. 당신이 귀가했을 때 메도를 몹시 보고 싶어 하기 때문에 오후에는 반드시 집에 돌아와야 한다는 것을 때때로 기억하지 못했다.
3. 우리가 나이에 어울리지 않는 행동을 하거나 장소를 방문한 사실을 당신에게 말하는 것을 간혹 생략했다(하지만 당신 친구들의 목격담 때문에 우리의 비밀은 대부분 들통났다).
4. 나는 당신의 지시, 특히 스케줄 관리와 해야 할 일, 가령 싱싱한 과일을 먹일 것 등의 사항을 잘 지키지 못했다. 맞다. 나는 이런 규칙에 대해서 그리 탐탁지 않은 태도를 보였고, 그에 대한 불쾌감을 잘 숨기지도 않았다.

하지만 나도 모든 '노력'을 기울여 메도를 돌봤다.

언젠가 당신이 귀가해서 내가 저지른 몇 가지 실수를 지적했을 때, 나는 당신의 예쁜 얼굴에 떠오른 바가지 긁는 여자의 뒤틀린 모습을 바라보았다. 당신의 말이 줄어들었고, 나는 당신의 질투심을 보았다. 당신이 다른 사람의 아이들과 시간을 보내는 동안 내가 메도와 함께 있다는 사실을 질투한 것이다. 이러한 깨달음은 내 마음을 약하게 했다. 당신이 안쓰러웠고, 워킹맘의 상처뿐인 승리가 안타까웠다. 나는 메도에게 외국어 단어를 가르치고 그것을 사람들 앞에서 암호처럼 사용한 것을 사과했다. 당신이 그랬던 것처럼, 나는 이것이 자칫 심각해질 수 있는 쐐기임을 알았다. 그래서 될 수 있는 대로 당신을 더 많이 포함시키려 노력했고, 더 많은 메모를 남기려 노력했고, 우리의 매 시간을 보고하려고 노력했다. 쉽게 말해 당신에게 잘 하려고 노력했다. 당신의 행복이 여전히 나의 가장 중요한 목적이었다. 나는 당신이 원하는 모든 것을 갖고 있다고 느끼기를 바랐다. 멋진 직업. 재능 있는 자녀. 그리고 일 년이라는 공백 기간 동안 자녀와 같이 집에서 안정적으로 보낼 수 있는 믿음직스러운 남편. 그리고 우리가 임대한 모닝 가(街)에 위치한 아름다운 연한 푸른색의 복층집.

봄이 되면서 당신은 한결 기분이 나아졌지만, 여전히 내가 기쁘게 해줄 수 없는 부분이 있었다. 내가 해결하지 못하는 부분이 있다고 느꼈다. 그래서 당신이 혹시 둘째를 원하는 게 아닌지 생각하기 시작했었다. 어쩌면 당신이 다른 기회를 원했는지도 모른다. 어쩌면 당신만 독점하는 전유물 같은 그런 아이를 원했는지도 모른다. 나는 그 점을 이해하고, 또 그런 소유도 이해했다. 무엇보다도 나는 당신이 오직 나에게 속하는 사람이 되기를 바랐다. 그해 봄 어느 날, 부엌에서 그 이야기를 꺼냈다.

"아이를 더 갖자고요?"

당신은 접시를 든 채 몸을 돌리며 말했다.

"'더' 갖자는 게 무슨 말이에요? 얼마나 '더' 원하는데요?"

나는 당신에게서 접시를 받아 물기를 닦았다. 우리는 다시 접시를 닦는 동시에 대화를 하려고 노력했다. 어쩌면 우리의 감정을 더 돋우는 이야기였을 테지만.

"하나 더. 한 명 말이야. 당신이 원하면, 로라……."

당신은 한참 동안 나를 쳐다보다가 싱크대 쪽으로 몸을 돌리며 말했다.

"오, 에릭."

그 소리는 흐르는 물소리 때문에 거의 들리지 않았다. 나는 당신이 스파게티 소스가 잔뜩 묻은 접시를 따로 분류하는 것을 지켜보며 기다렸다.

"당신 불만스러워 보이는데?"

"불만스럽다마다요."

"그 말에도 불만 있어?"

"그래요."

"그 말이 뭐가 잘못되었다는 거야?"

"뭐가 잘못되었냐는 물음 자체가 너무 냉정해요. '불만(discontented)'이라는 말은 연기자들이나 사용하는 단어예요."

"그건 라틴어에서 온 말이야."

나는 어깨를 으쓱했다.

"그런 건 아무래도 상관없어요. 에릭, 난 당신 아내에요. 여기는 당신과 나 둘만 있어요. 관객도 없고요. 당신과 나 사이에선 '슬프다(sad)' 또는 '불행하다(unhappy)' 같은 단어를 써야죠."

"알았어."

나는 하나 닦은 접시를 찬장 안에 얹어놓았다.

"당신, 불행해?"

당신은 그 말에 대해 생각하면서 말했다.

"아니요."

"됐어, 그럼."

"때로 외로울 뿐이에요."

"당신이 외롭다고? 어째서 외로워?"

"잘 모르겠어요. 서로 잘 이해하지 못할 때 몹시 외로움을 느껴요. 우리는 때때로 서로를 이해하는 데 관심이 없는 것 같아요. 간혹 나는 당신이 하는 일을 이해하지 못하고, 어떤 때는 낯선 사람처럼 보여요. 내가 게을러진 건지, 아니면 당신에게 내가 알지 못하는 숨겨진 부분이 있는 건지 모르겠어요. 이런 생각을 하는 내가 미친 거 같죠?"

당신은 고개를 돌려 나를 바라봤고, 나도 마찬가지로 뒤돌아 당신을 응시했다.

"나는 그냥 나야. 에릭 케네디. 큰 비밀도 없고."

당신은 천천히 내게서 얼굴을 돌렸다. 그러고는 젖은 손으로 관자놀이 주위를 누르며 말했다.

"어쩌면 피곤해서 그런지도 모르겠어요. 사실 무엇이 잘못됐는지 나도 잘 모르겠어요. 이 점에 대해선 아무리 생각해봐도 답이 나오질 않아요."

나는 당신이 다시 접시를 닦고 세제로 문지르고 헹군 후 건조대에 올려놓는 동안 당신의 어깨를 쳐다보았다. 실제로 당신은 외로워 보였다. 나에게 그것은 불가능한 일처럼 보였다. 상상할 수 없을 정도로 나쁜 의미에서의 불가능이었다. 한 부엌 안에서 외로운 두 사람이 서로에게 기댄다는 것은 있을 수 없는 일처럼 보였다. 결혼 첫해에 침대에 누워 원색적인 대화를 나누던 게 그리 오래 전 이야기가 아니었다. 맙소사, 로라, 나는 당신에 대한 관심을 잃지 않았다. 나는 당신의 뒤로 돌아가 당신의 몸에 팔을 두르고는 당신 쪽으로 고개를 뉘였다. 우리는 그렇게 가만히 서있었다.

"나는 오로지 당신에게 헌신하고 있어."

"알아요."

"나는 더 이상 아무것도 원하는 게 없어."

"당신이 나를 안아주면 기분이 좋아요. 이대로 안고 있어줘요."

숏인어

방으로 들어간 메도와 나는 자리를 잡았다. 우리는 조그만 가방을 풀고 두 칸 짜리 옷장에 짐을 집어넣었다. 그리고 미니쿠퍼로 되돌아 가 한 시간 정도 남쪽으로 운전해 가서 신용조합을 발견했다. 그곳에서 내 신용카드로 현금 2천 달러와 25센트짜리 한 묶음을 인출했다. 그리고 다시 북쪽으로 가서 스완튼 외곽의 월마트를 찾았다. 그리고 메도에게, 당신이 보면 마음에 안 들어 할 만한, 반짝이 장식이 붙은 비키니 수영복을 사주었다. 또 새 면도칼과 손전등, 민트 캔디, 빵, 마요네즈, 대용량 치즈, 바닐라향이 나는 시가를 샀다. 우리는 월마트 휴게실에서 플라스틱 조랑말을 타는 데 25센트 꾸러미의 절반을 썼다. 또 할인 가격에 판매하는 부활절 달걀 모양 초콜릿 패키지를 사주었다. 메도는 미니쿠퍼 뒷좌석에 앉아 분홍색과 푸른색으로 된 은박 포장지를 뜯느라 정신이 없었다. 자, 이것이 그날의 세부사항이다.

목장으로 되돌아와서 나는 현금 절반을 존 르 카레 소설책 갈피에 숨긴 뒤 메도와 함께 회색 모래 위에 앉아 치즈 샌드위치와 초콜릿 달걀을 먹고 시가를 피웠다. 우리가 있는 곳은 배가 드나들기 어려운 좁은 호수 후미였고, 호수 건너편에서 우리가 보았던 모터보트는 들어오지 않았다. 카약을 타는 두 여성이 갈대밭에서 갑자기 나타나 우리를 놀라게 했지만, 반짝이 수영복을 입고 다리에 모래가 붙은 메도가 서 있는 것을 보고는 그대로 노를 저어 지나갔다.

그날 오후 나는 온갖 괴물이 되었다. 전설 속의 '만티코어'였고, '숫인어'였고, 말의 몸에 달개가 달린 '히포그리프'였고, 고래를 닮은 거대한 '레비아탄'이었다. 우리는 양서류를 섭렵한 뒤 거인들로 넘어갔다. 나는 '안테우스'였고, '폴 버니언'이었다. 그리고 '마곡'이었다. 메도의 역할은 나를 처단하는 것이었다. 몽둥이를 들고 나를 쫓아오며 조약돌 포탄을 퍼부었고, 솔방울 폭탄을 던졌다. 원칙적으로, 나는 죽는 데 무척 유능하다. 비틀거리다 뒤로 쓰러져 처참하게 울부짖는다. 당신이 믿을 수 없을 만큼 오랫동안 물속에 잠겨 있다가 근육 경련으로 몸이 굳어지는 모습은 볼 만했다. 내가 너무 오랫동안 물속에서 나오지 않으면 사고가 난 줄 착각한 메도가 나를 향해 이제 그만 나오라고 소리쳤다. 이상하게도 그만 끝내야 하는 게임의 한계에 만족감을 느꼈다. 나는 게임을 즐겼고 그 가운데 내 죽음이 우습게 보였다. 우리는 거친 손님용 타월로 몸을 닦고 수많은 별들이 하늘로 떠오르는 모습을 지켜보았다. 나는 순간적으로 신에 관한 로라 당신의 생각이 옳았던 게 아닐까 생각했다. 왜냐하면 2월의 캄캄한 어둠 속에서 내가 품었던 끔찍한 관념에 스스로 굴복하지 않도록 보호해준 누군가, 인간을 넘어서는 존재가 있었기 때문이다.

셋째 날

그랜드 아일에서의 둘째 날 늦은 오후가 되었을 때 나는 지루함에 몸이 꼬였다. 잘못된 것은 없었다. 어쩌면 너무 오랫동안 성인 간의 대화가 없었던 것이리라. 메도에게 바깥에서 밥을 먹자고 권했고, 메도도 찬성했다. 우리는 미니쿠퍼를 타고 2번 도로를 꼬불꼬불 달려 샘플레인 호수를 건너갔다. 호수는 마치 도로 가장자리에 황금빛이 쏟아져 이루어진 것처럼 보였다. 우리는 이끼색 그림자가 고색창연하게 비치는 근사한 나무숲을 통과하며 운전해 갔다. 사흘째 이어진 기분 좋은 하루였다. 정화된 빛이 내리쬐었다. 겨울이 더러운 급류에 휩쓸려 떠내려가고, 깨끗하고 새로운 봄의 세계가 찾아온 듯했다.

"이 나라의 모든 범죄자들이여."

나는 큰 소리로 음미했다.

"약물중독자, 기회주의자, 비열한 협잡꾼들에게 이곳은 얼마나 아름다운 곳이냐. 귀염둥이, 넌 그렇게 생각하지 않니?"

"그래요, 아빠."

"정말 아름다운 시골이야. 안전하고 자유로운 곳을 찾는 많은 이들이 이곳에 올 거야."

"그들은 엘리스 섬으로 가요."

메도가 말했다.

"물론, 그랬을 테지."

"그렇지만 만약 멕시코에서 넘어오면 국경수비대가 총을 쏘지 않아요?"

동의의 뜻으로 고개를 끄덕였다.

"그렇다고 그들이 모두 총에 맞는 건 아닐 거야. 하지만 이곳에 오는 것은 종종 위험할 수 있지. 미국이 모든 사람에게 다 맞는 것은 아니잖아? 그렇지 않니?"

메도는 창밖을 가리키며 말했다.

"왜 그런지 잘 모르겠어요. 미국은 땅도 넓고, 사람들은 바로 여기, 이런 숲에서도 살 수 있지 않아요?"

나는 싱긋이 웃었고, 우리는 버몬트 쪽을 되돌아보았다.

"너는 참 예쁜 아이란다."

"알아요. 아빠는 항상 그렇게 말하잖아요."

이 시골 지역은 작은 집들이 함께 모여 있는 곳으로도 알려진 곳이고, 우리가 곧 다다를 마을 외곽 지대는 노스히어로였다. 실제로 그 마을은 다닥다닥 붙은 채 앞에 천막을 친 가게들이 줄지어 있었다. 지방색이 물씬 풍기는 이 거리는 미국의 다른 작은 도시들과 같았다. 즉 철물점, 애완동물 용품점, 커피숍, 허름한 공공 도서관이 있었다. 메도는 식당들이 늘어선 곳을 손으로 가리켰지만, 나는 계속 운전해 갔다. 우리가 버몬트 시골 지역으로 막 돌아왔을 때 내가 찾고 있던 네온 불빛을 보았다. 코너에 차를 갖다 대자 바퀴에서 소리가 났다.

"여기에서 기다리렴."

나는 메도를 차에 두고 가게로 다가가 창가에서 안을 슬쩍 들여다보았다. 주름진 플라스틱 블라인드를 통해 바 뒤에서 커피 한 잔을 따르고 있는 키 큰 남자를 보았다.

"좋아."

나는 뒷문을 열고 메도의 안전벨트를 풀어주면서 말했다.

"아늑해 보이는 작은 식당이구나. 지역색이 느껴지는 좋은 가게야."

메도가 차에서 내렸다. 가방에 넣어 왔던, 유일한 여벌옷인 자줏빛 벨벳 바지는 여기저기 모래가 묻어 있었고, 아직 씻지 않은 머리카락 일부가 머리띠에서 빠져나왔다. 나는 딸의 안경을 바로 씌워주고 바지도 털어주었다. 그리고 말했다.

"그러니까 말이야, 넌 정말 예쁜 아이야. 알고 있니?"

"엄밀히 말하면 난 그렇게 예쁘지 않아요. 조금 귀여울 뿐이죠. 하지만 라푼젤은 예뻐요."

"라푼젤? 정말이니? 마리아 칼라스는 어때? 아니면 베나지르

부토나 그렇게 생긴 사람은?"

"아니에요. 라푼젤이 제일 예뻐요. 집에 돌아가면 동화책에서 라푼젤을 보여줄게요."

가게에 들어갔을 때 우리를 돌아보는 사람은 없었다. 텔레비전 아래 머리가 희끗희끗한 남자가 바 뒤쪽의 술병을 빤히 쳐다보고 있었고, 벽을 따라 늘어선 칸막이 부스에 앉은 여자가 콤팩트 거울을 들고 립스틱을 바르고 있었다. 나는 그녀의 테이블에 놓인 붉은 플라스틱 바구니를 보고 기분이 좋아졌다. 이 가게는 손님에게 음식도 제공했다.

"귀염둥이, 이리 올라와."

나는 내 옆에 있는 키 높은 스툴 의자를 가볍게 쳤다. 바텐더가 다가오자 나는 손을 내밀며 "안녕하세요?" 하고 물었다.

"네. 안녕하세요?"

바텐더는 내 손을 꽉 잡고 한 번 흔들었다.

"네, 아주 좋아요."

"이런 날에는 기분이 안 좋을 수가 없지요."

바텐더가 바 위에 컵 받침 하나를 던지며 말했다.

"뭘로 드릴까요?"

"캐나디언 클럽 한 잔 주세요. 내 딸에게는 핫도그 두 개와 셜리 템플 주스를 주시고요. 괜찮니, 아가? 주문 잘했지?"

바텐더는 메도를 쳐다보고는 나에게 넉넉히 술을 따라주며 말했다.

"셜리 템플에 체리 몇 개 넣어줄까요, 꼬마 아가씨?"

얼음 조각이 스토브에 마른 장작을 던져 넣은 것처럼 깨지는 소리를 냈다. 메도는 얼굴을 붉히며 나의 팔에 얼굴을 기댔다.

"아저씨한테 체리를 몇 개 넣으면 좋은지 말해봐. 딸아이가 처음 보는 사람 앞에선 조금 부끄러워해요."

"몇 개가 좋지?"

메도는 손가락 여섯 개를 들어 올렸다.

"여섯 개?" 하고 바텐더는 확인하듯 물었다.

메도는 고개를 끄덕였다.

"일 년에 한 개씩이죠."

내가 그에게 설명해주었다.

"여섯 살?"

바텐더는 바에 기대며 물었다. 그의 큰 입이 불빛에 따라 더 커졌다.

"좋아, 그렇다면 세상이 어떻게 돌아가는지 벌써 다 알겠구나? 그렇지? 너 중력이 뭔지 아니? 세금도 알아?"

메도는 다시 내 팔에 얼굴을 묻었고, 바텐더는 껄껄거리면서 맥주잔을 집어 들었다. 나는 딸의 어깨를 꽉 감싸주었다. 그러고는 다른 손으로 술을 쭉 들이켰다. 캐나디언 클럽은 첫맛이 달콤한데, 나는 여기에 습관이 들어 다른 밋밋한 술은 못 참는다.

"재미있지? 여기는 깡패들이 있는 곳이 아니지?"

나는 메도에게 고개를 돌리고 식당 안을 둘러보았다. 칸막이 부스에 앉아 있는 여자가 콤팩트 거울을 탁 닫고 나에게 윙크 비슷한 눈길을 보냈다. 나도 웃음으로 답해주었지만, 그녀는 곧 일어나서 나갔다. 나는 그녀의 금발 머리가 바 뒤에 있는 거울에 비쳤을 때 애써 쳐다보지 않으려고 했다.

"꼬마 아가씨, 체리가 몇 개인지 세어봐."

바텐더가 셜리 템플 주스를 메도에게 밀어주었다.

"너는 열두 살 이상 먹은 사람은 절대로 믿어서는 안 돼. 사람은 열두 살이 넘으면 거짓말을 하거든. 그런데 쉰하나에 접어들면 어떤지 아니? 너 51구역 아니? 로스웰에 대해 들어봤어?"

바텐더는 다시 바에 몸을 기대면서 짓궂게 웃었다. 그의 얼굴은 넓고 빈정대는 얼굴이었다. 마치 예측 불가능한 사건이 일어나기를 기다리고 있는 듯 보였다.

내가 말하기는 좀 꺼려지지만, 부모의 자부심이 집채만큼 높아지는 순간들이 있다. 그리고 그저 다른 어른들로부터도 호감을 받고 싶어 한다. 뛰어난 양육법을 보유한 최고의 부모들도 이런 유혹에서 벗어나지 못한다. 그러나 간혹 드물게 인생의 내리막길에 접어든 이들 가운데 스스로의 입장을 피력하며 젊은이들을 괴롭히고 싶은 욕구에 사로잡히기도 한다. 그들이 어렵게 얻은 경험에 대해 이야기하고 싶은 본능을 떨쳐내기란 쉽지 않기 때문이다.

바텐더는 메도를 보고 큰 소리로 말했다.

"어때? 내가 너를 속였니?"

내가 메도를 부추겼다.

"저 아저씨가 체리 여섯 개 준 거 맞아? 혹시 한두 개 빼먹지 않았니?"

"빼먹은 거 없다니까요."

바텐더가 능청스럽게 말했다.

"어떻게 생각하니, 귀염둥이?"

나는 팔꿈치로 메도를 꾹 찔렀다. 메도는 계속 주스를 쳐다보며 빨대로 휘휘 저었다.

"입이 없어졌나? 왜 말이 없지?"

내가 묻자 겨우 메도가 중얼거렸다.

"고맙습니다."

"어? 말할 줄 아네?"

바텐더가 말했다.

"처음엔 수줍어해요" 하고 내가 말했다.

"똑똑한 거예요. 따님은 나 같은 사람을 믿어선 안 된다는 걸 잘 알고 있는 거죠. 여기, 꼬마 아가씨를 웃게 할 만한 게 있을 거예요."

그러면서 남자는 바 선반 아래에서 은색 태엽이 등에 붙어 있는 장난감 개구리를 꺼냈다. 그는 태엽을 감은 후 장난감을 바 위에 올려놓았다. 그러자 개구리가 펄쩍 뒤로 넘어지더니 벌떡 바로 섰다. 메도는 그것을 지켜보았다.

"마음에 드니?"

바텐더가 물었다.

"아저씨한테 대답해야지."

나는 술을 마시며 말했다.

"마음에 들면 너 가져."

바텐더는 나에게 고개를 돌리며 말을 이었다.

"우리 애들은 다 자랐어요. 재미있는 걸 봐도 전혀 웃으려고 하지 않아요. 두고 봐요, 이제 6년 정도 더 있으면 따님은 아빠하곤 거의 이야기하지 않으려고 할 거예요. 이곳 분이세요?"

"유감이지만 아니에요. 그냥 지나가는 길이에요. 워싱턴 산으로 가는 중이죠."

"오, 지금 가면 아주 근사하죠."

"우리는 자동차 여행을 하고 있어요. 그냥 이곳저곳 들르면서 가요. 아버지와 딸이 함께 여행하는 중이랍니다."

"부인은 없으세요?"

"물론 있지요. 지난 결혼기념일에 아내는 제게 금지 명령을 내렸답니다."

바텐더가 알겠다는 듯 콧소리를 냈다. 나는 싱긋이 웃으며 손을 흔들었다.

"하지만 애 앞에서는 그런 이야기를 하고 싶지 않네요."

바텐더는 머리를 흔들었다. 그의 웃음소리가 잦아들었다. 바텐더는 메도를 애처롭게 바라보았고 메도는 드디어 개구리를 집어 들고 태엽을 감고 있었다.

"애들이란…… 아이들이 우리의 인생을 파괴하지요. 그러고 나선 우리가 가진 최고의 존재가 돼요."

남자가 말했다. 나는 빈 잔을 들어 올리며 입을 열었다.

"그건…… 그건 사실이에요,"

우리는 울적한 침묵 속에 빠졌다. 나는 늙은 남자가 앉아 있는 쪽까지 술집 내부를 둘러보았다. 그는 팝스트 맥주 캔에 손을 갖다 댄 채 볼륨이 죽은 텔레비전을 쳐다보고 있었다. 나도 화면을 바라보았다. 이제 막 지역 뉴스가 시작되고 있었다. 나는 갑작스레 향수병을 느꼈다. 순간 올버니가 그리웠다. 혹독한 겨울과 그 지역의 별 볼일 없는 정치인들이 생각났다. 세인트 알반스 지역의 머리기사는 곰 공격과 관련된 것이었다.

"재미있군요."

바텐더가 고개를 들며 물었다.

"뭐가요?"

"팝스트 맥주 말이에요. '팝스트'는 독일어로 로마 교황이라는 뜻이거든요. 문득 생각이 났어요"

"젠장, 교황 맥주라고요?"

"교황 맥주!"

"어쩌면 교황이 이 맥주를 축하하고 있는지도 모르죠. 거룩한 맥주 말이에요."

"유대 계율에 따른 '코셔 비어'하고 비슷하겠네요. 단, 가톨릭 사람들을 위한 맥주죠."

"하!"

"하하."

"하! 터무니없는 얘기네요."

바텐더가 낄낄거리며 내 잔을 가리켰다.

"한 잔 더 드려요?"

"좋죠."

"당신은 거룩한 맥주를 찾아다니는 추적자를 원해요?"

"생각해봅시다. 예수님은 뭘 할까요?"

바텐더는 목소리가 컸다. 나는 누군가가 내 팔을 쿡 찌르는 것을 느꼈다. 메도가 나를 쳐다보며 독일어로 물었다.

"엄마한테 전화할 수 없을까요?"

나는 침을 삼켰다. 어리석게도, 나는 메도가 잊어버렸을 것으로 생각했다. 아니, 잊어주기를 바랐다.

"물론이지, 귀염둥이. 엄마한테 전화 걸 수 있지."

바텐더가 말했다.

"따님이 똑똑하다고 말했죠? 지금 말한 게 독일어인가요?"

바로 그때 누군가가 회전문 뒤에서 소리를 질렀고, 바텐더는 나가서 붉은 바구니에 메도의 핫도그를 담아서 돌아왔다. 메도는 그것을 보고 생기가 돌았다. 늙은 남자와 우리 사이에 있는 의자 위를 기어 올라가 작은 양념통 세트 안의 케첩 병을 집었다. 그러고는 케첩 병을 열고 병 바닥을 탁탁 치며 핫도그에 케첩을 뿌렸다. 나는 메도가 먹는 모습을 지켜보았다. 아이는 먹느라 정신이 없었다. 나는 새로 나온 술을 한 모금 마셨다. 첫 잔은 마음을 편안하게 만들지만 두 번째 잔은 사람을 철학적으로 만든다.

"너는 참 좋은 딸이야."

나는 메도에게 말했다.

"알고 있니? 너는 좋은 아이고, 책임감도 많다는 것을."

메도는 나를 쳐다보며 핫도그 나머지를 입안으로 밀어 넣었다. 나는 바텐더 쪽으로 턱을 치켜 올리고 말했다.

"무슨 얘기냐 하면, 나는 딸아이에게 엄마에게 전화를 걸겠다고 약속했어요. 여기 전화가 있나요?"

"화장실 바로 옆에 있어요. 하지만 먼저 술부터 다 마시는 게 좋을 것 같군요."

"아, 그렇군요. 내가 빨갛게 달아오르면 몸에 물을 확 끼얹어 주세요."

나는 일어나서 벽에 걸린 공중전화로 갔다. 그리고 카키색 옷 주머니에서 동전을 찾았다.

바로 그때, 내 인생에서 가장 엄청난 반전을 보게 되었다. 바 건너편, 텔레비전 화면에 내 얼굴이 나온 것이다.

내 얼굴이었다. 우리가 헤어지기 전에 찍은 스냅 사진이었다. 그것은 지금보다 훨씬 더 좋았던 시절, 함께 있던 시절의 모습이었기 때문에 머리카락은 깨끗이 이발한 상태였고, 내 눈에도 좀 더 우아하고 책임감 있는 모습처럼 보였다. 나는 눈을 찡그리며 텔레비전을 쳐다보았다. 거기에는 내 이름과 나이, 인종, 눈 색깔 등등이 있었다.

전화기 신호음이 내 귀에 울렸다.

나는 바를 둘러보았다. 바텐더는 한쪽 팔꿈치를 바 위에 얹고 창문 밖을 내다보고 있었다. 딸은 핫도그를 먹느라 바빴다. 그러나 화면에 늘 끼고 다니는 붉은색 안경과 예쁘게 빗질된 머리카락 차림의 메도의 얼굴이 담긴, 지난가을에 찍은 유치원 사진이 나타났을 때 구석의 늙은 남자는 텔레비전을 응시하고 있었다. 내 손에서 수화기가 빠져나가 벽 나무판자에 부딪히며 소리를 냈다.

바텐더가 돌아보았다.

"부인이 당신을 괴롭혀요?"

"하느님 맙소사."

나는 웃으며 말했다.

"아내가 늘 하던 대로예요. 피곤하게 굴죠."

나는 몸을 굽혀 흔들리는 전화기를 다시 집어 들었다. 그러나 바텐더에게서 눈을 떼지 않았다.

"그렇지만 이제는 괜찮아요. 아내와 있으면 마른하늘에 벼락이 치죠."

바 쪽으로 곧장 걸으며 나는 텔레비전을 쳐다보지 않겠다고 마음먹었다. 가까이 가자 메도가 나를 빤히 쳐다보았다.

"이 정신 사나운 녀석은 어떻게 작동하는 거야?"

나는 개구리를 들면서 말했다.

"태엽을 감아야 돼요."

메도는 두 번째 핫도그에 케첩을 뿌리며 대답했다.

"이렇게?"

나는 태엽 바늘을 빙빙 돌린 다음 개구리를 내려놓았다. 그리고 텔레비전을 힐끗 쳐다보았다. 메도와 내 얼굴이 두 개로 나뉜 화면 위에 나란히 놓였고, 그 위로 긴급 전화번호가 떠 있었다. 그것을 보며 나와 메도가 최근에 함께 찍은 사진이 없다는 것을 깨닫고 순간 양심의 가책을 느꼈다. 그래서 별개의 사진이 사용된 것이다. 우리 두 사람이 같이 찍은 사진이 없었던 이유는 같이 있을 수 있는 시간이 충분하지 않은 데다, 사진을 찍어줄 사람도 없었기 때문이다. 사진 한 장 같이 찍을 수 없는 우리의 유배 생활은 이전에 함께 나누었던 생활에 비하면 너무나 초라했다.

텔레비전 화면은 광고로 넘어가 세탁 세제를 설명하는 테디 베어가 등장했다.

"자!"

내가 손을 놓자 개구리는 곧바로 작동을 멈추고 한쪽으로 넘어져 버둥거렸다.

"충분히 쉬었으니 이제 출발하자."

바텐더가 눈썹을 치켜떴다.

"벌써 가시게요?"

"아직 핫도그 다 안 먹었는데요?"

메도가 말했다.

"괜찮아. 차에서 먹으면 돼."

나는 돈을 넉넉히 바 위에 던져주고 메도의 팔을 단단히 붙잡았다. 먹다 남은 핫도그를 든 채 메도는 놀라서 나를 쳐다보았다.

"좋은 여행 하세요. 또 오세요."

"네. 꼭 다시 들를게요."

바텐더에게 인사하며 문밖으로 나오려는 순간, 어쩔 수 없이 구석자리의 늙은 남자의 옆모습에 시선이 쏠렸다. 남자는 앞에 놓인 술병 안의 남은 술을 들여다보고 있었고, 씹던 얼음 조각을 녹여 삼키고 있었다. 그리고 문에 매달아놓은 벨이 쨍그랑 울리자 그는 섬뜩할 정도로 천천히, 마치 잠에서 깨어나듯 느리게 이쪽으로 고개를 돌렸다. 나는 그의 움푹 팬 눈 속에서 내 운명을 가늠하려고 노력했다.

존 토론토

"귀염둥이? 깨어 있니?"

"네, 깨어 있어요."

내가 어둠 속에서 묻자 메도가 시트 아래에서 몸을 뒤척이며 대답했다. 나는 한쪽 팔꿈치로 몸을 일으키며 메도의 침대를 건너다보았다.

"여행은 재미있니?"

"네. 인어 놀이도 재미있었고, 우리 새 자동차도 좋고, 또 패스트푸드를 실컷 먹어서 좋아요. 그리고 엄마가 우리 여행을 허락해 줘서 기뻐요. 안 된다고 할까 봐 걱정했거든요. 엄마는 아빠에 대해서도 마음을 바꿀 거예요. 내가 엄마한테 말하고 또 말하거든요. 희망이 없는 건 아니라고 생각해요."

어둠 속에서 나는 윙크했다.

"희망이 전혀 없는 것은 아니지."

"하지만 이 여행은 재미있어요."

"그래, 네 말이 맞다. 재미있어. 인생이란 오래 살아볼수록 점점 재미있어지지."

나는 가만히 천장을 응시했다. 그날 밤은 달도 없었다. 마치 내 죄책감 어린 불안함을 감지하기라도 한듯 메도는 전등을 켰다 껐다 했다. 그 불빛이 천장을 가로지르는 거미줄을 비추었다.

"저기…… 메도, 너만 괜찮다면 우리가 여행하는 동안에 연극놀이를 하면 어떨까? 너는 네가 되고 싶은 다른 애도 되고, 나는 여전히 네 아빠지만 나도 다른 이름, 예를 들면 존과 같은 이름을 사용하고 말이야. 너도 네가 좋아하는 이름을 고를 수도 있고. 왜 네가 좋아하는 그 이름 있잖아. 내가 그 이름을 불러줄게. 우리 인생 이야기를 새로 지어보자. 예를 들면 네가 언제나 원했던 여동생도 가질 수 있어."

"오, 나는 이제 더 이상 동생을 원하지 않아요."

"그래, 알겠어."

"나는 숨어 있는 소라게가 더 좋아요. 하지만 나는 흉내내는 건 싫고, 진짜가 되고 싶어요."

"그러면 어떤 종류의 동물을 갖고 싶니?"

메도는 잠시 생각에 잠겼다.

"사샤 오바마가 가지고 있는 까만 포르투갈 워터도그 종 강아지 같은 거요."

"그래, 그래, 좋은 생각이야. 집에 가면 그 강아지를 사줄게. 우리 성은 토론토이고, 아빠 이름은 존이야. 그리고 네 이름은…….”

“나는 아빠가 시장이 되어야 한다고 생각해요.”

“토론토 시장?”

“네. 존 토론토 시장. 7월 4일 독립기념일에 아빠는 불꽃놀이 행사를 하게 돼요.”

“좋아. 그럼 네 이름은 뭐라고 부르면 좋겠니?”

메도는 천장을 쳐다보며 생각했다.

“크리시.”

“크리시? 정말?”

딸의 눈이 화가 난듯 어둠 속에서 번쩍했다.

“그래. 크리시도 좋아. 암호 이름이 필요한 경우니까.”

“그리고 나는 라푼젤 같은 금발 머리예요.”

메도가 한숨을 내쉬었다.

“이제 완전히 깼어요, 아빠. 정신이 맑아졌어요.”

“나도 그래. 내가 《새들이 오고 간다》는 시집을 읽어줄까? 그걸 들으면 잠이 올 거야.”

우리는 오두막집의 작은 책장에서 르 카레의 소설 바로 옆에 끼여 있는 키티 팅커튼 브리지라는 여류작가의 낡은 시집을 발견했다. 이 시인은 새에 관한 운율시를 썼다. 잠자리에서 읽을 책이 부족했던 우리는 《새들이 오고 간다》라는 시집을 읽었고, 비록 그리 수준이 높지는 않지만 리드미컬한 그녀의 운문이 마음에 들었다. 그리고 이 책을 읽는 것은 일종의 의식처럼 되었다.

"좋아요. 읽어주세요."

내가 책을 폈을 때 길 건너편 스크린도어가 탕 하고 닫히는 소리를 들었다. 반면에 우리가 머무는 후미진 만(灣)에는 죽음 같은 고요만 있었기 때문에 나는 첫 번째 오두막에 사람이 돌아왔나 보다 짐작할 뿐이었다.

나의 첫 번째 거짓말

엄격히 말해서 사기란 '거짓말을 하는 행위'가 아니라 '거짓말을 해서 이익을 얻으려는 의도'를 뜻한다. 만약 장난삼아 거짓말을 하거나 다른 목적으로, 예를 들면 신체적인 고통이나 비난을 피하기 위해, 또는 안쓰러운 자기기만을 지속시키기 위해 거짓말을 할 때 그것을 반드시 '사기'라고 할 수는 없다. 내가 처음으로 한 '사기성' 거짓말은 1975년 서베를린 시 청사의 별관에서였다고 생각한다. 그것은 또렷하게 생각나는 얼마 안 되는 어린 시절의 기억 중 하나다. 아버지는 평복 차림의 서독 사람과 이야기를 나누고 있었다. 그 남자는 금발에 가까운 꼬불꼬불한 머리카락을 가지고 있었고, 셔츠 단추가 두세 개 풀려 있었다. 나는 그가 일부러 단추를 푼 게 아닐 거라고 생각했다. 왜냐하면 당시 남자가 목 주위가 파인 옷을 입는 실험적인 유행이 동베를린에는 아직 도착하지 않았기 때문이다. 그때 우리는 몇 시간 전에 막 동독에서 이주해

온 상태였다. 그 사람과 아버지는 오랜 시간 논쟁을 벌였다. 우리를 자기 차고 방에서 살게 해준다던 고모부는 우리에게 자기 주소와 곧 수속을 밟아줄 거라는 메모를 남기고 몇 시간 전에 이미 이곳을 떠났다. 하지만 그 금발 서독인은 점차 인내심을 잃어가는 것처럼 보였다.

"알겠지만, 나는 확인이 필요해요."

"이미 확인했잖아요."

아버지가 반박했다.

"우리 두 사람의 출국 비자도 갖고 있잖아요."

"그렇지만 당신은 결혼을 했잖습니까. 그런데 이혼 증명서가 없어요. 그게 필요하다고 했는데요. 그곳에서뿐만 아니라 이곳에서도 마찬가지예요. 당신은 아무것도……."

"지금 프리드리히 슈트라세에 신고하려면 한 시간밖에 없어요. 그럼 당신은 시체라도 파내라는 겁니까?"

아버지의 목소리가 높아지고 있었다. 아버지가 다른 사람의 어리석은 행동으로 처벌받게 되었을 때마다 그랬던 것처럼. 마침내 곱슬머리 남자는 나를 쳐다보더니 복도 쪽을 향해 소리를 질렀다. 예쁘게 생긴 갈색 머리 여자가 문가로 다가왔다. 금발 남자는 무엇인가 그녀에게 귓속말을 했고, 그녀는 나를 보고 미소를 지었다.

"안녕" 하고 그녀가 말했다.

그녀는 잠시 사라졌다가 작은 알루미늄 캔 하나를 들고 돌아와 내밀었다. 나는 그것을 분명히 기억한다. 그 캔은 서양 배 모양이었고 마실 수 있게 구멍이 뚫려 있었다. 안에 무엇인가가 들어 있었는데 여자가 끈적거리는 은색 스티커를 벗겨주었다. 캔은 작고 예쁜 폭탄 같았다. 나는 그것을 잘 보관하겠다고 약속했다.

"고맙습니다!"

내가 큰 소리로 인사했다.

"마셔. 주스란다" 하고 그녀는 사무실에서 왔다 갔다 하며 말했다.

"너 참 귀엽게 생겼다. 몇 살이니?"

나는 한 손을 쫙 펴서 치켜 올렸다.

"다섯 살? 이런, 이런."

아버지는 상당히 불안해 보이는 표정으로 그 남자 옆의 접이식 의자에 앉아 나를 쳐다보았다. 나의 깜찍함이 아버지의 간청을 설득력 있게 만들지 못했음에도 불구하고 나는 주스를 맛있게 마셔댔다.

"아이가 귀엽네요, 사랑스러운 소년이에요.."

그녀는 독일어 단어를 이용해 아버지에게 말했지만, 나는 그 말을 이해할 수 없었다. 왜냐하면 동독에도 사랑은 있었지만 어디까지나 냉정하고 개인적인 표현이었다. 내 말을 믿기 어렵겠지만, 동독에선 애정 어린 표현을 사용하지 않았다. 나는 즉시 그런 야한 소리를 좋아하게 되었다.

"아드님 좀 보세요."

그녀는 계속 말했다.

"꾹 참고 앉아 있는 모습이 침착해 보여요. 어머니가 아들을 굉장히 자랑스럽게 여길 거예요. 그렇죠?"

아버지는 초조한 얼굴로 말했다.

"그래요. 죽은 아내는 아이를 무척 사랑했지요."

금발의 남자가 격분한 모습으로 나를 내려다보았다.

"그게 사실이라면, 네 엄마가 죽었단 말이니? 우리는 네 엄마가 너와 아버지를 찾고 있지 않다는 사실을 알아야만 해.""

내 눈이 커졌다. 엄마가 죽었다는 소식에 놀라지는 않았다. 엄마를 아침에 보았기 때문에 아버지가 이야기를 지어냈다는 것을 알았다. 다만 사람들이 내게 이야기를 건다는 것 자체가 놀라웠다. 접이식 의자만 잔뜩 있는, 창문도 없는 방에서 아버지는 눈에 띄는 모든 사람과 흥정을 했다. 그 몇 시간 동안 어느 누구도 내게 직접 질문하는 사람은 없었다.

나는 캔을 꽉 쥐었다. 그것을 영원히 간직한 채 가지고 놀고 싶었다. 동독에는 은색 주스 캔이 없었다. 아버지와 내가 서로 충분히 이해하고 있다는 사실을 알고 있었다. 나는 아버지가 내게 말하고 싶은 것을 알고 있었고 아버지도 주스 캔에 대한 내 권리를 보호하고 싶었을 것이다. 내 옆에서 온기를 잃어가는 아버지의 크기를 느낄 수 있고, 프리드리히 슈트라세 베를린 장벽에 있는 검문소에서 그의 손에 찍었던 스탬프 잉크 냄새를 지금도, 그리고 앞으로도 영원히 느낄 수 있을 것이다.

나는 책상 건너편에 있는 금발 남자를 쳐다보았다. 그는 나에게 어떤 감정도 주지 않았다. 그러나 문 쪽을 바라봤을 때 나는 문가를 지나는 갈색 머리 여자를 보았다. 비록 나는 엄마가 여전히 저기 어딘가에 있다는 걸 알고 있으면서도, 엄마를 영영 잃었다는 흑백의 현실 속에 깊이 빠져들고 있었다. 어쨌든 그것이 진실에 보다 가까웠다.

"꼬마야, 너 말할 줄 모르니?"

그때 내 눈에서 눈물이 쏟아졌다.

"게르하르트, 아이를 내버려둬요. 이제 와서 그게 무슨 소용이 있어요? 그들을 다시 동독으로 돌려보내기라도 할 거예요?"

문 쪽에 있던 여자가 말했다.

넷째 날

마치 과음으로 인한 두통처럼 머리가 아파서 잠에서 깼다. 한참 침대 가장자리에 앉아 메도의 잠든 모습을 바라보았다. 새벽은 평가의 시간이다. 낮에는 나에게 한 가지 선택지밖에 없음을 부정하기가 어려웠다. 메도가 위험에 처해 있다는 것은 잘못된 오해였다. 될 수 있는 한 빨리, 메도를 올버니에 데려다주면 이 오해를 깨끗이 풀 수도 있을 것이다. 나는 벌금을 내야 할 것이다. 어쩌면 구속될 수도 있다. 그런 걱정에 머리가 아픈 것은 아니었다. 내가 올바른 일을 하고 있다고 믿었기 때문이다. 어째서냐고 묻는다면 나는 내 인생을 파멸시킬 준비가 되어 있지 않았기 때문이라고 해야겠다. 이에 대해서 어느 누구도 신경 쓰지 않겠지만, 이것은 나의 인생이었다. 나의 애착으로 이룩해온 미국 생활이었고, 나 자신을 그대로 유지하고 싶었다. 에릭 케네디로 사는 삶 말이다. 만약 지금 돌아간다면 사람들은 나를 케네디가 아닌 슈로더로 만들 것이다. 케네디의 이름을 계속 사용하겠다는 내 주장은 관례적 절차에 따라 처벌받게 될 것이다. 설명하려 해도 누구 하나 내 이야기를 듣지 않을 테지만, 나는 절대 슈로더가 아니다. 다른 사람들은 내가 슈로더가 아니라고 하는 의미를 이해하지 못하고, 그것이 너의 법적 이름이라고 말할 것이다. 슈로더가 내 법적 이름이라는 것을 나도 잘 이해한다. 그리고 사람들은 이렇게 말할 것이다. 당신의 혐의 가운데 반대할 내용이 있는가?

메도의 침대 위쪽에 있는 휘어진 창유리에 비치는 자신을 응시하는 애처로운 내 얼굴을 훔쳐보았다. 손으로 턱을 쓸고, 홀쭉해진 뺨을 두 차례 때렸더니 눈에 눈물이 고였다. 더 세게. 나는 생각했다. 더 세게 치지도 못하잖아. 나는 숨을 멈췄다.

"망할 존 토론토."

나는 면도하면서 중얼거렸다.

메도와 나는 아침 안개 속으로 걸어 들어갔다. 그러나 나는 전날과 같은 열정을 낼 수 없었다. 계속 호숫가를 응시하며 이 물이 어디서 오는지 곰곰이 생각해보았다. 어쩌면 이것은 바로 내 어린 시절의 흔적이었는지 모른다. 하지만 내가 보기에 누군가에게 깊은 상처를 주면 이는 곧 미심쩍은 논쟁이나 회피 같은 몇 가지 범죄를 드러낼 것으로 보였다. 즉 법의 취약한 부분을 왜곡하는 순간이라 할 수 있다. 때문에 텔레비전에서 내 모습을 보았을 때 내가 메도를 '납치'한 것이 아니라 단지 메도를 합의된 일정보다 대단히 늦게 돌려보내는 것이라고 생각했다.

"아빠."

메도가 내 손목을 흔들며 불렀다.

"우리 워싱턴 산에 안 가요?"

"오늘은 안 갈 거야. 근처를 좀 돌아다니고 싶어."

"그럼 며칠 있다가 떠나요?"

"시간은 충분해."

"얼마나 충분하죠?"

"시간은 아주 많아. 알겠니? 그냥 가서 놀지 그러니?"

"저는 아빠랑 놀고 싶어요."

"아빠는 머리가 아파."

"아빠, 왜 머리가 아파요?"

"나도 몰라, 메도. 네가 자꾸 질문해서 아픈지도 몰라. 자, 그러니 제발 아빠 혼자 내버려둬. 생각할 시간이 좀 필요해. 너도 혼자 있고 싶을 때가 있지 않니?"

메도의 얼굴에 구름이 끼었다. 괜찮아, 나는 생각했다. 내가 메도의 기분을 상하게 만들었다. 괜찮을 거야. 메도는 호숫가 전체가 메도의 것인 양 독점하면서 길고 행복한 하루를 보낼 거야. 메도는 의기소침해져서 물가로 걸어가 모래를 발로 차고 돌멩이들을 파내며 그다지 멀리 가지도 않고 머물렀다.

바로 그때 얇은 나이트가운을 입은 키 큰 여자가 첫 번째 오두막에서 불쑥 나타나더니 양팔을 머리 위로 뻗었다. 그녀는 나를 보자 말했다.

"안녕하세요. 이웃이 생겼네요."

메도와 나는 둘 다 놀랐다. 나는 주머니에 손을 집어넣고 있었고, 메도는 물가에 웅크리고 앉아 돌 두 개를 부딪치거나 세우고 있었다.

"안녕하세요."

그녀는 방문에서 채 열 발짝도 떨어져 있지 않은 호숫가로 느리게 걸어와 메도와 나 사이에 풀이 자란 곳까지 와서 손을 허리에 대고 섰다. 나는 그녀의 나이트가운 밑으로 거무스름한 팬티선을 보았다. 그녀는 그런 것은 별로 신경 쓰지 않는 듯했다.

"재미있게 놀고 있어요?"

그녀는 우리를 향해 손가락을 흔들면서 말했다.

"어제도 당신들을 보았어요. 마을에 있는 바에서 본 걸 기억해요. 왜냐하면 어린아이를 어떻게 술집에 데려올 수 있을까 생각했거든요. 카운티 코크 같은 동네라면 몰라도 말이죠."

그녀는 메도 쪽을 쳐다보았다. 메도는 반짝이 비키니 수영복을 입고 다리 하나로 다른 맨다리를 비비며 서 있었다.

"하지만 나는 틀림없이 당신이 즐거웠을 거라고 생각해요. 그랬죠? 당신은 아이를 혼자 두고 싶지 않았을 거예요. 맞죠? 한 가지 알려줄까요? 사람들은 술집에서도 많은 걸 배울 수 있죠."

메도의 눈이 점점 커졌다. 당당한 풍채의 우리 이웃은 큼지막한 엉덩이 때문에 인상이 더 강해 보였다. 그녀는 여전히 질문에 답을 기대하는지 미소를 머금은 채 우리를 응시하고 있었다. 그녀가 예쁜가? 솔직히 말해서 예쁘기보다는 힘이 세 보였다. 나는 머릿속으로 어제의 술집을 떠올렸다. 그리고 칸막이 자리 안에 있던 금발 여자를 기억했다. 맞다. 그녀는 우리에 관한 뉴스가 방송되기 전에 떠나지 않았던가? 나는 한걸음 다가가며 손을 내밀었다.

"반갑습니다. 내 이름은 존이에요."

나는 내심으로 움찔했다.

"존 토론토요."

그녀는 내 손을 힘 있게 잡고 말했다.

"나는 에이프릴이에요. LA에서 왔죠."

"그렇군요."

나는 재빨리 손을 빼면서 메도 쪽으로 손을 흔들었다.

"내 딸 크리시예요."

그러자 그녀가 소리 질렀다.

"안녕, 크리시!"

메도는 다리 한쪽에서 다른 쪽으로 무게를 옮긴 후 좀 더 가까이 다가왔다.

"크리시, 너는 앞으로 뭘로 유명해지고 싶니?"

메도는 눈을 찡그리며 "네?" 하고 되물었다.

"어른이 되면 말이야. 무엇으로 유명해지고 싶어? 누구나 유명해지고 싶어 하잖니?"

"난 곤충학자가 되고 싶어요."

메도는 퉁명스러워 보이지 않게 "곤충학자는 나비를 연구해요"라고 덧붙였다.

그녀가 메도 쪽을 바라보고 허스키한 목소리로 웃었다.

"곤충학자로는 유명해질 수가 없어, 예쁜 아가씨. 내가 말할 때 목소리 톤을 높이지 않는 걸 이해해주렴. 나는 원래 애기한테 하는 말투는 쓰지 않거든. 게다가 너도 시시한 이야기를 좋아하는 어린이는 아닌 것 같은데, 맞지? 네가 얼마나 꼿꼿하게 서 있는지 보면 알 수 있지. 오히려 내가 부끄러워지는구나."

그러면서 내 쪽을 다시 쳐다보며 말했다.

"왜 요즘 소녀들은 동물을 데리고 일하고 싶어 하는지 모르겠어요."

나는 싱긋 웃었다.

"그야 이 세상은 가혹하고 잔인한데 소녀들은 아름답고 착하기 때문이지 않겠어요?"

에이프릴이 내 팔을 툭 쳤다. 우리가 나란히 서자 아마존 여장부 같은 느낌이 다소 줄어들었다. 나는 또다시 그녀의 나이트가운을 힐끗 쳐다보았다. 완전히 비치지는 않았지만 분명 외출복은 아니었다.

"뭐, 사실이긴 하죠."

그녀는 내 말에 동의했다.

"나는 한때 반려동물 호텔을 운영한 적이 있었는데 꽤 괜찮았죠. 이따 돌아오면 이야기해드릴게요."

그녀는 움직이지 않고 서 있었다.

"어디 다녀오시게요?" 하고 내가 물었다.

"스완튼에 가서 장을 좀 봐오려고요. 먹을 게 하나도 없어서요. 혹시 빵이나 뭐 먹을 것 있어요? 나중에 갚을게요. 그리고 필요한 것 있으면 사다 드릴게요. 지금은 배가 고파 죽을 것 같아요."

우리 오두막으로 가서 빵 두 조각을 이웃에게 준 것은 메도였다. 메도는 그것을 그릴 옆 작은 테이블에 올려놓고 마요네즈를 바른 뒤 그 위에 치즈 한 조각을 얹었다. 그런 다음 에이프릴이 정신없이 먹는 동안 옆에 서서 지켜보았다.

"바비큐용 고기를 좀 사오려고 해요."

에이프릴이 그릴을 발로 가볍게 툭 치며 말했다.

"오늘 두 사람에게 축제를 열어줄게요. 기대하세요."

메도는 차분하고 인간적인 태도의 그녀를 지켜보며 서 있었다. 비록 여섯 살이기는 하지만 메도는 대체로 성격 판단을 잘하는 편이었다. 메도가 이 여자는 좋지 않다고 말했다면 나는 그대로 믿었을 것이다. 그러나 고독한 남자는 의심하지 않는다. 나는 그녀의 옆자리에 앉아서 숨을 깊게 들이쉬었다. 이는 이 여자를 받아들이려는 욕구, 단지 그녀의 냄새만이라도 흡수하고 싶은 욕망을 한숨으로 위장하려는 시도였다. 나의 두뇌가 깜박깜박하더니 아예 나가버렸다. 별 문제는 아니었다. 어차피 지금까지 두뇌란 놈은 내게 별로 도움이 되지 않았으니까.

메도가 어렸을 때 한동안 육체에 대해 굉장히 관심을 보이던 시기가 있었다. 특히 내장기관에 흥미가 있어서 오줌은 어디서 나오고 똥은 어디서 나오는지 알고 싶어 했고, 심장이 어떤 역할을 하는지 궁금해 했다. 우리는 도서관에 가서 해부도에 있는 방광, 뼈, 내부 기관, 붉은 근육을 찾아보았다. 우리가 뇌 그림을 보았을 때 메도는 진지해졌다.

"저게 뇌야."

"뇌에 대해서는 이미 알고 있어요."

"그래? 그럼 아빠한테 뇌가 무슨 일을 하는지 얘기해봐."

메도는 세 살이었지만 이미 근시였고 다음 해에 안경을 처방받았다. 그전까지 아이는 다른 사람 얼굴 가까이 엉금엉금 기어가서 말을 붙이곤 했는데, 그렇게 해야 사람들을 더 잘 볼 수 있었던 것을 우리는 전혀 알지 못했다. 그저 귀여운 짓이라고만 생각했던 것이다. 내 얼굴 가까이에 숨을 내쉬고 갈색 눈을 크게 뜬 채 진지하게 말하던 모습이 생생하게 기억난다.

마침내 메도가 입을 뗐다.

"뇌는 얼음을 만들어요."

사랑의 노래

스완튼 월마트에서 돌아온 에이프릴은 우리가 적어준 물품을 영수증, 잔돈과 함께 건네주었다. 당근, 씨 없는 청포도, 볼로냐 스테이크, 저염식 이탈리아 웨딩수프, 체더치즈 맛 팝콘, 다이어트 펩시 열두 개 들이, 면직 셔츠 한 장, 그리고 모래통이었다. 나는 계획을 다시 세우고 탈출 전략을 짜내야 했다. 여기서 깨끗이 벗어나고 싶었다. 그러는 동안 즐거움도 얻고 싶었다. 우리는 가능한 방법을 찾아내야 했다.

에이프릴이 스틱으로 그릴에 석탄을 집어넣었다.

"그런데 존, 당신과 크리시는 어떻게 이곳에 왔어요?"

나는 어깨를 으쓱하며 말했다.

"그냥 여행 온 거예요. 현장 실습 같은. 여러 현장을 둘러보는 여행 말이죠. 나비도 수집하고, 키 큰 여자들과 친구도 되고."

"키 큰 여자들 얘기 좀 해주세요."

그녀는 코웃음을 치며 말했다. 나는 숨을 들이쉬고 잠시 멈추었다가 다시 내쉬었다.

"당신은요? 여기서 뭐하는 거죠?"

"당신처럼 그냥 지나가는 거죠."

그녀는 연기 속에서 내게 미소를 보냈다. 내 얼굴이 뜨거워졌다. 그녀가 실제보다 나를 더 잘 아는 사람처럼 말했다. 나는 괜히 조마조마했지만, 친구를 거부할 처지도 아니었다. 메도 쪽을 힐끗 쳐다보니 여전히 가격표가 붙은 새 셔츠를 입고 새 모래통을 채우고 있었다. 스완튼 월마트에서 사온 것들은 메도의 마음을 완전히 사로잡았다. 에이프릴의 오두막에도 들어갔는데, 그녀의 방은 강한 향기가 물씬 났다. 이런 말까지는 하고 싶지 않지만, 그 향은 여성적이고 매혹적이어서 예전에 셋이 있었던 분위기가 그리웠다.

"나를 만난 건 행운이에요. 나는 실제로 꽤 유명하거든요."

에이프릴이 말했다. 나는 웃으면서 다이어트 펩시를 한 모금 쭉 들이마셨다.

"진짜요?"

"정말이에요. 내 이름 모르겠어요?"

"당연하죠."

"내 이름은 에이프릴 아몬드예요."

"들어본 것 같긴 하네요."

그녀는 그릴 석쇠 위에 뚜껑을 덮었다.

"'에이프릴 에이(A)'라고 하면요?"

"글쎄요."

그녀는 살짝 몸을 기울였다.

"마이너 미라클 밴드의 노래 몰라요? '오, 예, 봄은 다시 오고, 걱정거리도 사라졌어. 바로 지금, 꽃처럼, 오, 여기, 에이프릴 에이가 온다.'"

그녀는 뒤로 몇 발 물러서더니 주걱을 가슴께에 들고 폼을 잡았다.

"그게 나예요."

"장난 아닌데요!"

미국에 왔던 첫 해, 감수성이 예민했던 시절 나는 이 노래를 외워 부르곤 했다.

"에이이이-프릴 에이이이."

내가 노래의 후렴구를 따라 불렀다.

"'다음에는 누가 당신의 연인이 되나요……' 와우! 그게 언제였죠? 1983년? 1984년이던가요?"

"1981년에 3주 연속 최고의 팝송 40위 안에 들었죠."

그녀는 되돌아와서 그릴 가까이 끌어놓았던 플라스틱 의자에 몸을 던졌다.

"그 얘기 좀 해주세요. 어떻게 당신에 관한 노래 가사가 쓰인 거죠?"

"열아홉 살 때였죠. 이야기하자면 길어요."

얼른 계산해도 그녀는 40대였다. 솔직히 그녀는 그보다 더 나이 들어 보였다. 머리카락은 젤을 발라 곱슬하게 웨이브를 만들어 뒤로 넘겼는데, 머리색 자체는 금발에 가까웠지만 붉은 갈색이 섞여서 나이를 숨기는 효과를 주었다. 얼굴은 다이아몬드 형으로 너그럽게 생긴 두 볼은 차차 좁아져서 표정이 풍부한 턱까지 이어졌고, 이마는 걱정거리가 없는 듯 편편했다. 그녀는 오랫동안 재미있는 인생을 산 사람처럼 보였다. 어쩌면 록 뮤직의 영향을 받은 것 같아 보였다. 그녀의 앉아 있는 모습은 사람을 자연스럽게 끌어당겼다. 햇빛에 약간 그을은 허벅지에 검투사 스타일의 가죽끈 샌들을 신고 다리를 꼬고 앉아 있었다. 그녀는 주머니의 안감이 너덜거리는 단 밑으로 삐져나온 데님 반바지로 갈아입었고, 짧고 풍만한 상체는 튜닉 블라우스에 가려져 있었다. 다리는 멋지고 건강해 보였다. 이것이 바로 마이너 미라클 밴드에 영향을 미쳤을 다리라고 짐작했다. 마지못해 내 눈을 다른 데로 돌렸지만 그녀는 이미 내 시선을 눈치 챘다.

"한잔 하죠."

그녀가 웃으며 말했다. 그러고는 푸른색과 노란색 액체가 가득 찬 병 두 개를 들고 왔다.

"마운틴 듀와 보드카예요."

그녀가 '복카(vokka)'라고 발음하는 방식은 친숙했다.

"당신, 정말로 LA 태생은 아니죠?"

"나는 LA에서 태어났다고 하지는 않았어요. 플래츠버그에서 태어나 거기서 자랐어요."

"정말이에요? 우리는 그곳에서 방금 이곳으로 왔어요. 플래츠버그에는 무슨 재미있는 이야기라도 있나요? 어째서 거기 사람들은 막사 같은 데서 살죠?"

그녀가 푸른색 액체가 담긴 술잔을 들어 보이며 말했다.

"그건 모두 플래츠버그 군대의 유산이죠. 기지는 1980년대에 폐쇄되었지만, 그 막사는 계속 유지하기로 결정했나 봐요. 그래서 유대인 거리 같은 슬럼가로 변해버렸죠. 술맛은 어때요?"

"음, 괜찮은데요."

"허? 좋다는 거예요, 나쁘다는 거예요?"

"좋아요."

나는 그 독한 음료를 한 모금 마셨다.

"딸에게 음료를 좀 줘도 될까요? 보드카 말고요. 왜 그런지 몰라도 저 애는 마운틴 듀를 좋아해요. 걔 엄마가 그것 때문에 죽겠대요. 건강 광신자거든요."

"물론이죠."

에이프릴이 자기 방으로 가서 잔 하나를 더 들고 돌아왔다. 그녀는 자갈길로 걸어가서 허스키한 목소리로 "어이, 크리시!" 하고 불렀다. 당연히 메도는 대답하지 않았다. 메도는 등을 돌린 채 모래통 위에 몸을 쭈그리고 앉아 있었다. 우리가 있는 곳에서 보면 딸은 무릎과 척추만 있는 것 같았다.

"귀염둥이, 저녁 먹을 때 마운틴 듀 마실래?"

내가 소리치자 메도는 돌아보지 않고 대답했다.

"물론이죠! 개구리를 찾았어요!"

"아, 그래? 어떤 개구리지?"

"아주 큰 거요. 크고 사마귀도 잔뜩 났어요."

"그거 두꺼비 아니니?"

에이프릴이 물었다. 메도가 어깨 너머로 딱하다는 듯 에이프릴을 쳐다보았다.

"개구리와 두꺼비 사이에는 과학적인 큰 차이점이 없어요."

"그렇구나. 나는 언제나 둘을 혼동하거든."

"이리 갖고 와서 우리한테 보여줄래?"

내가 다시 말하자 메도가 외쳤다.

"얘는 등이 밤색이지만 입은 초록색이에요."

"황소개구리 같은데?"

"나, 이 개구리 키울래요. 생쥐 키우듯이 말이에요."

그때 어느 저녁의 한 장면이 떠올랐다. 파인 힐 집 싱크대 밑에서 쥐를 한 마리 잡았는데 우리 모두 그것을 죽일 마음이 없었다. 우리는 플라스틱 박스와 쳇바퀴를 사고 박스 안을 톱밥으로 채워주었다. 내가 박스 안의 쥐를 보았던 때마다 언제나 로라 당신이 있었다. 당신은 소매를 걷어 올리고 한 손에는 무언가를 든 채 부드러운 목소리로 생쥐에게 말했지.

'쉬! 조용히 해.'

"왜 말이 없어요, 존? 무슨 생각을 그리 해요?"

나는 새로운 친구를 쳐다보았다.

"당신 다리를 생각하고 있었죠."

"하, 그래요? 그렇다고 하죠."

"에이프릴 에이, 당신 다리는 참 멋있어요."

"계속해 봐요."

"나는 늘 여자들이 어디로 가는지 궁금했어요."

"어떤 여자요?"

"그 사랑 노래들의 주인공 말이에요."

"농담을 하는군요. 그런데 사실 10년 전에 그룹을 한자리에 모으려고 노력하긴 했어요. 롤라, 샤로나, 록산느, 로지애나. 아 참, 라일라를 잊으면 안 되지."

"페기 수도 있잖아요."

"페기 수는 아마 죽었을 거예요. 맙소사, 그녀에 대한 노래를 썼을 때 이미 50대였어요. 존. 그 동안 어디 다른 나라라도 다녀왔어요?"

"그 여자들은 진짜였나요? 나는 그녀들이 그저 만들어진 노래 주인공에 불과하다고 생각했어요."

"그들 중 일부는 진짜예요, 나도 진짜잖아요? 그건 잘 만든 리얼리티 쇼 같은 거라고 생각했어요. 그러니까, 소녀들의 삶을 추적하고 어떤 일이 있는지 들여다보는 거죠. 또 그 노래가 소녀들의 모습을 어떻게 변화시켰는지."

"그래서요? 당신에게 무슨 일이 일어났나요?"

"글쎄요, 약간의 회의감이 들었다고 해두죠. 속임, 질투, 에이전트의 개입 같은 것들. 소녀들은 그걸 지나치게 사적으로 받아들였어요. 나는 그들이 스스로가 어떤 존재였는지 끝내 이해하지 못했다고 생각해요."

나는 흥미롭게 그녀를 쳐다보았다.

"그들은 '뮤즈'들이었어요. 그리고 '동기'도 있었고요."

"동기라고요?"

"빌어먹을 로큰롤이 동기죠. 존, 당신도 말이에요, 열여섯 살에 속옷만 입고 침대에서 기타 연주를 흉내 내봐요. 자신이 바로 동기죠. 이건 농담이 아니에요."

에이프릴은 '복카' 한 모금을 들이마셨다.

"물론 '뮤즈'로 생활비를 버는 것은 아니죠. 어느 누구도 뮤즈에게 수표를 끊어주진 않아요. 마이너 미라클 밴드가 내게 로열티를 줬을 거라고 생각하세요? 아니죠. 그래서 나도 다른 사람들처럼 직업을 찾았죠."

"당신, 우드스톡 페스티벌에 가봤어요?"

그녀를 향해 웃으며 물었다.

"내가 몇 살이라고 생각하는 거예요? 아니에요. 하지만 버닝맨 마술 축제는 한두 번 가봤어요. 거기서 얻은 거라고는 뱀에 물린 것과 질염밖에 없어요."

나는 웃으며 잔을 다 비웠다. 그러고는 얼음 조각을 어금니로 깨뜨렸다. 내가 넘겨다봤을 때 그녀는 나를 쳐다보며 자기 잔을 흔들어 보였다. 그녀는 자기 잔 끝 너머로 나를 쳐다보며 웃었다.

"우유랑 쿠키를 먹은 후에 다시 나를 보러 와요, 나는 당신이 문을 두드려주길 바라요. 그리고 내 이름을 불러줘요. 당신을 기다릴게요. 당신을 기다리고 당신을 생각할게요. 그러면 당신은 내 문을 노크하고 내 이름을 부르겠지요. 그리고 우리는 무슨 일이 벌어질지 알게 되겠죠. 어쩌면 대단히 좋은 일일 거예요."

"듣기 좋네요."

그녀는 애처롭게 웃었다. 그러고는 "존 토론토, 당신은 참 이상한 사람이에요"라고 말했다.

우리가 스테이크를 먹은 뒤 세면대에서 할 수 있는 한 최대한 깨끗이 설거지를 하고 방충용 등을 켜놓았을 때는 꽤 늦은 시간이었다. 메도는 잠잘 시간을 넘기고도 깨어 그 의문의 개구리를 돌보고 있었다. 형광색 노란 불빛 아래서 메도는 모래통 위에 웅크리고 앉아 개구리와 이야기하고 있었다. 결국 나는 메도에게 잠옷을 입히고 침대 속에 집어넣느라 실랑이를 벌였다.

"에이프릴이 머리를 바꾸는 법을 가르쳐준대요."

"네 머리가 어때서?"

그러면서 메도 머리를 쓰다듬어주었다.

"나는 노란색으로 바꾸고 싶어요."

"정말?"

"에이프릴이 주스를 주었는데 옐로는 그 병에서 나와요."

나는 "네 머리가 좋은데"라고 말했지만, 사실은 건성이었다.

나는 우리와 에이프릴 방 사이의 짧은 간격 때문에 이상한 마음의 자극을 느끼고 있었다. 나는 삐걱거리는 철제 침대에서 내려와 메도를 꾹 찔렀다.

"잘 자, 예쁜아."

그러나 메도는 자지 않고 손전등을 켰다.

"어디 가요, 아빠?"

"저기 좀 갔다 올게. 에이프릴 아줌마하고 이야기 좀 하러. 내 얼굴에 불빛 비추지 말아줄래? 불빛이 닿는 게 싫은데."

"'새들이 오고 간다'를 한 번 더 읽어주면 안 돼요?"

"안 돼. 너무 늦었어. 새들이 왔다가 다 가버렸어. 눈을 감고 있으면 말이야, 너도 모르는 사이에 아침이 온단다."

"나도 같이 가면 안 돼요?"

"절대 안 돼."

"언제 돌아올 건데요?"

"곧. 혹은 네가 '벌써'라고 말할 정도로 빨리."

"혼자 자는 게 무서워요."

"너 혼자 자지 않을 거야. 아빠는 정말로 금방 돌아올 거야."

"시 하나만 더 읽어주고 가면 안 돼요?"

"메도……."

"그럼 대신 잠들 때까지 문밖에 서 있어줄래요?"

"그래, 그래, 문밖에 있을게. 어서 자."

에이프릴의 오두막에 켜진 불 외에는 온 사방이 깜깜했다. 램프 불빛이 주위로 흩어져서 어둠 속의 나를 비추었다. 에이프릴은 레이스 커튼 자락 사이로 나를 볼 수 있을 것이다. 나는 목을 가다듬었다. 하늘보다 더 어두운 호수의 파도가 작은 만으로 밀려와 찰싹거렸다. 나는 뿌리가 드러난 큰 나무에 기대어 바비큐를 하면서 옷깃에 묻은 먼지를 털었다. 나는 메도가 혼자 중얼거리는 소리를 들을 수 있었고, 오두막 천장을 헤매는 손전등 불빛을 볼 수 있었다. 끝나지 않을 것 같았던 몇 분이 지나자 드디어 불빛이 꺼졌고, 나는 오직 물소리만 들을 수 있었다. 세 걸음, 네 걸음, 다섯 걸음 후에 나는 한 영역을 건넜다.

에이프릴이 문을 열어주었다. 그녀는 스크린 도어 뒤쪽에 서서 한 손에는 술잔을, 다른 손에는 연예 잡지를 들고 있었다.

"내가 노크하기를 기다리고 있었나 봐요."

"꽤 긴장하고 있었죠."

"당신의 사인을 얻고 싶어서요."

에이프릴은 빙긋이 웃었다.

"사인보다 더 좋은 걸 드리죠."

침대는 싸구려였고, 소리가 났다. 그녀의 다리는 길고, 그녀는 강하고 현란하고 정열적이었다. 둘 다 점잖거나 예의 바르기는 글렀고, 갑자기 내가 이런 식으로 사랑을 나누어 본 지 너무 너무 너무 오래된 것 같은 생각이 들었다. 불안함도 없고, 혹시 떨어지지 않을까 버티는 염려도 없는 그런 사랑 말이다. 마음이 맞는 사람끼리 어떤 장애물도, 말썽 부리는 두려움도, 배신도, 기만도 없는 제한 없는 성적인 영역을 경험한 지 꽤 오래되었다. 하지만 나는 기억한다. 심지어 사진도 있다. 버지니아 비치에서 올버니로 가는 길에 델라웨어 베이 모텔에 들었을 때다. 우리는 카메라가 없어 모텔 로비에서 일회용 카메라를 하나 사고 피스타치오 한 봉지와 알코올이 거의 없는 루트 비어를 샀다. 샤워를 하면서 우리는 위에서 아래까지 서로를 깨끗이 씻어주었다. 나는 당신 눈가장자리와 머리 안쪽에서 모래를 발견하고 무자비하게 샴푸를 해주었다. 완전 초짜 아마추어의 손길이었는데 당신은 그저 웃기만 했다. 태양이 우리에게 또 하루를 준다. 하지만 그 시간은 누가 만든 것일까? 이런 조건에서 이룰 수 있는 것은 무엇일까? 한 시간은 얼마나 길게 느껴질까? 그 시간, 우리가 길가 모텔의 침대에 씻은 몸을 누이고 희미한 불빛 아래 서로를 응시하며 보냈던 바로 그 한 시간은 여전히 영원할 것만 같고, 내게 활력을 주는 정신적 고문이고, 도저히 없애버릴 수 없는 시간이다.

당신은 어떻게 이것을 없애버렸는가?

"왜 울어요? 울지 말아요, 존. 당신이 울면 내 기분이 엉망이 돼요."

얼굴을 닦으며 나는 에이프릴에게 말했다.

"미안해요, 당신은 너무 멋있고 훌륭해요. 당신이 좋아요. 그냥, 나는, 이런 기분이 너무 오랜만이라서 그래요. 그러니까……."

나는 적합한 단어를 찾았다.

"받아들여지는 기분이요."

"알겠어요. 그럼요. 괜찮아요."

"당신은 내가 받아들여지는 기분이 들게 만들어줘요. 무슨 뜻인지 알아요?"

"사실은 아니에요. 나는 지금 즐기고 싶어서 사랑을 나누는 것뿐이에요."

"그것도 좋은 일이에요. 나는 단지 보기보다 훨씬 슬픈 사람일 뿐에요. 그래서 가끔씩 감정이 폭발하죠."

나는 그녀의 나체 위에 몸을 기대고 침대 테이블에 올려놓았던 보드카를 들이켰다.

"이리 와요."

에이프릴이 내 목을 잡아 자기 쪽으로 당겼다. 나는 그녀 위에 몸을 뉘고 울며 사과했다. 그리고 병뚜껑을 열고 그녀의 이야기를 들었다. 대화는 모든 것이 명확해지고 이해할 수 있을 때까지 이어졌다. 그리고 나는 그대로 잠이 들었고 꿈을 꾸었다. 누군가 나를 흔드는 바람에 가볍게 잠에서 깨어난 나는 내게 딸이 있다는 것조차 까마득히 잊었다. 더 심각한 것은 딸이 나를 잊었을 것으로 믿은 것이었다.

희미한 빛이 내 얼굴에 떨어지는 아침이 되도록 나는 깨어나지 않았다.

방향 감각을 상실한 채 고개를 들자, 문앞에서 딸이 머리카락이 허옇게 탈색된 모습으로 나를 보고 있었다.

침묵의 이론

이 글에서 내 연구에 대해 정확히 언급하지 않았다는 생각이 든다. 몹시 난해한 주제이므로 미래의 독자들에게 부담을 주고 싶은 생각은 없다. 하지만 한편으로 내 연구를 언급하지 않으면 일종의 당혹감을 줄 수 있다는 생각도 든다. 더욱이 오늘 아침 눈을 떴을 때 어제 한 고백(델라웨어 베이 모텔에서의 일)을 후회했고, 지금 이 순간 씁쓸한 마음에 아무 것도 할 수 없는 지경이다. 무엇보다 내가 로라 당신에 대해 정말 사랑스러운 마음을 갖고 있다는 점과 그래서 그것을 일일이 기록해서 영원히 보존하고 싶다는 점을 이야기하고 싶다. 나는 여기서 주제를 바꾸는 게 좋다는 생각이 든다. 내 이야기를 듣는 사람들이 다양하다는 것을 잊지 말자. 나는 나 자신의 변호를 위해서라도 스스로를 인간답게 유지할 의무가 있다. 다른 사람들은 내가 이 사회에 어떻게 기여했는지, 내가 무엇에 대해 관심을 가졌는지 알고 싶어 할지도 모른다.

잠시 숨을 고르겠다. 그리고 1990년 인류의 역사에서 가장 중요했던 사건들에 대해 공부한 뒤 뮨 대학을 갓 졸업했던 그 시절로 되돌아가자. 나는 문학, 문화, 정치 분야에서 언급되지 않았거나 행해지지 않았던 역사적인 순간들을 수집하는 일에 관심이 있었다. 망설임, 정체, 소강상태, 생략, 모든 종류의 비활동. 나는 내 연구를 '정체 이론 : 실험적 백과사전(Pausology : An Experimental Encyclopedia)'이라고 명명했다. 이 연구는 내가 오랫동안 관심을 기울여왔던 '평온함(eventlessness)'의 개념에서 나왔다. (나는 이 개념을 역사에서 아무 일도 일어나지 않거나 주목할 만한 사건이 없었던 순간들로 정의하고 싶다.)

처음에 나는 새로운 경지를 개척하는 일을 한다고 생각했다. 나는 반역사적 사실을 썼고, 역사 부정을 쓰고 있었다. 그 후에 내가 수집하려는 모든 자료들이 전반적으로 서류화되지 않았다는 사실을 명백하게 깨달았다. 어느 여름 나는 뮨 대학 은사를 통해 연구 조교를 채용했다. 우리는 그저 어떻게 시작할 것인가를 궁리하며 여름을 보냈다. 메도가 태어난 후 나는 연구에 대한 열망을 어느 정도 조정해야 했는데 내 백과사전을 '완성'시킬 수 없다는 사실을 알게 되었기 때문이다. 시간이 흐른 후 다소 가능성 있는 챕터와 색인을 훑어보면서 나는 이것이 흥미를 갖고 가볍게 보기에 적당한 책이 될 수 있겠다는 생각을 했다. 그렇지만 사람들은 계속 책에 대해 질문했다. "책은 어때요? 잘 진행되고 있어요?" 결국 나는 많은 사람들에게 연구가 중단되었다는 사실을 말해야 했다.

화려한 필법의 극작가이자 비공식적 정체 이론가인 해럴드 핀터도 등장인물들이 말하지 않는 순간을 사랑해서 극도의 안타까움을 연기시키거나 일시 멈춤 상태를 충분히 끄는 연기를 관객에게 내놓는다. 이후 핀터는 자신의 유명한 멈춤을 부인했지만, 《배반》에서 140번, 《귀향》에서는 무려 224번의 멈춤 상태를 사용하는 등 기꺼이 단절법을 이용했다. 만약 배우들이 이를 충실히 연기했다고 하더라도, 한동안 빈정거림의 대상이 되고 극장을 텅 비게 만드는 실패작이 되었을 것이며, 이후의 젊은이들에게 좋지 못한 레퍼토리가 되었을 것이다. 나는 여기서 극적인 멈춤과 결혼생활의 멈춤 사이의 관계에 대해 설명하고 싶다. 두 가지 멈춤 모두 지속 기간이 다양한데, 가장 짧거나 지극히 사소한 멈춤은 쉽게 무시될 수 있지만 (……) 괴로운 내면의 일부 형태는 밖으로 드러나게 된다. 또 다른 고통은 더 오랫동안 지속되고, 더 많이 노력해야 하는 억제나 혼란(멈춤)으로 채워진다. 그러나 가장 긴 멈춤(침묵)은 어느 누구도 견딜 수 없는 것이다. 개인적으로 말하자면 아내가 할 말이 전혀 없을 때, 할 말이 남아 있지 않을 때 그 옆에서서 참기보다 차라리 산 채로 껍질이 벗겨지는 게 나을 듯싶다.

그런 이유로, 핀터의 작품에서 나타나는 '멈춤'에 관심 있는 사람이라면 티켓 값을 아끼는 대신 누군가의 산산조각 난 결혼 생활을 목격하면서 저녁을 보낼 수도 있다. 여기 나의 발췌문을 첨부한다.

햄 샌드위치 : 로라의 결혼

여자 : (학교 업무를 하다가 고개를 들면서) 오, 당신이 있는 줄 몰랐어요.

남자 : 그래, 나는…… 여기 있어.

여자 : 음…… 서 있지 말고 앉아요.

남자 : 어디에?

여자 : 아무 데나 앉아요.

남자 : 당신 옆은?

(침묵)

여자 : 잠들었어요?

남자 : 누가?

여자 : 우리 어린 딸이요.

남자 : 오, 그래, 그 애는 몹시 피곤하긴 해도 행복하지.

여자 : 행복…… 행복…….

(침묵)

남자 : 당신은?

여자 : (몹시 놀라는 듯이) 나요?

남자 : 응, 당신은 어때……?

여자 : 모르겠어요.

(멈춤)

여자 : 모르겠어요.

남자 : 우리는 행복한 것 같은데…….

여자 : 나는 이제 모르겠어요.

남자 : 당신은…….

여자 : 아니에요.

(멈춤)

여자 : 더 이상은 아니에요.

(침묵)

(멈춤)

남자 : 음, 햄 샌드위치 먹을래? 부엌에 갈 거니까, 내가…….

여자 : 네, 그래요. 고마워요. 햄 샌드위치 좋네요.

남자 : 그래.

(남자가 일어선다)

여자 : 잠깐만요.

남자 : 왜 그래?

여자 : 사실은 별로 먹고 싶지 않아요. 배도 안 고프고요.

남자 : 음, 그럼 다른 샌드위치로 해줄까? 에그 샐러드? 로스트 비프? 아이스크림 샌드위치는 어때?

여자 : 배고프지 않다고 했잖아요.

남자 : 프레츨은 어때? 과일케이크? 민트 젤리 입힌 양고기? 어째서 내가 제안하는 것은 모두 당신한테 '불충분'하지?

(침묵)

연극 끝

***

하지만 그것은 별로 재미가 없다.

어쨌든 해럴드 핀터 역시 그리 재미있는 극작가는 아니었다.

나는 특히 '멈춤'에 늘 관심이 있었고, 동시에 '멈춤' 때문에 힘들었다. 그동안의 내 연구에 의하면, 짧은 침묵은 어디에나 존재하고, 심지어 '듣기 위해서' 침묵이 필요하다는 것을 알게 되었다. 이 이야기 전반에 걸쳐 작은 침묵들이 흐른다. 단락과 단락 사이, 단어와 단어 사이에. 하지만 그것은 고독일 수도 있다. 따라서 내 연구의 결점에 대해 스스로 최악이라고 꼽는 것은 '멈춤'이 내게 주는 고독의 느낌을 내가 털어버리지 못했다는 것이다. 때때로 나는 어떤 침묵도 없었기를 여전히 소망한다. 그래서 나는 사람들에게 이런 사실을 알리는 것이 다소 꺼려진다.

남자와 여자

당신은 속옷을 입을 때 브래지어 양쪽 끈을 어깨에 걸치고 몸을 구부린 채 가슴을 잡았지. 그리고 손을 뒤로 돌려 걸쇠를 걸고 가슴을 컵에 맞도록 조정한 다음 몸을 바로 세웠지. 나는 침대에서 그 과정을 가끔 지켜보았어. 그리고 그것을 기다리기도 했다. 경례를 떠올리게 하는 그 모습은 당신이 몸을 바로 세웠을 때 마치 박수갈채를 기다리는 것처럼 보여서 나는 그것을 좋아했다. 여자가 옷 벗는 모습을 보는 재미도 인정하지만, 여자의 옷 입기만큼 꼼짝 못하게 만드는 것도 없다. 하나하나 갖춰가며 입기, 주름 잡힌 팬티스타킹 구멍에 발끝을 살살 집어넣기, 지퍼 올려 잠그기, 전체적인 폼을 멋있게 바로잡기. 어쩌면 나중에 나도……. 물론 남자 것이 볼 만한 가치가 있다고 느낀 적은 없다. 남자인 나는 여자와 비교할 때 너무 어설프다는 생각이 들었다. 나의 '욕실'을 예로 들어보자. 나는 겨드랑이에 흰 데오도란트 흔적을 묻힌 채 목욕탕에 서서 콧구멍에 전기 코털 제거기를 넣어 빙빙 돌린다. 당신이 잠에서 깨면 동백 향기가 나는데, 내게는 텁수염만 있다. 내 발걸음은 무거운데 당신은 소리가 들리지 않는다. 당신은 유리잔을 잘 다루지만 나는 샴페인 잔 하나 드는 일에도 고릴라처럼 멍청해 보인다. 나는 당신이 그토록 아름다웠다는 것이 진실로 고맙고, 그래서 또한 슬프다.

다섯째 날

아름다운 날씨가 영원히 계속될 수는 없다. 에이프릴과 내가 잠든 사이, 구름이 샘플레인 호수 위의 하늘로 모여들면서 분위기가 더욱 어두워졌다. 내 오두막으로 돌아왔을 때 메도는 반 정도 얼어 있는 주스 병을 달그락거리며 냉장고에 없는 무엇인가를 찾았다. 메도는 이제 치즈 샌드위치에 질렸다. 아이는 어째서 시리얼을 사지 않았는지 알고 싶어 했다. 보통 사람이라면 아침에 시리얼을 먹고 과일, 그것도 신선한 과일을 먹는다. 하루에 세 번에서 다섯 번 정도 먹는다. 모든 사람이 그것을 안다. 나는 메도가 방 안을 왔다 갔다 하는 모습을 바라보며 계속해서 메도의 머리카락 색깔에 익숙해지려고 노력했다. 안됐지만 메도의 머리카락은 라푼젤 같은 금발이 아니었다. 바싹 마른 옥수숫대같이 윤기 없는 바랜 색이었다. 틀림없이 뭔가 잘못한 것이었다. 나는 드라이어 선을 들어주며 메도를 따라다녔다. 목욕탕을 힐끗 보니 얼룩진 타월과 세

면대가 메스꺼웠다.

메도가 나와 에이프릴이 있는 곳에 왔을 때 나는 재빨리 옷을 입고 메도를 따라 나갔다. 그리고 지금 메도는 나를 쳐다보려고도 하지 않았는데, 나는 그 이유를 이해할 수 있었다. 나는 샤워를 하고 싶었고, 세탁 서비스도 필요했다. 아니다. 나는 모닥불이 필요했다. 내 옷을 다 태워버리고 처음부터 다시 시작하고 싶었다. 나에게서 담배 냄새가 났고, 에이프릴 냄새가 났고, 빗물과 '복카' 냄새가 났다. 그리고 술 먹은 다음 날 종종 그랬듯이 얼굴도 부었다. 메도는 식탁 역할을 했던 실내의 조그만 칵테일 테이블에 앉아 크고 흰 머리를 손바닥에 받친 채 마지막 빵 조각을 먹고 있었다. 아이의 시선은 플라스틱 테이블보 아래에 꽂혀 있었다. 맙소사, 메도의 엄마는 어떻게 생각할까? 나는 법적 문제보다 그게 더 겁이 났다.

그리고 우리의 도주 차량! 나는 차창으로 안개 속에 내려앉은 모든 경치를 바라보았다. 어떤 멍청이가 흰 경주용 타입의 자동차를 훔친단 말인가? 이 자동차는 아무 쓸모가 없었다. 우리는 그것을 타고 노스 히어로 전역을 돌아다녔고, 그전에는 스완튼에도 갔다. 그것은 움직이는 덫이었고 빌어먹을 광고였다. 사람의 눈에 띄지 않는다고 생각했던 유일한 장소는 바로 우리가 있는 이곳이다. 그러나 우리는 이곳에 머물 수가 없다. 메도에게서 맨 처음 여행에 품었던 열정이 이미 사라졌음을 느꼈다. 제기랄. 메도는 계속 내 부탁을 들어준 것이었다. 나도 그것을 알 수 있었다.

하지만 '내'가 원한 것은 무엇이었을까? 단지 좀 더 같이 있을 수 있는 시간이었다. 그러나 무엇을 위해서? 이렇게 극적인 일을 벌이면서까지 하려 했던 것은 무엇일까? 나는 사람의 눈에 띄는 것을 원치 않았다. 그렇게 되면 내가 얼마나 많은 것을 잃어버리겠는가? 하지만 나는 결국 잃어버리고 말 것을 알았다. 지금이든, 혹은 나중이든 간에. 나는 옆에 있는 의자의 등받이를 붙잡아 거의 부서질 정도로 강하게 움켜쥐었다. 아직 할 일이 남아 있었다. 나는 아직 '끝나지' 않았다.

"메도, 아빠 좀 봐."

딸은 자세를 바꾸지 않고 나를 쳐다보았다.

"왜 그렇게 슬퍼 보이지? 머리카락이 마음에 안 드니?"

메도가 손을 들어 머리 한 다발을 얼굴 아래로 내렸다.

"사실은 마음에 들어요."

"어쩌면 나중에 머리를 예전처럼 바꿀 수도 있을 거야. 이런 말하기 싫지만, 아빠는 네 진짜 머리카락을 보고 싶은데……."

"아니, 아니에요. 고마워요."

아이는 머리를 강하게 흔들었다. 눈에 이슬이 맺혔지만, 눈물은 흘리지 않았다. 아빠와의 만남이 이전에 생각했던 것보다 별 도움이 되지 않는다는 것을 깨닫고 나를 부끄럽게 생각하는 듯했다.

"그러면 왜? 뭐가 잘못됐니?"

딸은 어깨를 으쓱했다.

"왜 우리가 에이프릴 아줌마와 친구가 되어야 하는지 모르겠어요."

나는 다소 마음이 놓였다.

"우리가 꼭 에이프릴 아줌마와 친구가 되어야 하는 건 아니야. 아줌마랑 아빠는…… 밤에 같이 있었는데 어쩌다 탈수기에서 두 사람의 옷이 섞였어. 우리는 서로 마음의 위안을 주고받았을 뿐이야. 아빠는 아줌마를 위로하고, 아줌마는 아빠를 위로하고. 아빠 말 알겠니?"

"아니요. 왜 우리가 그런 귀찮은 일을 해야 하나요? 왜 참고 스스로 위로하지 못하나요?"

"아빠는 아빠를 위로한 거야."

내 목소리가 두 가지 의미를 가지고 굵어졌다.

"오히려 아빠는 너무 자주 스스로 위로를 해. 하지만 그게 다른 사람에게 받는 위로와 완전히 같지는 않아. 많은 이들이 다른 사람에게 위로받기를 원한단다."

"왜요?"

"왜?"

나는 당혹스러워서 허공의 공기를 양손으로 움켜쥐었다.

"왜라니? 너는 어떻게 된 아이냐? 너는 안기고 싶거나 뽀뽀를 받고 싶지도 않니? 때때로 아빠나 엄마, 아니면 할머니나 할아버지에게, 심지어 담요한테 어리광 부리고 싶지 않아?"

나는 메도의 눈에 순식간에 눈물이 차오르는 것을 보았다.

"오, 아니야."

나는 메도의 손을 잡으며 말했다.

"맙소사, 아빠는 그런 의미가 아니라……."

"엄마가 보고 싶어요."

눈물이 식탁보 위에 뚝뚝 떨어졌다.

"할머니하고 할아버지도 보고 싶어요. 나는 이런 여행은 이제 싫어요. 나는 워싱턴 산도 가고 싶지 않아요. 아빠와 같이 가고 싶지도 않아요. 아빠는 나빠요."

메도가 이전에는 일찍이 본 적이 없는 불만을 드러내며 나를 쳐다보았다.

"아빠는 나빠요! 아빠는 내게 금방 돌아온다고 했고, 혼자 두지 않겠다고 했어요!"

"오, 메도, 제발……."

"그런데 아빠는 내 곁에 없었고, 가버렸어요."

메도가 내 손에서 제 손을 빼내 눈물을 닦았다. 그러고는 일어나서 나가버렸다. 탁 닫히는 문소리가 작은 공간에 울려 퍼졌다.

나는 지갑과 열쇠를 집어 들고 뒤를 따랐다. 메도는 아침 안개 속에서 어디로 갔는지 보이지 않았다. 아마 길을 따라 걷고 있는 듯했다. 메도는 꽤 힘들어 보이지만 개구리가 든 통을 들고 있었다.

"얘야."

나는 메도를 따라잡으며 말했다.

"아빠가 도와줄게. 하고 싶은 게 있으면 말해봐. 뭘 하고 싶니?"

딸은 여전히 빨개진 눈으로 계속 걸어갔다. 나는 통 안을 들여다보았다. 개구리가 통 안에서 날개를 활짝 편 매 같은 모습으로 떠 있었다. 메도는 개구리가 도망가지 못하도록 통 위를 철망으로 덮어 두었다. 그러나 내 눈엔 개구리가 거의 죽은 것처럼 보였다. 나는 메도의 손을 안 건드리려고 극히 조심하며 손잡이를 꽉 잡았다. 우리는 며칠 전 어깨에 메도를 태워 가로질러 왔던 들판으로 다시 들어갔다. 이번에는 가장자리로 돌아서 농장 안주인 집의 캄캄한 창문 옆을 지나갔다. 우리는 곧 먼지 많은 차도로 접어들었고, 언덕까지 걸어갔다. 전깃줄 뒤에서 소들이 우리를 멀끔히 쳐다보았다. 나는 메도가 멈추지도 않고 그렇게 빨리 멀리까지 걸을 수 있다는 데 깜짝 놀랐다. 언덕 능선에 지어놓은 몇 채의 집을 지나 도로 아래로 내려가기 시작했고, 우리는 그 아래 조그만 연못이 있는 것을 보았다.

메도는 이런 곳에 연못이 있다는 것을 알기라도 한 듯 말했다.

"좋아요. 여기가 개구리를 놓아주려고 했던 곳이에요. 개구리는 자기가 가야 할 곳을 찾아가서 가족들을 새로 만들 거예요."

"어쩌면 개구리는 시인이 될 테고, '개구리가 왔다 가다'라는 시집을 쓸지도 몰라."

"아뇨."

메도가 눈을 가늘게 뜨며 말했다.

"개구리는 시를 싫어해요. 모든 개구리가 다 그래요. 양서류는 시에 알레르기 반응을 일으켜요."

그러고는 두어 걸음 앞으로 걸어가더니 나를 쳐다보았다.

“아빠도 마른 손으로 개구리를 만지지 않는다면 와도 돼요. 그러면 개구리가 죽어요.”

나는 한쪽 무릎을 꿇고 말했다.

“귀염둥이, 네가 원한다면 오두막으로 돌아가서 짐을 싼 다음 곧장 집으로 데려다줄게. 엄마한테 바로 데려다줄게. 나는 네가 언제나 즐거워하는 모습만 보고 싶어. 네가 아빠한테 화내는 건 원치 않아. 그러니 말해봐?”

메도는 대답이 없었지만 눈빛이 한결 부드러워졌다. 마침내 사이즈가 커서 헐렁한 셔츠 소매로 이마를 닦더니 통을 홱 집어 들었다.

“어서 가요.”

우리는 방금 태양이 구름을 뚫고 나와 햇살을 비추고 있는 연못 쪽으로 계속 걸어갔다.

밀감과 여우

나는 자신을 소크라테스 같은 사람으로 보지 않는다. 하지만 내 생각에 어린이의 선천적 호기심을 자제시키는 것은 옳은 일이 아니다. 메도 같은 아이는 질문에 대한 답이 준비되어 있든 아니든 어려운 질문을 던지곤 한다. 밀감에 대한 추억을 예로 들어보자. 파인 힐에서 가지에 달린 채 과일 바구니 속에서 딱딱하게 굳은 밀감을 보았을 때, 메도는 그것이 이후에 어떻게 될지 알고 싶어 했다. 밀감이 계속 줄어들다가 없어져 버릴지 궁금해 했던 것이다. 우리는 그것을 관찰했다. 딱딱하게 굳은 것을 발견한 지 7일 만에 다시 물러지는 과정도 살펴보았다.

"부패는 성장의 반대야. 그러나 죽은 것은 우선 말라야 돼. 마치 죽은 동물의 사후 경직처럼."

"사후 경직이 뭐예요?"

"사람이나 동물이 죽으면 우선 몸이 빳빳해져."

내가 시체 흉내를 내자 메도가 까르르 웃었다.

"밀감에게 나타난 현상은 시체에도 똑같이 나타나."

"먼저 딱딱해지고 그다음에 물러진다."

"그래. 모든 것은 죽은 뒤엔 물러져."

내 말에 메도의 눈이 커졌다.

"우리도 그래요?"

"맞아. 우리도 언젠가 물러지게 될 거야. 살아 있는 건 모두 언젠가는 죽게 돼 있어. 무엇보다 그 사실을 받아들이는 게 더 중요해. 너도 이제 곧 알게 될 거야."

그런 일이 있은 지 얼마 후 뒤뜰에서 죽은 여우를 발견했다. 나는 그것을 밀감의 후속 관찰 예시로 이용하고 싶었다. 그것을 낡은 나무 상자 안에 넣어 잔디 깎는 기계를 보관하는 창고 뒤쪽에 고이 가져다 놓았다. 우리는 매일 그것을 지켜보았다. 태양이 여우의 살을 태우면서 파리들이 수없이 조각을 뜯어내고 바람이 형태를 다 날려 보내서 여우는 누런 털 카펫이 되었다가 마침내 사라져버렸다. 우리는 여우가 부패되는 과정을 몇 시간씩 지켜보았다. 이것이 굉장히 이상하게 들린다는 것을 나도 알지만, 그 당시에는 전혀 이상하지 않았다. 오히려 이 여우에 교육학적 가치가 있다고 생각했다. 아이러니하게도 메도 엄마와 마주했을 때 여우 사건은 결혼 생활의 갈등을 초래하는 결정타였다.

"당신하고 얘기 좀 해야겠어요."

당신은 어느 날 아침 단단히 화가 나서 말했다.

우리는 어느 초여름 토요일, 식탁에 앉았다. 당신이 교사로서의 첫해를 마칠 무렵으로, 우리가 함께 보낼 여름휴가를 기대하고 있어야 할 순간이었지만, 내가 심각한 문제를 건드린 것 같았다. 주말이 갑작스레 긴장감에 휩싸였다. 당신은 나를 자게 했고, 내가 잠에서 깼을 때 당신은 이미 러닝복을 입고 있었다. 내가 기억하기에 그날 아침 내가 침대에 있는 동안 메도가 당신에게 우리의 최근 실험에 대해 당신에게 이야기했을 것이다. 당신은 식탁 건너편에서 매우 심각한 시선으로 나를 쳐다보았다.

"메도, '도라' 할 시간이네. 엄마랑 아빠랑 이야기할 동안 가서 텔레비전 볼래?"

나는 억지웃음을 지었다. 나와 이야기한다는 말이 가혹한 처벌을 알리는 경종 같은 것이어서 웃지 않을 수 없었다. 당신의 어투는 조직 사회 분위기가 났다. 나는 메도가 입을 닦고 오렌지 주스를 들고 식탁을 떠나는 것을 보았다. 메도가 가자 당신은 자세를 고쳤다.

"당신, 뭐하는 거예요?"

"아침 식사 하지."

"죽은 동물이나 수집하는 게 도대체 뭐예요? 어떻게 그런 생각을 할 수가 있죠? 누가 당신더러 그렇게 하라고 시켰죠? 웬즈데이 아담스(만화 캐릭터)가 시키던가요?"

"그건 그저 재미야, 로라."

"이건 재미가 아니에요. 이제는 지겨워요."

“뭐가 지겹다는 거야? 그건 자연 공부야. 죽는 건 자연의 이치야. 메도는 그걸 보고 조금도 놀라지 않았어. 그 모습을 보면 개는 아주 지혜로워.”

“메도는 지혜로울 나이가 아니에요. 이제 겨우 세 살이에요. 그저 많이 웃고 걱정거리가 없어야 할 나이죠.”

“사실, 메도가 물어본 거야.”

“당신을 못 믿겠어요. 그게 문제예요. 당신을 더 이상 믿지 않아요.”

당신은 두 손을 이마에 갖다 댔다.

“당신을 못 믿어요. 더 이상 신뢰하지 않아요. 에릭, 제발 날 좀 도와줘요.”

나는 거기서 무엇인가 할 일이 없나 희망하면서 앉아 있었다. 도체스터 초등학교 때 우리가 나쁜 짓을 하거나 무례했을 때 받는 벌이 마음을 편안하게 해준 적이 있었다. 우리가 잘못한 점을 공책에 끊임없이 반복해서 쓰는 것이었다.

나는 잘못했습니다

나는 잘못했습니다

나는 잘못했습니다

나는 잘못했습니다

나는 잘못했습니다

나는 잘못했습니다

우리는 손목이 아플 때까지 쓰고 또 쓰면서 완전히 속죄하고, 다시 시작할 준비를 하고, 더 나아질 각오를 했다.

나는 당신의 볼에 흘러내리는 눈물을 보았다. 당신은 머그잔 손잡이를 만지작거렸다.

"로라, 제발 울지 마. 그건 그저 죽은 동물이었어."

"아뇨. 그렇지 않아요."

"나는 당신이 무엇을 원하는지 모르겠어. 내가 진짜로 당신에게 줄 수 있는 것 말이야."

"나는 왜 이런 일이 생기는지 알고 싶어요. 어떻게 우리가 이렇게 다를 수 있죠? 너무나 극과 극이에요. 어떻게 이런 엄청난 간격이 우리 사이에 생긴 거죠?"

당신은 호소하듯 나를 쳐다보았다.

"우리가 이전에도 항상 이랬었나요? 아니라고 생각해요. 내가 알던 당신이 그리워요."

그런 다음 당신은 될 대로 되라는 듯 흐느껴 울었다.

내가 보기에 그것은 지금 여기에 앉아 남편이 저지른 일에 절망하여 우는 아내를 지켜보는 것과 아무런 관련이 없어 보였다. 심지어 나 자신에게는 하나도 이상한 일이 아니고 주목할 만큼 중대한 일도 아닌 일이었다. 내가 수없이 룰을 어겼기 때문에 우리의 선점 전쟁에서 깨끗이 패했다는 사실을 인정한다 해도, 내가 죽은 여우를 가지고 저지른 잘못이 무엇인지 여전히 궁금했다. 결과적으로 나는 내가 무슨 이야기를 했어야만 했는지 답을 찾지 못했다. 그리고 당신이 생각했던 나란 존재가 되려면 어떻게 해야 할지 오랫동안 생각했다. 그것은 때때로 생산적이라고 느껴지는가 하면 또 어느 때는 자가 충전의 특이한 형태처럼 느껴지기도 했다. 나는 이런 문제들에 대해 곰곰이 생각하며 그대로 앉아 한동안 시간을 보냈다. 그래서 나는 설문지를 만들었다. 비록 읽는 이가 로라 당신이 아닌 누구든 간에 이 글을 읽는 사람에게 일종의 조사를 한다는 마음으로 작성했다. 그것은 다음과 같다.

질문 : 인간의 신체를 포함해 살아 있는 모든 것은 언젠가 다 죽게 되고 분해된다는 내용을 세 살짜리 자녀에게 얘기하는 것이 적절한가?

답 : 네(　　) 아니요(　　)

질문 : 만약 아니라면 그 이유는?

① 그것은 거짓이기 때문에 아니다. 죽은 시체는 분해되지 않는다. 다만 원래의 모습대로 온전히 천상에 있는 사랑하는 이들의 어깨 위에 옮겨진다.

② 질문이 적절하지 않기 때문이다. 선생님은 기하급수적으로 늘어나는 다양한 이유로 신뢰를 받지 못한다. 따라서 그가 무슨 말을 하든 당신의 지혜로운 자녀에게 전달하는 것이 무엇이든 간에 그것은 다 가짜다.

③ 그와 같은 위치에 있는 남자들은 실제로 자기 부인에게 의견을 양보해야 하기 때문이다. 게다가 현명한 사람이라면 당연히 부인이 좋

아하지 않을 것을 알고 있을 것이다. 그가 앞장서서 죽은 여우를 훼손했다는 사실은 어쩌면 그가 더 이상 '아내'를 사랑하지 않는다는 증거일 수 있다. 혹은 그녀를 포기했거나 남편의 모습 그대로 아내가 받아들일 수 있는 능력에 기대를 잃었다는 뜻일 수도 있다. 과학적 실험을 두고 격렬하게 싸웠다는 사실은 주제에서 벗어나는 일이고, 어쩌면 그 저변에 서로에게 '어째서 나를 사랑하지 않는가?/어째서 '당신'은 '나'를 사랑하지 않는가?'라는 마지막 단계의 의문이 내재되어 있는 건지도 모른다.

여러분의 답을 적어 다음 주소로 보내주기 바랍니다.

에릭 슈로더

수감 번호 331890

뉴욕 올버니 1227

CCI 올버니 시립 교도소

우편함 3404

놀라움

개구리는 아직 살아 있었다. 메도가 연못 속에 통을 내려놓고 그 위에 쳐놓았던 닭장용 철망을 걷어냈을 때 개구리는 움직이기 시작하더니 빠르게 다리를 저어 어두운 물속 깊이 사라져버렸다. 우리는 먼지가 날리는 도로 쪽으로 돌아갔다. 도로에 거의 이르렀을 때 차가 다가오는 소리를 들었다. 그 차는 속도를 내며 달려오더니 우리를 약간 지나친 곳에 먼지를 일으키며 멈춰 섰다. 후미등이 번쩍거렸고, 운전자가 돌아보더니 차를 후진하며 조수석 창문을 내렸다. 에이프릴이었다.

"또다시 안녕하세요!"

그녀가 말했다. 나는 저절로 웃음이 나왔다. 나는 그녀의 차 위에 손을 대고 몸을 구부렸다. 그녀는 팔을 옆 좌석 뒤쪽에 걸쳐놓았다. 그녀의 옷은 노랑, 초록, 빨강이 섞인 길고 소매가 넓은 것으로 바뀌어 있었다. 뒷좌석에는 나무 상자, 침낭, 여행가방, 연예 잡지 몇 권 등 그녀의 소지품들이 있었다.

"다시는 못 볼 거라는 생각을 하고 있었어요."

내 말에 그녀가 "반드시 그럴 필요는 없죠"라고 대답했다. 그러고는 한마디 덧붙였다.

"타요. 태워줄게요."

나는 머리를 흔들었다.

"고맙지만 우리는 짐을 정리하려고 돌아가려던 참이었어요. 이제 집에 갈 시간이 되었어요."

에이프릴은 앞쪽으로 고개를 돌리더니 메도에게 부드러운 미소를 보냈다.

"안녕, 크리시."

"안녕하세요."

메도는 잠시 망설이다가 희미하게 미소를 지었다. 에이프릴이 차 안에서 내게 손을 흔들었다.

"이리로 와보세요. 중요한 얘기가 있어요."

나는 운전석 쪽으로 가서 몸을 숙였다. 그녀는 내 귀에 대고 소곤거렸다.

"지금 오두막으로 돌아가면 버몬트 주 군인 세 명이 당신을 맞이하게 될 거예요. 경찰차 세 대도 왔고요. 하나가 먼저 왔고, 다른 두 대는 사이렌을 울리며 왔어요. 그들은 벌써 당신 오두막 안에 들어갔어요. 그곳에 있던 당신 물건이 무엇이든 간에 이제는 버몬트 주 재산이 되었다는 걸 알려주고 싶어요. 치즈 한 조각까지도 말이에요. 내 추측이지만, 더 많은 일들이 벌어질 거예요. 여주인이 진술했어요. 그녀는 당신에 대해 느낌이 좋지 않았다고 계속 얘기했어요."

나는 머리를 쳐들었다. 흙길의 끝이 하늘로 이어졌고 모든 것이 고요했다.

에이프릴이 몸을 앞으로 돌려 메도를 쳐다보았을 때 메도는 통을 가지고 장난치고 있었다.

"나비 잡았니, 꼬마 아가씨?"

메도가 차 쪽으로 몇 발짝 다가왔다.

"아뇨. 개구리를 풀어주었어요."

"잘했어. 옳은 일이야."

그녀는 나를 쳐다보았다.

"그러면, 존 씨, 어떻게 할래요? 나는 60초 후에 출발할 거예요. 나도 지금 당신과 이야기하고 있다는 게 믿기지 않네요."

입을 열었지만 아무 말도 나오지 않았다. 내 마음은 혼란 속에 빠졌다. 그 늙은 여주인이 어째서 내게 좋지 않은 감정을 가졌을지 생각해보았다. 에이프릴이 한숨을 내쉬며 차 밖으로 나왔다. 그녀는 여행가방을 트렁크로 옮기고 열린 문을 몸짓으로 가리켰다.

"당신 얼굴이 어떤지 보여주고 싶군요."

"내 물건들이 오두막 안에 있는데……."

"그래서요?"

에이프릴이 내 말을 잘랐다.

"다 없어졌어요. 그 물건은 더 이상 당신 게 아녜요."

메도가 나를 응시하고 있었다. 메도의 얼굴은 거울처럼 나를 비추고 있는 것이 틀림없었다. 내가 놀랐기 때문에 딸도 많이 놀라 있었다. 내가 그것을 깨달았을 때, 이제 할 일은 떠나는 것뿐이었다.

"차에 타자, 귀염둥이."

나는 메도에게 말했다.

"문을 쾅 닫지 마세요."

에이프릴이 덧붙였다.

"조용히 닫아요."

"아빠, 왜 그래요? 무슨 일 있어요?"

"차에 타렴."

그때 불현듯 길 아래 물가에서 인기척이 나는 것 같았다. 남자들의 목소리가 수면에 부딪치며 증폭되었고, 실제 거리보다 더 가깝게 들렸다. 마치 도로 위 우리 바로 옆에 있는 것처럼 들렸지만, 사람들은 보이지 않았다. 개들이 짖어대는 소리가 이어졌다.

나는 안전벨트를 잠글 수 없었고, 손끝에 아무런 감각도 느낄 수 없었다. 나는 벨트를 채우려고 계속 헛손질을 해댔다. 이미 우리는 무척 빠르게 달리고 있었다.

낙석

사계절 다양한 이유로 북적이는 2번 도로를 타고 가다보면 칼레의 포도농장이나 댄빌의 혼잡한 옥수수농장 같은 버몬트의 틈새산업을 한눈에 볼 수 있다. 만약 이곳에 들를 시간적 여유가 없고 단지 빨리 주 경계선을 넘어야 하는 여행자라면, 빠르게 달려가면서 차창 밖으로 전설적인 버몬트 삼림지대를 구경할 수 있다. 만약 그 여행자가 충분히 오래 산다면, 은퇴 후, 아직 낙엽이 지지 않은 때에 관광버스를 타고 되돌아올지도 모른다. 만약 그가 눈을 감는다면, 비록 6월이라 하더라도 가을의 노란색, 구리색, 붉은색으로 수놓이는 슬픈 마법을 선연히 볼 수 있을 것이다.

메도는 벌링턴 외곽을 빠져나온 이래 한마디도 하지 않았다. 뒷좌석에서 요지부동의 눈빛으로 앉아 있었고 무릎 위에 두 손을 단단히 잡고 있었는데, 아동용 의자의 높이가 아니었다면 너무 작고 볼품없게 보였을 것이다. 나는 여러 차례 메도에게 말을 건넸

으나 아이는 머리를 옆으로 돌려버렸다. 메도는 자기 배낭(그리고 그 안에 들어 있는 칫솔과 새로 산 비키니)을 버린 것에 대해 몹시 마음이 상해 있었다. 사실 메도가 지금 가지고 있는 것은 빈 통뿐이었고, 내게는 지갑과 차 키, 나흘간 입은 옷가지뿐이었다. 카키색 바지는 무릎까지 걷어 올렸고, 연못에 들어갔다 온 탓에 아직도 축축했다. 푸른색 체크무늬 셔츠의 가슴 주머니에는 시든 들풀이 꽂혀 있었다. 오두막에 두고 온 나머지 물건들은 무전기를 든 사각턱의 시골뜨기들이 모두 가져갔다. 물론, 이 상황에서 가장 심각한 문제는 따로 있었다. 나는 그 장면을 떠올리는 것만으로 위경련을 느꼈다. '어이, 이게 뭐지? 여권 같은데?' 나는 그가 내 쪽으로 오는 모습을 보았다. 경찰은 아니다. 그저 어린 소년인데, 무릎까지 올라오는 운동양말을 신었고 보스턴 브루인스 하키팀 저지를 입었다. 그리고 마치 배고픈 물고기처럼 나를 둘러싼다.

'에릭 슈로더라고 쓰여 있어. 에릭 슈로더가 대체 누구야?'

"저 표지판은 무슨 뜻이에요?"

메도가 갑자기 창밖을 가리키며 물었다.

우리는 화강암으로 덮인 산길을 지나고 있었다. 나는 침착한 목소리를 내려고 목을 가다듬었다.

"낙석이야."

"와, 굉장하다. 지금 우리 위로 바위가 떨어지는 거예요?"

바람이 해를 가로지르며 거칠게 구름을 앞뒤로 몰아댔다. 우리가 그림자 속으로 깊이 빠져들 때마다 메도의 안경이 반사되면서 딸의 얼굴이 차가운 기계처럼 보였다.

"에이프릴 아줌마는 너무 빠르게 운전해."

메도가 중얼거렸다.

"너무 빨리 운전하니까 떨어지는 바위도 볼 수 없어."

"꼬마 아가씨."

에이프릴이 백미러에 대고 대답했다.

"우리 엄마가 늘 말씀했지. '내게 너무 기대하지 마. 나도 네게 기대하지 않을 테니..'"

메도는 팔짱을 끼고 머리를 다시 옆으로 돌렸다.

"아줌마의 엄마가 무슨 말씀을 하셨든 저하고는 상관없어요."

우리는 다시 침묵 속에 들어갔다. 어쩌면 우리 세 사람 모두 지금까지살면서 이처럼 오랫동안 침묵을 지킨 경우는 처음이었을 것이다. 나는 에이프릴을 건너다보았는데, 그녀는 나이 든 여자처럼 두 손으로 핸들을 계속 꽉 잡고 있었다. 내가 그렇게 안 좋아 보였나? 그렇게 절망적이었나? 저런 여자로부터 호의를 받게 될 정도로?

"에이프릴 아줌마."

메도가 우울하게 말했다.

"왜 그러니?"

"크리시는 내 진짜 이름이 아니에요."

에이프릴이 웃었다.

"그게 진짜라고 생각하지도 않았어."

나는 돌아보지 않았다.

"내 이름은 메도예요. 메도 케네디요."

"그래. 내 이름은 '진짜로' 에이프릴 아몬드야. 오히려 그 이름이 가명처럼 들리겠지만."

그녀는 다시 웃었는데, 조금 부자연스러운 웃음이었다.

"사람들이 항상 내게 진실을 이야기해주려고 애쓰는 건 참 희한한 일이지. 심지어 그래선 안 되는 순간에도 말이야."

"아빠가 항상 진실만 이야기하는 건 아니에요. 한 번은 차 트렁크에 나를 집어넣으려고도 했어요."

그때 내가 몸을 돌렸다.

"뭐라고?"

"아빠가 그랬잖아요?"

"하지만 그러지 않았지. 너를 트렁크에 넣었지만 닫지는 않았잖아? 게다가 여러 차례 미안하다고 했잖니?"

나는 에이프릴을 쳐다보며 말했다.

"나는 그 점에 대해 사과했어요."

"나한테 말할 필요 없어요."

"엄마는 아빠가 종종 거짓말한다고 했어요."

"언제? 언제 거짓말했다는 거야?"

"내가 어렸을 때. 아빠가 나를 여러 곳에 데리고 갔죠."

"도서관 같은 데 말이야? 내가 너를 돌볼 때 말이지? 그때 엄마는 일하고 있었잖아."

"아뇨. 사람들이 울고 있는 교회 같은 데요. 엄마가 그런 교회는 애들이 가는 곳이 아니라고 했어요."

나는 다시 에이프릴 쪽으로 고개를 돌렸다.

"알코올 중독자 모임에 친구를 도와주려고 갔어요."

"메도를 그 미팅에 데려갔어요?"

"실수였어요."

"나는 엄마한테 모두 얘기했어요."

메도가 분명하게 말했다.

"메도, 너는 그런 것까지 엄마한테 이야기하면 안 돼. 엄마는 그 상황을 이해하지 못하잖아."

"그래도!"

메도는 소리를 질렀다.

"아빠는 거짓말하면 안 되잖아요. 그게 좋은 일이라면 엄마한테 얘기했을 거예요."

"자, 자."

에이프릴이 끼어들었다.

"여러분? 두 사람에 대한 이야기는 더 이상 알고 싶지 않아요. 알겠어요? 나는 둘 다 무척 중요한 사람이라고 생각해요. 두 사람의 삶은 축복받을 자격이 있어요. 알겠지요? 어쨌든 힘내요. 우리는 지금 뉴햄프셔로 가고 있어요. 그곳은 좋은 곳이에요. 캔카마구스 고속도로를 거쳐서 갈 거예요. 멋진 곳이에요. 믿기지 않겠지만, 여기보다 훨씬 근사하죠. 화이트 산맥은 그린 산맥보다 더 좋아요. 누구 라디오 듣고 싶은 사람?"

에이프릴은 재빨리 다이얼을 돌렸다. 가장 가까운 능선은 검고 푸르렀으며, 그보다 좀 더 먼 능선들은 좀 더 희미하고 좀 더 높았고, 그보다 더 먼 곳의 희미하게 보이는 산맥에선 메아리가 울려 나왔다. 산들과 연결된 지평선은 들쭉날쭉했다.

"고맙다는 말을 하고 싶어요."

내 목소리가 무겁고 고통스럽게 느껴졌다.

"당신은 정말, 정말……."

"천만에요. 괜찮아요."

"나는 나쁜 사람이 아니에요."

에이프릴은 크게 숨을 내쉬었다.

"당신은 나쁜 사람일 수도 있고 아닐 수도 있어요. 그러나 당신은 내가 아는 사람들보다는 덜 나쁜 것 같아요."

"어쨌든 고마워요."

"괜찮다니까요."

"우리를 당신 집으로 데려가줘서 고맙다는 거예요. 나는 조용히 머물 곳이 필요해요. 생각을 정리할 수 있는."

"존, 지금 당신이 머물 수 있는 곳은 없어요."

에이프릴이 고개를 돌려 나를 정면으로 바라보았다. 그리고 뒤쪽에서 우리의 대화를 신경 쓰고 있는 메도를 힐끔 쳐다보았다. 그러자 메도는 머리를 돌리고 경치를 바라보는 척했다. 에이프릴도 라디오 볼륨을 좀 더 높였다.

"그리고 그곳이 내 집이라고는 얘기하지 않았어요. 거기는 내 사촌 집이에요. 래기드 산 옆에 있어요."

"안 돼요. 나는 다른 사람을 끌어들이고 싶지 않아요."

"내 사촌은 거기 없어요. 얘기하자면 길어요. 지금 조지아에 있다고만 해두죠. 나는 가끔 그 집에 가서 관리를 해주고 있어요."

"모텔에 머무는 게 좋을 것 같아요. 그러니 가다가 모텔이 있으면 우리를 내려주세요."

"서두르지 마요. 거기는 안전해요. 메도에게 음식도 만들어 줄 수 있고, 그곳에 머무르면서 어디로 갈지 생각할 수도 있어요. 게다가 당신은 지금 어디에도 갈 수 없어요. 내 말은 당신이 계속 도망갈 생각이라면 말이죠. 메도를 데려가든 아니든. 이 세상에는 그렇게 살아가는 사람들이 많이 있죠."

그녀는 목소리를 낮추어 속삭였다.

"맙소사. 나는 당신에게 뭘 강요하려는 게 아니에요. 그러나 아이는 안정이 필요해요. 당신 딸을 좀 보라고요."

나는 메도를 쳐다보았다. 딸은 오렌지색 통을 끌어안고 있었다. 입은 다소 뒤틀린 미소를 띠었고, 스스로에게 강한 다짐을 하는 소리가 내 귀에 들리는 듯했다. 바랜 흰 머리카락이 리본에 감겨 차창 밖으로 흩날렸는데, 그것은 이상한 가공의 느낌처럼 보였다. 과연 이런 게 내가 원하던 것이었을까? 엉망이 되어버린 운명에 대해 비정상적일 정도로 고도의 참을성을 가진, 모래로 머리가 헝클어진 아이? 메도가 나를 따라오는 혼란과 무자비, 비참한 파국의 세상을 견딜 수 있는지 지켜보려고 기다리기라도 한 것일까? 나는 쓰라린 양심의 가책을 느꼈다. 지금 메도는 뒷좌석에서 모든 것을 참으며 실종 3인조의 세 번째 인물이 되어 있다. 어떤 면에서 이 아이는 영원히 '실종된' 상태로 남지 않을까? 그렇지 않을까? 지금보다 더 자란 메도는 나 혹은 에이프릴 같은 사람과 친하게 지낸 까닭에 이런 종류의 사람들과 잘 어울리게 될 지도 모른다. 그래서 그런 사람들과 함께 폭스바겐 밴이나 모터사이클 사이드카를 타고 함께 여기저기 여행을 다니게 될 지도 모른다. 그러다가 마침내 평범한 사람보다 별난 괴짜들과 어울릴 때 더 편하게 되는 게 아닐까? 나는 속으로 몸서리를 쳤다. 그리고 처음으로 차갑고 어두운 후회를 느꼈다. 이 승리는 잘못된 승리였다. 로라 당신이 옳았다.

우리는 오후 늦게 세인트존스베리에 도착했다. 에이프릴은 화이트 뉴잉글랜드 공립학교 건너편에 있는 커피숍에 차를 댄 뒤 메도를 데리고 화장실로 갔다. 학교는 수업이 끝날 무렵인지 버스가 길거리에 죽 늘어서 있었고, 학부모들도 천천히 모여들고 있었다. 나는 부모들이 학교로 다가오는 모습을 지켜보았다. 그중 몇 명은 진흙이 묻은 작업복을 입고 트럭 운전사 모자를 쓰고 있었다. 부인들 중 몇 사람은 임신한 것이 눈에 띄었다. 그들은 서서 잡담을 나누고 있었다. 나는 차창을 내리고 그들을 보지 않으려고 노력했다. 카페 창문 뒤에 금발 머리가 비쳐보였다. 메도가 고개를 돌아보았고, 커피숍 안에서 내게는 보이지 않는 누군가와 이야기를 나누고 있었다. 종업원이랑 말하는 걸까? 아이는 고개를 끄덕였다. 무슨 질문을 받은 걸까? 딸은 손을 내밀고 무엇인가를 받았다.

나는 생각했다. 말해. 어서 가서 너를 구하기 위해 무슨 말을 해야 하는지 그들이 너에게 가르치는 대로 말해라.

그때 유리창 뒤로 에이프릴이 나타났다. 새로 립스틱을 바른 입술로 웃으며 농담을 하고 설명하면서 메도를 따라다녔다. 문 위의 종소리가 댕그랑거렸다. 남자 한 사람이 모자를 뒤로 쓴 채 서 있었고, 딸은 도넛을 손에 든 채 밖으로 나왔다.

래기드 산

우리는 날이 어두워서야 목적지에 도착했다. 자동차 불빛에 비친 그곳의 모습은 마치 도체스터 주택단지에서 최악의 아파트 한 채를 끌어내 뉴햄프셔 들판 중간에 블록만 쌓아 재건하고, 그런 다음 그 위에 먼지를 산더미처럼 덮어 놓은 듯했다. 차가 멈춰 서고 우리의 긴장된 침묵은 또 다른 상황으로 이어졌다. 에이프릴은 주차 상태로 기어를 밀어놓고 지갑에서 립스틱 튜브를 꺼내 아랫입술을 칠했다.

"지금 이 집이 형편없어 보인다고 생각되면 날이 밝았을 때 다시 봐봐요."

"여기서 사람이 살아요?"

메도가 궁금하다는 듯 물었다.

"물론이지. 내 사촌이 아이 둘을 여기서 키웠단다. 주변이 무척 아름다워."

그녀는 손으로 어둠 속을 가리켰다.

"저쪽으로 가면 물고기가 사는 조그만 개천이 있고, 저쪽에는 애들이 썰매를 타던 언덕이 있어. 여기에는 없는 게 없었지. 텃밭에 토마토, 당근, 딜이 자라고, 새도 키우고, 집 굴뚝에서는 연기가 솟아오르고. 진정한 전원생활이었어."

에이프릴이 내게 몸을 돌렸다.

"자연으로 돌아가자는 운동에 대해 들어본 적 있어요? 모든 것을 팔아버린 부부들이 들판에 있는 돌로 집을 만들고, 애들을 발가벗은 채 뛰어다니게 했고, 도시와 떨어진 곳에서 살았어요."

나는 고개를 끄덕이며 여전히 무슨 말을 해야 할지 몰랐다.

"아마 내 사촌이 그런 일을 하려 했었다고 생각해요. 물론 결국 실패했지만. 그렇다고 해서 이런 노력을 나무랄 순 없어요. 좋은 때도 있었으니까요. 나는 남자 친구들과 여기에 오곤 했어요. 마이너 미라클 밴드의 J. J. 토레인도 데려왔었죠."

그리고 그녀는 손뼉을 짝 쳤다.

"자, 그럼, 한번 들어가 볼까요. 헤드라이트는 그냥 켜 두죠. 그래야 볼 수 있을 거예요. 그리고 존, 당신은 트렁크에서 내 여행가방 좀 갖다 줄래요? 그리고 꼬마 아가씨는 통을 가져오세요."

이런 식으로 에이프릴은 우리를 정신적 마비에서 벗어나게 했고, 한 줄로 그 집을 향해 걸어가는 동안 자동차 불빛이 주위를 비춰주었다. 내 앞에서 사이즈가 너무 큰 셔츠의 축 처진 단 아래로 메도의 마른 다리가 걸어갔다. 목 뒤의 상표가 아직도 붙어 있었다. 갑자기 숲 쪽에서 무언가 큰 물체가 움직이면서 굵은 가지가 흔들렸다. 우리는 그 자리에 얼어붙었다. 나는 작게 속삭였다.

"대체 저게 뭐지?"

불빛에 비친 메도의 표정은 다소 놀랐지만 당당했고 거의 납득하는 것 같았다. 마치 나에게 앞장서라고 생각하는 듯했다.

"아마 무스일 거예요."

에이프릴이 말하면서 앞문에 매달린 자물통을 움직였다. 문은 화려한 놋쇠 장식이 붙은 가죽 조각으로 덮여 있었는데, 마치 교회에서 훔쳐온 것 같았다.

에이프릴이 불을 켠 순간, 우리는 이상한 방의 한가운데 있다는 것을 알게 되었다. 작은 장식품들이 흩어져 있는 것으로 미루어 급히 떠난 듯했는데, 마치 폼페이의 최후의 장면을 보는 것 같았다. 기괴한 전시회를 보는 듯한 느낌도 들었다. 테이블 위에는 책이 펼쳐져 있었다. 낡은 강아지 침대는 엉덩이 자국이 그대로 남아 있었고, 벽의 옷걸이에는 코트 몇 벌이 걸려 있었다. 이런 물건들을 차치하고, 방 자체가 그리 좋지 않았다. 바닥에 깔린 어두운 카펫은 실내외 겸용이었고, 콘크리트 벽면은 페인트칠조차 하지 않았다. 달아맨 천장은 판자가 몇 개 떨어져 나간 것처럼 보였고, 핑크색 단열재와 전깃줄이 그대로 노출되어 있었다. 또 캐비닛 옷장과 식탁, 프로판가스통이 놓여 있는 것으로 보아 이곳이 다목적 기능의 공간이었음을 알려주었다. 조금 떨어진 벽에 나란히 줄지어 있는 아이스박스 같은 것들로 미루어 부엌 역할도 했던 것처럼 보였다. 자신이 무엇을 하는지 알지 못하는 사람이 지어서 쭉 사용했던 것이 분명했다. 이러한 사실을 뒷받침해주는 것으로서, 저쪽 벽에 바짝 붙여 놓은 알루미늄 카누를 꼽을 수 있겠다. 카누 안이 쿠션으로 채워져 있는 것으로 보아 방 안의 가구로 사용한 듯했다. 에이프릴이 그 카누를 가리키며 말했다.

"당신 침대예요."

"카누? 카누에서 잠을 자라고요?"

"뭐 문제 있어요?"

나는 다소 공격적으로 웃었다.

"그럼 메도는 어디서 자죠? 카약인가요?"

"아니요. 메도는 저 뒤에 있는 건초 더미에서 자요."

에이프릴이 눈을 굴렸다.

"농담이에요. 작은 침대가 있어요. 저쪽 문으로 들어가면 돼요. 사촌은 가장 좋은 것들을 자기 아이들을 위해 아껴놓았죠. 하지만 그는 카누에서 자는 걸 좋아했어요. 나는 한 번도 이유를 묻지 않았죠."

"그렇죠. 굳이 뭐 하러 이유를 들춰내겠어요."

"존 토론토, 이 집에 불만 있어요?"

"아뇨."

나는 머리를 쓸어내리며 다시 대답했다.

"없어요."

에이프릴이 메도에게 얼굴을 돌리고 말했다.

"저 문으로 들어가면 네가 잘 방이 있단다."

메도는 그쪽으로 걸음을 옮겼다. 메도가 이 이상한 집에 대한 느끼는 반응이 나와 같으리라는 것을 알 수 있었다. 이 집에 살던 사람들에게 도대체 무슨 일이 생긴 걸까? 그들은 어디로 그렇게 급히 떠나버린 것일까? 그들은 위험에 빠졌지만 할 수 있는 일이 아무것도 없었다고 생각할 수도 있다. 그들이 가족이기 때문에 함께하기가 더 불리했을지도 모른다. 메도는 에이프릴이 가리킨 쪽으로 가서 주름식 칸막이 문을 밀고 옷소매로 불을 켰다. 그 방은 좀 더 따뜻하고 형광 빛이 적고, 나무 침대와 붉은 안락의자가 있었다. 에이프릴과 내가 그쪽으로 갔다.

"마음에 드니?"

에이프릴이 묻자 메도가 고개를 끄덕였다.

"내가 알기론 여기에 장난감이 좀 있었는데. 그것도 꽤 괜찮은 것들로 말이야. 너 링컨 통나무 집짓기 놀이 좋아해?"

에이프릴이 선반에서 찌그러진 박스 하나를 선반에서 잡아끌자 그대로 바닥에 떨어졌다.

"내가 너만 할 때는 집짓기 놀이를 좋아했어. 너도 집짓기 좋아하니?"

메도가 고개를 끄덕였다. 그러고는 박스 안에 손을 뻗어 플라스틱 통나무 조각을 끌어내기 시작했다. 메도가 거기에 정신이 팔린 것처럼 보이자 에이프릴은 일어나서 손을 털었다.

"좋아."

에이프릴은 그대로 걸어 나갔다. 나는 부엌으로 따라가서 에이프릴이 캐비닛을 뒤지는 것을 지켜보았다.

"음, 구운 콩 통조림이 있군요."

"당신은 정말 친절해요. 고마워요."

에이프릴이 어깨를 으쓱하고는 오프너로 통조림을 열어 냄새를 맡았다.

"괜찮다면, 딸아이 앞에서는 말을 조심하는 게 좋겠어요."

"당신이야말로 말조심해요. 당신은 범법자거든요."

에이프릴이 받아쳤다.

"당신은 내게 화낼 권리가 있어요."

"나는 화나지 않았어요. 단지 배가 고프고 피곤할 뿐이죠."

"재는 내 딸이에요. 납치해 온 게 아니에요. 그리고 결코 다치게 할 생각도 없어요."

"난 그런 얘기 듣고 싶지 않아요."

"문제는 나와 전처에 관한 거예요. 아내는 내가 딸을 못 만나게 하려고 했어요. 그래서 지금 돌아가면 다시는 딸을 보지 못하게 될 거예요."

한숨을 쉬며 에이프릴은 전기 플레이트를 콘센트에 꽂고 프라이팬에 콩 통조림 두 캔을 부어 넣었다. 나는 에이프릴에게 숟가락을 건네주었다.

"고마워요."

그녀가 말했다.

“내가 무슨 죄를 지었는지 알려줄게요. 내 혐의는…… 나는 법적으로 허용된 방문 기간을 넘겼어요. 그게 전부예요. 그리고 자동차를 훔쳤고요. 또 신분을 위조했어요.”

여기까지 말하고 나는 웃었다. 길게 쥐어짜내는 웃음이었다. 한참 동안 내가 참회의 웃음을 웃자 에이프릴이 눈물을 닦으라며 행주를 건넸다. 나는 두 손을 테이블에 얹고 스스로를 진정시켰다.

“고마워요.”

나는 천천히 싱긋 웃었다.

“정말 고마워요”

“자.”

에이프릴이 말하며 다른 숟가락을 집어 콩 속에 찔러 넣었다.

“받아서 먹으라. 이것이 내 몸이니라.”

그녀는 숟가락을 내 입에 갖다 댔다. 콩은 달고 따뜻했다.

“고마워요.”

나는 그녀에게 몸을 기대며 말했다.

“정말 고마워요.”

그녀는 양손에 숟가락과 프라이팬을 들고 있었기 때문에 나를 포옹할 수 없었다. 나는 그녀를 향해 서서 그녀의 머리카락에 코를 묻었다.

“안녕.”

내가 말했다.

“존, 식탁을 차리는 데 열중해야죠.”

그녀는 내게 또 다른 스푼을 집어 건네주었다. 나는 테이블로 가서 다시 한 번 주위를 둘러보았다. 순간 이것도 나쁘지 않다고 생각했다. 우리가 그래야만 한다면 여기서 한동안 머물 수 있을 것이다. 이곳을 좀 더 보기 좋게 꾸미는 데는 그리 많은 노력이 필요하지도 않을 것이다. 페인트 몇 통, 양털 깔개, 램프.

"당신 사촌이 오늘 밤에 돌아오지 않는 게 확실해요?"

"네, 확실해요."

"그럼 언제 돌아오죠?"

"가석방되지 않는 한 4년 안에는 못 와요."

나는 돌아서서 그녀를 쳐다보았다.

"그가 감옥에 있어요?"

"존, 그렇게 충격 받지 말아요. 당신이 내 마음을 아프게 만드는군요."

에이프릴이 전기 플레이트의 불을 끄고 다가와 내 얼굴을 만졌다.

"가여운 존."

그녀는 내 양 볼에 키스했다.

"당신은 내가 알고 있는 범죄자 중에서 가장 형편없는 범죄자예요."

나는 그녀에게 기댔다. 우리는 같은 무게로 서로에게 기댔다. 나는 목이 메는 것을 느끼며 양손으로 내 눈을 가렸다.

"나는 엉망진창이에요."

그녀의 머리카락 속에 얼굴을 묻으며 말했다.

"비참해. 내가 손을 대는 모든 게 엉망이 돼요."

"아녜요. 결코 그렇지 않아요."

"나는 그저 얼마 동안 딸과 함께 보내고 싶었을 뿐인데. 딸과 휴가를 보내고 싶었다고. 내가 그런 결정을 내리고 싶었어요. 왜냐하면 나는 그 애 아빠니까. 아빠. 내가 딸에게 읽는 법을 가르쳤고, 걔가 아플 때는 옆에 있어줬는데. 여기에 온 것만 실수였다고. 당신도 알죠? 심각한 실수…… 착오였어요."

"당신은 그냥 법정에 갔어야 했어요. 더 좋은 변호사를 구하거나. 이렇게 자기 딸을 낚아채지는 말았어야죠."

"제발."

나는 그녀를 부드럽게 살짝 밀었다.

"제발, 상대를 편들지 마세요. 온 세상이 아내의 편만 들려고 해요."

"그렇게 자만하지 말아요. 온 세상은 당신의 일에 관심도 없을 거예요. 꼬마 아가씨?"

메도의 목소리가 저쪽 방에서 조그맣게 들렸다.

"네?"

"저녁 먹지 않을래?"

"아뇨. 괜찮아요."

"좀 먹어야 해."

"배고프지 않아요. 고마워요."

에이프릴은 눈을 굴렸다.

"난 이제 어떤 얘기도 하지 않겠어요. 메도는 아까 도넛 먹은 게 전부예요. 메도가 마지막으로 채소를 먹은 게 언제죠?"

나는 미소를 띠며 숟가락을 집어 들었다.

"당신 알아요? 아내가 만약 당신을 안다면 무척 좋아할 거예요. 비록 당신은 아내와 정반대이지만, 나는 아내가 당신을 좋아할 거라고 생각해요. 적어도 당신이 메도를 돌보아준 것에 대해 고맙게 생각할 거예요."

에이프릴은 구운 콩을 한 스푼 떠서 후후 불었다.

"그렇게 고마운 듯 쳐다보지 마세요. 내가 당신을 사랑하는 건 아니니까."

나는 싱긋 웃었다.

"나는 당신과 결혼했어야 했어요. 당신 같은 사람과 결혼했어야 했는데. 유머 감각 있는 여자와 결혼했다면 얼마나 좋았을까?"

"나는 결혼할 필요를 느끼지 않아요. 이미 내 이름을 따서 지은 노래도 있으니까."

테이블 맞은편의 그녀를 바라보았다. 그녀는 한 손을 머리 뒤에 올리고, 입술을 스푼에 대며 후 하고 빠르게 불었다. 나는 카누 쪽을 가리켰다.

"어때요, 원해요?"

"나중에……."

이번에는 에이프릴이 웃었다.

"호-호-호. 지금은 당신과 섹스하고 싶지 않아요, 토론토 씨. 특히 카누 안에서는. 오늘 밤 내 엉덩이로 하고 싶은 일은 휴식이에요."

"네, 그래요. 안됐군요."

"네, 유감이에요. 아시다시피."

"나는 당신을 무척 좋아해요."

그 말이 에이프릴을 다소 우울하게 만든 것 같았다.

"당신 딸부터 재우죠? 그 다음에 기회를 잡을 수도……. 메도한테 이걸 갖다 줘요."

그녀가 콩 한 접시를 식탁 위에 내밀었다.

"저 애는 몹시 배고플 거예요. 하지만 너무 화가 나서 배고프지 않다고 말하는지도 모르죠. 내가 당신이라면 그것부터 신경 썼을 거예요. 당신이 필요한 걸 말해 봐요. 사람들이 말하는 대로 '진실은 반드시 밝혀진다'는 사실을 나는 숱한 시행착오 끝에 알게 됐어요."

나는 한동안 그대로 앉아 있었다.

"미안해요. 내가 너무 지나쳤나요?"

"그렇지 않아요. 실은 나도 똑같은 걸 생각하고 있었어요."

나는 일어나서 메도가 있는 방 쪽으로 걸어갔다. 그리고 그곳에서 발을 멈추고 되돌아와 에이프릴의 목뒤에 손을 얹었다. 그런 다음 그녀의 큰 얼굴을 내려다보고 미소를 지었다. 잠시 '멈춤'이 흘렀다. 여기서 이것을 언급하는 이유는 이 '멈춤'이 핀터 식의 멈춤과 정반대의 것이기 때문이다. 이것은 밝고, 자비롭고, 안심할 수 있는 것이었다.

"당신은 모든 게 커요."

나는 그녀에게 말했다.

"고맙다고 해야겠죠?"

"그래요, 이건 칭찬이니까요. 당신은 평범한 사람들 그 '이상'이에요."

그것이 내가 에이프릴을 본 마지막 순간이었다.

'다음에는 누가 당신의 연인이 되려 할까?'

에이프릴이 말한 화이트 산맥 이야기는 사실이었다. 그곳에는 무엇인가 신비한 힘이 있었다. 이곳으로 달려오면서 우리는 오후부터 저녁까지 산의 남쪽 가장자리를 둘러 캔카마구스 도로를 탔다. 왼편에는 프랭코니아 산맥의 절벽이 우뚝 솟아 있었다. 차 안에서도 거센 바람을 느낄 수 있었다. 우리의 침묵은 에이프릴이 말할 때만 깨졌다. 그녀는 턱으로 이곳은 무실라우케 산이고, 저쪽은 오세올라 산이라고 가리켰다. 무실라우케, 오세올라 같은 단어들은 평소 우리가 이야기를 나누던 때라면 메도와 나를 웃게 만들 만한 말이었다. 나는 워싱턴 산이 우리의 북쪽에 있다는 것을 알았지만, 더 이상 거기에 갈 수 없었다. 가고 싶은 의욕도 없었다.

에이프릴과 대화를 끝낸 나는 메도의 침실 쪽으로 갔다. 메도는 멋진 링컨 집짓기 조각을 바닥에 내버려 두고, 팔을 얼굴 위에 올린 채 나무 침대에 누워 있었다. 아이에게 다가가 속삭였다.

"자니?"

방구석 책상 위에 램프가 놓여 있었다. 나는 그곳으로 걸어가 체인을 잡아당겨 불을 켰다. 메도가 얼굴에서 팔을 내렸다.

"메도, 저녁으로 뭐 좀 먹을래?"

나는 그릇을 들면서 말했다. 메도는 나를 쳐다보았지만 아무 말이 없었다.

"너 계속 아빠한테 아무 말도 안 할 거니?"

메도는 어깨를 으쓱하고 돌아누우며 머리가 놓여 있던 베개를 푹 찔렀다.

해가 질 무렵 우리가 산간 지역을 거의 빠져나왔을 때, 에이프릴은 소변이 보고 싶다고 말하며 별다른 양해 없이 고속도로에서 벗어나 야생 진달래가 경계를 이루는 자갈길로 들어섰다. 우리는 주차장을 찾아 그곳에서 내렸다. 에이프릴이 펄럭이는 롱 드레스를 입고 수풀 속으로 뛰어갔다. 메도와 나는 잠자코 언덕을 향해 걸었다. 우리는 언덕 위에 올라 마치 산꼭대기가 잘려나간 자리에 빗물이 채워진 듯 정상에 유리처럼 고요하게 자리 잡은 화구호를 내려다보고 있었다. 거대한 구름 떼가 경쟁하듯 머리 위로 돌풍을 몰았고 호수 전역에 자색 그림자를 드리웠다. 호수는 구름의 흐름에 따라 닫혔다 열렸는데, 그 모습이 마치 우리가 결혼 생활에서 오랫동안 경쟁해온 모습 같았다. 메도가 손을 뻗어 내 손을 잡아 깜짝 놀랐다. 헤아리기 어렵지만, 애증의 감정이 교차하지만, 여전히 내 딸은 나를 필요로 했다. 그리고 그 손길이 그 이후에 내가 한 모든 행동의 원인이었다. 그 손길이 지금 현재 내가 있는, 내가 나 자신을 찾게 된 이곳, 이 장소로 나를 이끌었다. 그 손길이 이 글을 쓰게 이끌었다. 왜냐하면 그 순간을 내 실종의 시작으로 보기 때문이다. 즉 지금까지 살아왔던 나라는 존재의 실종을 의미한다. 물론 나는 여전히 '여기'에 있고, 모든 사람이 지금 내가 있는 어디에 있는지 잘 알고 있지만, 딸이 내 손을 잡았을 때 나의 겉 모습, 나의 기만이 서서히 사라지는 것을 실감했다.

건물 밖 어둠 속에서 문 닫히는 소리를 들었다. 에이프릴이 우리를 떠나려는 것일까? 나는 비닐 커튼 틈으로 밖을 내다보았다. 에이프릴은 차에 시동을 걸고 떠나기 전 잠시 지체했다. 우리는 래기드 산의 그림자 속에 다시 한 번 둘만 남았다. 이렇게 하여 나의 마지막 탈출 경로가 차단됐다. 나는 비닐 커튼에 비치는 나의 불투명한 그림자를 응시했다.

"메도."

나는 입을 열었다.

"아빠가 너에게 꼭 해줘야 할 이야기가 있어."

여섯째 날

나는 지목되는 것을 원치 않는다. 다시 말해, 나는 스스로를 지나치게 특별한 존재로 만들어서 사람들이 나를 있는 그대로 보지 않을까 봐 두렵다. 내 성이 유명한 것을 제외하면 나는 미국의 가족법 제도로 고통 받는 여느 불행한 사람들, 남성이든 여성이든 간에 그들과 크게 다를 게 없다. 긴급하게 이루어지는 돌이킬 수 없는 결정과 법 집행에 대한 복종. 여기서 이야기하는 문제는 더 심각하다. 그렇게 생각하지 않는가? 이것은 내 능력 밖이다.

미국인의 결혼 지속 연수는 평균 7년이다. 물론 7은 상징적인 숫자다. 세계에는 7대 불가사의가 있고, 로마의 일곱 언덕도 있다. 숫자 7은 모든 종교에 특별한 의미가 있다. 하느님은 7일 동안 우주를 창조하고, 이슬람에도 7개의 하늘이 있고, 인도 요가에는 7개의 차크라가 있다. 물론 기독교의 7대 죄악도 있다. 지체 없이 7년 만에 끝나버린 우리의 결혼을 이혼의 이상적인 개념으로 생각해보자. 우리의 결말은 발레리나처럼 우아하고 느릿한 것이었다. 다른 곳에서도 언급했던 대로 나는 이 모든 과정에 내가 당사자로 개입되어 있다는 느낌을 전혀 받지 못했다. 하지만 우리가 헤어진 그 해는 메도가 태어난 지 5년째 되는 때였고, 우리는 합법적으로 별거하거나 이혼하는 백만 쌍의 부부 중 하나가 되었다. 그로 인해 우리 딸도 헤어지거나 이혼한 부모와 같이 사는 천만 명의 어린이 대열에 끼어들었는데, 그것은 말할 것도 없이 우리 딸이 한 번도 속해 본 적 없는 최대 규모의 집단일 것이다. 이혼한 부부 일곱 쌍 중 한 쌍이 양육권 싸움을 벌인다. 즉 해마다 약 20만 명의 부모들이 불만에 차서 가정법원에 진정서를 내고, 시작할 때보다 더 큰 좌절감으로 끝나버릴 소송을 위해 수십만 달러를 지불하고 있다는 뜻이다. 부모들은 너무나 커다란 상처를 입고 미치기 직전까지 몰리게 된다. 이렇듯 우리를 극한의 상황으로 몰고 가는 진정한 이유는 사랑이 사라졌기 때문이다.

우리가 별거하던 해, 다시 말해 당신이 나로부터 벗어나던 그 때에도 메도와 나의 관계가 이토록 위태로워질 거라곤 상상도 하지 못했다. 우리는 친밀한 부녀지간이었다. 설령 우리가 함께 보낸 시간이 고작 일 년뿐이라고 해도 우리는 정말 사이좋게 지냈다. 그 일 년이 끝났을 때에도, 내가 계획대로 직장으로 되돌아갔을 때에도, 심지어 메도가 내 반대에도 무릅쓰고 가톨릭계 유치원에 들어갔을 때조차도 나는 우리의 유대가 강하다고 믿었다. 비록 로라 당신과 나의 결속은 약했지만 말이다. 내가 클레버스에서 두

건의 부동산 거래를 서둘러 끝내고 귀가했을 때 당신은 유치원을 마치고 돌아온 메도와 유익한 시간을 보낸 뒤였다. 내가 집에 도착하자 당신은 채점표를 챙겨서는 도피하듯 침실로 들어갔다. 그래서? 뭐 어쩌라는 거지? 사랑은 밀물과 썰물이다. 그렇지 않은가? 타인과 소원해지는 것은 홀로 지내는 생활의 시작이라고 할 수 있다. 나는 다시 축구를 시작했다. 그리고 구경하러 온 여자들과 농탕치며 어울렸다. 소년들은 2년 전보다 훨씬 더 어려 보였다. 나는 지갑 속에 메도의 사진을 넣고 다니면서 사람들에게 보여주었고, 내 결혼 생활에 찬 서리가 내리는 건 자연스러운 일이라고 스스로를 타일렀다. 자연적인 진화의 단계일 뿐이다.

지금 내가 처한 입장에서 생각하면 여러 가지가 더욱 분명해진다. 나는 로라 당신을 생각하고, 나를 생각하고, 엄마를 생각하고, 아버지를 생각한다. 엄마와 아버지를 생각한다. 그리고 어떻게 두뇌가 얼음을 만들까 생각한다. 나는 새들의 노래를 생각한다. 독일 트렙타워 공원에서 노래를 부르던 새들을 떠올린다. 그리고 나는 어린 시절의 진한 추억을 생각한다.

한때 나의 부모가 서로 사랑했다 하더라도 너무 많은 다른 것들에 진실이 빠르게 묻혀버려 지금 내가 그 여부를 판단할 근거는 없다. 무릎에 턱을 괴고 앉아 부모가 각자 자신의 일에만 몰두하는 모습을 지켜보던 어린 시절이 떠오른다. 아버지는 당시 부서진 스위스 시계를 램프 아래에서 들여다보았고, 엄마는 암시장에서 구한 패션 잡지를 읽었다. 그리고 나는 부모님의 침묵을 이상하게 생각했다. 두 사람은 어떻게 그토록 조용할 수 있었을까? 어떻게 아무런 동요도 없이 그렇게 오랫동안 정신을 집중할 수 있었을까? 나도 스스로에게 집중해보았지만 잘 되지 않았다. 나는 부모에게 생각을 집중했다. 무엇이 그토록 그들의 마음을 끌어 서로에게 전혀 말이 없는지 의아해 하면서 멍하니 그들을 바라보았다. 눈꺼풀이 눈동자 표면을 스치는 기분을 느꼈고, 머리 위 마름모꼴 촛대 안에서 파리들이 바삭 타들어가는 소리와 양쪽 옆집에서 냄비들이 부딪치는 소리를 들었다. 마침내 엄마가 나를 쳐다보더니 구둣발로 차며 저쪽으로 가라고 말했다.

내가 엄마를 사랑했을까? 그렇다. 몹시 사랑했다. 이 점에 있어서는 어느 누구도 나를 만류하려고 하지 않았다. 나는 엄마를 사랑했고, 아버지를 사랑했고, 할아버지를 사랑했다. 유치원 선생님도 사랑했고, 선생님이 잠시 다른 곳으로 갈 때마다 우리를 지키게끔 임무를 부여했던 양치기 개도 좋아했다. 나는 나무 블록을 실로 꿰맨 애벌레 모양의 장난감을 갖고 놀면서 엄마 발치에 앉아 있는 걸 좋아했다. 그럴 때 엄마는 유행하던 부츠를 신고 천천히 발을 굴렀는데 높은 굽에 풀이 끼어 있었다. 하지만 엄마가 어떤 '여자'였는지는 지금도 명확하게 결론을 내리기 어렵다. 창녀, 광신도, 간첩, 공산주의자. 이런 것들을 트렙타워 공원에서 나와 함께 걷던 엄마, 내 옆에서 통이 넓은 나팔바지를 빨래판에 문지르며 듣기 좋은 장단을 만들어내던 엄마와 일치시키기는 대단히 어렵다. 엄마는 길거리 술집에 들르기 전에 어떻게 질문할지를 가르쳐준 사람이리도 하다. "이 집 개는 온순해요?" 그리고 이 기억이 맞다면, 나에게 펜 쥐는 법을 가르쳐주고, 읽기, 쓰기, 왈츠, 신발 끈 매는 법, 길 건너기 전 양쪽 살피기를 가르쳐준 사람 역시 엄마였다. 아마도 당신에게 신발 끈 매는 법을 가르쳐준 여성이 있다면 그 여성은 영혼을 지니고 있는 것이다. 엄마는 영혼을 지닌 사람이었다. 비록 언젠가 화가 잔뜩 난 아버지가 얘기한 대로, 엄마가 화이트초콜릿 상자의 유혹에 넘어가 고위 당원과 사랑에 빠졌다고 해도 말이다.

하지만 공산주의자와의 불륜을 어떻게 생각해야 할까? 그 남자는 악한일까? 그가 없었다면 어떻게 되었을까? 결과적으로, 그가 개입하는 바람에 우리는 아버지의 오랜 꿈이던 서베를린으로 가기 위해서 버스나 기차에 몰래 올라 탈 필요도 없었고, 땅굴을 팔 필요도 없었고, 잠수복을 입고 스프리 강을 헤엄쳐 건널 필요도 없었다. 오히려 두 개의 출국 비자가 승인되었고, 프리드리히 슈트라세 역까지 가는 데 정확히 한 시간이 걸렸다. 아버지는 우리 둘의 비자를 얻기 위해 몇 년 동안 애써온 터였다. 덕분에 여행가방 세 개는 식료품 창고 안에서 오랫동안 먼지가 쌓여 있었다. 결국 몇 년 간 출국이 거절당하고, 서류 신청은 무기한 연기되고, 직장은 불경기에 빠지고, 우리 가족이 이웃에게 배척당할 즈음, 관료의 마음의 변화가 있었다. 기적이고 미스터리였다. (아들의 입장에서 나는 그것이 '희생'이었다고 생각한다. 어머니는 해야 할 일을 한 것이다. 자신의 역할을 감당했다. 스스로 유인책이 되었다. 어머니이기에 이것이 가능하다. 위급한 상황에 처한 어머니들이 그러하지 않던가.)

사건이 어떻게 되었든 간에 내가 엄마에 관해 충분히 알고 있지 않다는 생각은 늘 마음속에 있었다. 마지막으로 엄마를 본 것은 고작 다섯 살 때였다. 설령 엄마가 우리의 출국을 제안했다고 하더라도 모든 것을 설명하기에는 너무 어린 나이였다. 엄마는 내가 떠나는 것에 관해 한 번도 설명한 적이 없었다. 그러나 엄마는 그것을 알았다. 엄마가 '거기'에 있었다는 말이다. 엄마는 나를 유치원에 데려다주었고, 그곳에서 나는 아버지에게 인계되었다. 아버지는 나와 어떤 봉투를 교환했다. 봉투 안에 무엇이 들어 있었는지 나는 모른다. 매수할 돈이었을까? 안전해지면 사용할 엄마의 출국 비자? 우리가 서베를린에 있는 동안 엄마가 뒤따라오기를 기다렸지만 끝내 오지 않았다. 아버지도 엄마를 기다렸다고 생각한다. 우리는 서베를린에서 거주 승인을 받았지만, 재정적인 혜택을 받을 자격은 없었다. 때문에 우리는 방향 감각을 상실한 상태에서 놀랍도록 불안정한 작은 고모의 차고에서 매우 궁핍하게 살았다.

서베를린은 복잡했고, 예술가와 게이, 나이든 사람들, 징집을 피하려는 사람들로 가득했다. 보수적인 아버지는 충격을 받았다. 공작원과 적군을 막기 위해 벽이 존재한다는 경고어린 선전 속에서 사람들은 얼마나 초조했겠는가. 하지만 당시 나는 서베를린 생활이 상당히 은밀하고 비현적일 뿐더러 다소 위험하다고 생각했다. 아버지는 일을 하거나 일거리를 찾았는데, 그와 같은 시기와 장소에 일자리 찾기는 무척 어려운 일이었다. 반면 고모는 요리와 청소를 싫어하고, 흡연과 수다, 노름으로 시간을 보냈다. 고모에겐 아들이 셋 있었는데, 나는 이 어린 사촌들과 밤낮으로 같이 놀았다. 우리를 감시하는 눈은 없었다. 창틀에서 침대 매트 위로 뛰어내리던 순간과 차례로 술래를 하던 게임에서 낡고 커다란 나무통이 나한테로 굴러오던 모습 등이 기억난다. 그 시절 어느 골목의 막다른 길에 고요히 서 있던 장벽은 이제 세상에서 가장 큰 공공예술의 현장이 되었다.

우리는 4년을 기다렸다.

그 즈음 아버지는 더 이상 참을 수 없었던 듯하다. 미국과 호주에 있는 우리의 예비 후원자들에게 서신을 보내기 시작했다. 1979년의 일이다. 그때 길거리에서 독일인에게 "조금만 기다려. 저 벽은 10년 안에 무너질 거야"라고 얘기했다면 비웃음을 샀을 것이다. 과학자들이나 순회공연을 하던 발레리나들이 탈출하는 경우가 왕왕 발생했고, 철의 장막 뒤에 엄연히 존재하는 물자 부족과 인권 박탈에 대한 월드뉴스도 들려왔다. 게다가 보스턴에선 전기 기술자에 대한 수요가 있었다. 그래서 우리는 떠났다. 나는 바람막이 점퍼와 소위 '텍사스 바지'라고 부르는 청바지를 입은 우스꽝스러운 모습으로 사촌들과 작별 인사를 했다.

나는 어느 어른도 세상의 일에 대해 아이에게 설명할 수 없는 곳에서 어린 시절을 보냈다. 그러니 이후 내가 살면서 놀랄 만한 일들을 많이 겪은 것은 당연한 일이다. 그중에서도 1979년 테겔

공항에서 아버지와 함께 몸을 실은 비행기가 이륙하던 순간의 감각은 엄청난 충격이었다. 태양에 엎드리기라도 하듯 비행기가 뒤로 기울었을 때까지, 우리가 하늘로 오른다는 사실을 이해하지 못했다. 비행기가 솟아오르면서 좌석 등받이로 몸이 쏠렸을 때 나는 혼란과 갑작스러운 감각의 혼동에 기절할 뻔했다. 내 가슴 중앙에 있는 '노른자'가 느슨해졌다. 신체의 중심에 자리한 이 난황이 고정되지 않고 흔들리는 게 느껴지는 듯했다. 너무 미끄러워서 잡을 수 없고, 너무 예민해서 손안에 움켜쥘 수도 없을 정도로 가슴 속의 심지가 풀려버렸다. 침묵 속에 창밖을 내다보던 아버지에게 나는 아무 말도 하지 않았다. 비행기는 하늘로 솟아올랐고 우리도 솟았다. "올라간다." 아버지는 몇 가지 의미를 담아 그렇게 말했다. 아버지가 창문에서 고개를 돌려 새하얗게 질린 내 얼굴을 보지 않기를 바라며 나는 잠자코 있었다. 올라간다. 아버지가 그 말을 했을 때 갑자기 한쪽 날개가 가파르게 동쪽으로 기울면서 기체가 크게 선회했다. 그 바람에 창밖으로 멀어져가는 독일 땅이 나타났다. 우리 아래로 도시와 삼림지, 고속도로가 분명히 보이다가 서서히 뒤섞이다가 마침내 한 덩어리로 뭉개졌다. 그리고 다음 순간 구름에 가려져 시야에서 사라졌다. 아버지는 말이 없었다. 마치 거미줄을 걷어내듯, 혹은 가벼운 포옹을 풀듯 별 저항 없이 비행기가 구름을 뚫고 올라갔다. 비행기는 공중에서 편안히 자리 잡을 때까지 위로 위로 올라가서 북극해를 건너는 철새들의 경로를 따라 활강했다. 그리고 나는 우리가 결코 다시는 돌아오지 않으리라는 것을 알았다.

보스턴에서 새 삶을 시작하고 처음 1, 2년 동안 엄마에 대해 새로운 관심이 생겨났다. 어쩌면 '여기'로 엄마가 우리를 찾아올지도 모른다. 새빈 힐 거리에서 엄마 또래의 여자들을 쳐다보곤 했다. 아이들을 데리고 있는 엄마들이 보이면 엄마를 관찰하고 또 아이를 관찰했다. 나는 이해하려고 노력했다. 희미해지는 기억을 일깨우려고 애썼다. 그러나 엄마와 아이들을 관찰한다고 해서 얻는 것은 없었다. 여자들은 바쁘고 신경질적으로 보였다. 거의 웃지도 않았고, 다른 사람과 말하는 것도 드물었다. 엄마가 워낙 빠르게 걷는 탓에 아이들은 마치 끌려가는 원숭이처럼 보였다. 나는 이들을 지켜보았고, 사랑했고, 부러워했지만, 결국에는 그들을 싫어하게 되었고, 아버지와 함께 있는 것에 안도했다. 나는 호흡을 가다듬고 마음속 깊이 감정을 숨기고 도체스터를 벗어났다. 올버니로 이사한 후 정확히 두 번 보스턴에 갔다. 한 번은 뮨 대학 졸업 직후 아버지가 침실을 쓸 수 있도록 내 짐을 싸기 위해서였고, 또 한 번은 내가 스물여섯 살 되던 해 아버지가 백내장 수술을 할 때였다. 나는 여전히 아버지에게 전화를 걸었고, 집을 찾았다. 하지만 아버지가 내게 전화를 거는 경우는 극히 드물었고, 내게 요구하는 것도 전혀 없었다. 다시 말하면 아버지는 자신을 떠나는 이유를 묻지 않았다. 아버지는 내가 무언가 숨기는 것을 알고 있었고 걱정하는 듯했다.

그 이후 나는 워싱턴 공원에서 아름다운 소녀를 만났고, 완전한 단절이 필요했다. 다른 선택은 없었다. 왜냐하면 성실한 미국 소녀와 진지한 관계를 이어가는 것 같은 일들을 도저히 포기할 수 없었기 때문이다. 그녀는 자기 마음을 다스리기 위해 대학원을 가고 싶어 하는 지적인 여자였고, 차 안의 대시보드에 맨발을 얹고 햇볕 쬐기를 좋아했고, 몇 년 후 더할 나위 없이 튼튼한 심장을 가진 어여쁜 아이까지 낳아주었다. 가끔씩 다시 아버지와 연락하면 어떨까 생각했지만, 뚜렷한 방법이 없었다. 새빈 힐 거리가 내려다보이는 작은 테이블에 다시금 아버지와 같이 앉아 있을 수 있다 해도 그 다음에는 무슨 일을 할 수 있을까? 우리가 다시 볼 수 있다는 기대감에 부풀었다가, 또 다른 음모가 떠올랐다가 폐기되고, 곧이어 긴 침묵이 뒤따랐을 것이다.

메도와 내가 콘웨이에서 버스를 탔을 때 내 마음속에 이 모든 생각이 끝없이 밀려왔다. 어젯밤 메도에게 집에 데려다주기 전에 마지막으로 들를 곳이 한 군데 있다고 약속했다. 우리는 보스턴으로 향했다. 그곳에서 참으로 오랜만에 나에게 특별한 사람을 만나게 될 것이라고 말해주었다. 내가 사랑하는 사람, 나의 잘못된 선택 때문에 딸에게 알려주지 못했던 사람. 메도가 조금만 더 나를 참아줄 수 있다면 내가 마지막으로 하고 싶은 일이 있었다. 나는 이 잘못을 바로잡고 싶었다. 나는 메도에게 아버지를 소개시켜주고 싶었다.

어쩌면 메도는 내 말을 믿고 하루 이틀 내로 엄마 품에 돌아간다고 생각했을지 모른다. 혹은 나를 전혀 믿지 않았을지도 모른다. 아니면 인내심이 한계에 다다라 생존에 대한 불안함마저도 놓아버린지도 모른다. 어느 것이 사실인지 알 수 없었지만, '우리는 손을 잡았다'. 래기드 산 근처 도로에서 한 일꾼이 콘웨이까지 차를 태워주었을 때 우리는 '손을 잡았다'. 잔뜩 흐린 뉴잉글랜드의 어느 매표소에 서 있을 때도 '손을 잡았고', 오후에 남부로 가는 버스 계단을 올라 시원한 차내로 들어섰을 때도 '손을 잡았다'. 우리는 짐이 없었다. 본능적으로 뒷좌석으로 걸어가면서 메도는 검은 벨벳으로 덮은 등받이를 툭툭 쳤다. 남쪽으로 가는 다른 여섯 명의 승객과 함께 우리는 자리를 잡았고, 버스는 곧 움직이기 시작했다. 아무래도 메도는 내가 곧 맞닥뜨릴 어려움에 대해 감지했던 듯하다. 그 어려움에 대해 딸에게 털어놓아야 했다.

콘웨이를 떠나기 전 메도의 시선이 자꾸 내 쪽을 향하는 것을 느꼈다. 마음에 걸리는 무언가가 있는 게 틀림없었다.

"아빠, 말해줘요. 말할 게 있다고 했잖아요."

"아빠가 그랬니?"

"네. 아빠가 그랬어요. 놀리지 말아요, 아빠."

"그래, 알았어."

나는 잠시 멈췄다가 이야기를 계속했다.

"아빠의 인생 얘긴데 들어볼래?"

메도는 고개를 끄덕이며 나에게 얼굴을 고정시켰다.

"실은 이야기를 어디서부터 시작할까 계속 고민했어. 너무 긴

이야기여서 지난날을 돌이켜봐야 하거든."

나는 양손을 들어올렸다.

"말해봐, 나의 천사, 뉴욕 트로이의 그 유명한 마을을 정복하고 멀리 멀리 떠난 위대한 영웅의 이야기를."

메도는 웃지 않았다.

"하아, 밤새도록 이야기해줄게."

"얘기해줘요."

"좋아. 들어보렴. 오, 메도, 아빠가 살면서 이렇게 긴장한 적이 없단다."

"너무 긴장하지 말아요, 아빠."

메도는 내 손을 잡아주었다.

"아빠는 우리 아빠니까요."

눈에 눈물이 괴었다. 그간 한 번도 실제로 말해본 적도, 소리 내어 말하려고 시도한 적도 없는, 영어가 아닌 이름들과 장소들, 그리고 진실을 입 밖에 내기 위해 나 자신을 준비하는 이 기분을 도저히 설명할 수가 없다. 과연 그것들이 단어로 나올 수 있을까? 만약 내가 진실을 이야기한다면 시간이 얼어붙지 않을까? 악몽 같은 군인들이 버스에 올라타 나를 끌고 가거나, 아니면 희생물로 바쳐질 어떤 의식을 위해 과거로 나를 끌고 가지 않을까? 스스로 꾸며낸 거짓말에 스스로가 어울리지 않았다는 점도 알고 있었다. 그렇다면 대체 왜 그 이야기를 해야만 할까?

이 어린 소녀 때문이다.

나는 딸을 바라보았다.

"어서요, 아빠."

"네가 언젠가 말했다시피, 아빠가 언제나 진실을 말한 건 아니었어."

메도는 가만히 다음 말을 기다렸다.

"사실 아빠는 정교한 이야기를 했어. 너라면 '허구'라고 말할지도 모르겠구나. 비록 그 소설이 남을 속이거나 다른 사람을 해칠 의도는 아니라 해도 아빠는 언제나…… 내심으로는, 그 이야기가 누군가에게 상처를 줄 걸 알고 있었어. 그래서 말하기가 어려웠지. 심지어 지금도, 숨기지 않고 너에게 있는 그대로 털어놓을 수가 없어. 왜냐하면 아빠 생각에는…… 아빠가 이것을 시인하고 책임을 진다면, 적발돼서 처벌받고 죽게 될 수도 있거든."

메도의 눈이 커졌다.

"아빠, 그러지 말아요."

"아니, 이건 두려움이야. 아빠의 '두려움' 말이야. 내가 어떤 것을 큰 소리로 말한다고 해서 진짜로 죽지는 않을 거야. 어쩌면 진짜로 염려하는 것은 네가 나를 거부할까 봐, 그게 걱정되는 걸 거야. 그건 마치 죽음처럼 느껴질 테니까. 너는 내가 가진 전부야."

내 눈은 섬세하게 메도 쪽으로 기울었다. 네 모습을 봐. 나는 속으로 중얼거렸다. 어린아이로부터 용서를 구하려고 노력하고 있구나.

그러나 메도는 영리하게도 어깨를 으쓱할 뿐이었다.

"아빠는 최선의 노력만 하면 돼요."

나는 미소를 지었다.

"네 말이 맞아. 그럼, 이렇게 하자. 한동안 네가 얼마나 여동생을 원했는지 기억하니? 너는 동생을 몹시 바랐고, 너무 많이 생각해서 때때로 진짜 여동생이 있는 것처럼 느껴지기도 했잖아? 어떤 때는 다른 사람에게, 심지어 낯선 사람에게도 동생에 대해 자주 이야기했어. 그러고는 네가 동생이 있는 척 말했던 걸 잊어버리기도 했지? 아마 네 이야기를 들은 사람들은 네가 여동생이 있다고 믿었을 것이고, 네게 여동생의 나이는 몇 살이고 이름은 무엇인지 물었겠지? 그리고 너는 그 답을 알고 있다고 믿었지? 왜냐하면 다른 사람이 너를 믿으니까. 그럴 때면, 심지어 가짜로 만든 동생이란 걸 알고 있으면서도 진짜같이 보이는 거야. 그러니까 바로 너 자신에게 진짜 동생이 있는 것처럼 느껴진다는 거지. 아빠 말 무슨 뜻인지 알겠니?"

딸은 고개를 끄덕였다.

"좋아."

나는 이마의 땀을 닦으면서 말했다.

"이제 편안해? 이 버스 좋은데!"

"네. 좋아요."

"그래서, 몇 가지 사항이 있는데, 첫째는 아빠가 자란 트웰브 힐 이야기야. 사실 트웰브 힐은 아빠가 자란 곳이 아니야. 트웰브 힐 같은 곳에서 자랐다면 좋았겠지만, 대신 거기서 그리 멀리 떨어지지 않은 도체스터에서 자랐어. 너도 이제 곧 보게 될 거야. 그리고 그 전에."

나는 목을 가다듬었다.

"그보다 한참 전에 아빠는 독일에서 태어났어."

"오."

메도는 놀란 것처럼 보였다.

"그럼 아빠는 케이프코드에서 살지 않았어요?"

"그래, 단지 한두 번 그곳을 가봤을 뿐이지. 나는 그곳의 이름들을 좋아했어. 커투잇, 반스터블, 웰플릿. 너는 너처럼 케네디 성을 가진 사람들에 대해 잘 알고 있니? 케네디 가족은 하이애니스포트에 모여 살고 있어. 아주 유명한 집안이지. 존 F. 케네디는 미국 제35대 대통령이었고, 독일 사람도 그를 좋아하지. 나쁜 사람들이 독일을 통치하고 있을 때 케네디는 독일의 큰 도시를 방문해 이렇게 말했단다. '나는 이곳 출신이다. 모든 사람이 이곳 출신이다. 우리 모두 자유로워질 때까지 우리 모두는 다 노예다!' 케네디 대통령은 진정한 독일의 영웅이었어."

"그러면 케네디 대통령도 독일 사람이었나요?"

"아니야."

나는 내 손을 들여다보았다.

"음, 그렇기도 하고 아니기도 해. 사실, 그건 대단히 이론적인 질문이야. 들어보렴. 아빠는 정치적인 얘기로 네게 혼란을 주고 싶지 않아. 네게 들려주고 싶은 사람은 네 할아버지야. 네 엄마의 아빠인 할아버지 말고, 트웰브 힐에 살았던 신사도 아니지. 너에겐 또 다른 할아버지가 있단다. 독일 사람이지. 이름은…… 할아버지 이름은 '오토 슈로더'야. 나는 네가 그 할아버지를 만났으면 해."

"오토 슈로더."

메도는 눈을 나에게 고정시킨 채 말했다.

"그분이 내 할아버지라고요?"

"그렇단다."

"그럼 내겐 할아버지가 몇이나 있나요?"

"둘이지. 아니면 셋. 그건 너에게 케네디 할아버지가 얼마나 중요한 사람인지에 따라 달라질 수 있지. 문제는 네가 그들 중 지금 알고 있는 할아버지 말곤 한 사람도 본 적이 없다는 거야. 그 책임은 아빠한테 있어. 네게 진심으로 사과할게."

나는 잠시 말을 멈추고 마음을 진정시키며 딸의 어깨 너머로 화이트 산맥의 움푹 들어간 산기슭의 작은 언덕을 바라보았다.

"그런 사실들은 네가 마땅히 알아야 할 권리인데, 그동안 아빠가 감춰왔지. 그래서 너에게 용서를 구하는 거야. 네가 누구인지 알려주는 정보를 비밀로 해 왔어. 네게 이 사실을 알려주어야 하는데 일부러 하지 않았어. 그 점에 대해 아빠를 용서하기 바란다. 너는 이제 겨우 여섯 살이잖니. 아빠가 잘못했던 말과 행동들을 다 잊어버리기를 바란다."

메도의 눈이 가늘어졌다.

"그럼 할머니는요?"

"할머니?"

나의 눈이 찌그러졌다.

"네 엄마의 엄마를 말하는 거니?"

"아뇨."

"그럼 케네디 할머니를 말하는 거니? 트웰브 힐에 묻혀 있다고 아빠가 얘기한?"

"아니에요."

"아, 오토 할아버지의 부인을 말하는 거구나."

이 대화에서 가장 곤란한 부분이 시작된다고 생각한 순간, 나는 그 이름을 말할 수 없다는 것을 갑자기 깨달았다. 나는 눈을 감았다. 마음속 어둠 저편에서 내 곁에 있는 그녀의 소리를 들었고, 내 옆에서 즐겁고 경쾌하게 걷고 있는 발소리를 들었고, 트렙타워 공원 상공에서 자유롭게 나는 새들의 노랫소리를 들었다. 내 인생에서 가장 고통스러운 아픔이 엄마가 살았는지 죽었는지조차 모른다는 사실임을 깨달았다. 엄마가 살아 있기를 바랐는지, 아니면 죽었기를 바랐는지 그 자체도 알 수 없었다. 내가 알고 있던 것은 오랫동안 내가 에릭 케네디였다는 사실뿐, 엄마가 살았는지 죽었는지 여부가 아니었다. 내가 에릭 케네디였을 동안 엄마는 존재하지 않았다.

메도가 내 팔을 잡았다.

"아빠?"

다시 눈을 떴다.

"미안해."

"괜찮아요."

"그 부분은 아직 이야기할 수 없어. 아무래도 다른 이야기부터 해야겠구나."

잠시 '침묵'이 이어졌다.

메도가 미소를 지으며 나를 바라봤다.

"그럼 아빠는 독일에 살 때 애완동물이 있었나요?"

"애완동물?"

그 말에 웃음이 터졌다.

"그럼, 있었지. 내가 서베를린에서 사촌들과 같이 살았을 때 '브루투스'라고 부르는 작은 랫테리어 개가 있었어."

"브루투스!"

"브루투스는 뒷발만으로 온 방을 걸어 다닐 수 있었어."

"진짜요?"

"그리고 어렸을 때 도체스터에서 뱀을 키웠었지. 오랫동안 그 뱀을 까맣게 잊고 있었네. 그놈은 귀뚜라미를 잡아먹었는데, 정말 나는 그 녀석을 사랑했어. 뱀은 진짜 귀여운 동물이야."

"생쥐와 개구리도 귀여워요."

"아빠도 그렇게 생각해."

"그러면 아빠 학교는요? '진짜' 학교 말이에요, 아빠, 다닌 척 했던 학교 말고요."

"아빠는 학교 다닐 때 별로 즐겁지 않았어. 도체스터에 있을 때도 그랬어.”

“왜요?”

“아빠도 몰라. 아무도 날 좋아해주는 사람이 없어서 그랬나 봐. 나는 늘 낯선 사람이었거든.”

“아빠는 언제나 불행했어요?”

“아빠는…….”

갑자기 큰 웃음이 터져 나왔다.

“미안하다. 이건 내가 생각했던 것보다 훨씬 어려운 질문인데…….”

매일 하루가 끝날 무렵 터틀과 새빈 힐 도로 코너에 있는 오래된 학교 건물에 마치 그날을 마무리하듯 그림자가 드리워지던 모습을 기억한다. 그리고 방과 후에 선생님들이 모두 학교 건물을 떠나던 모습을 보면서 여전히 충족되지 않는 무언가를 기다리며 그곳에 남아 서 있던 나를 기억한다. 한참 후에 나는 해안고속도로 보행자 다리를 건너며 도체스터 만의 해안 쪽으로 천천히 걸어갔다. 사실 그곳을 ‘만’이라고 부르는 것은 우스운 일이다. 그 해안은 만이라기보다는 고속도로와 조밀한 모래 해변이 만든 파도 풀장 같았다. 내가 십대였을 때 이 지역이 정리되었는데, 산책길을 조성할 계획으로 기다란 흰 인도를 깔고 길가에 벤치를 놓았다. 사춘기 시절 종종 혼자서 이곳을 찾곤 했는데, 그것이 문제가 되던 때는 아니었다. 공원 주변을 어슬렁거리며 돌아다닐 수 있었고, 매코널 공원에서 어느 팀이든 상관없이 응원할 수 있었다. 때로 아는 사람을 만날 수도 있었다.

나는 눈을 뜨고 딸을 보며 미소를 지었다.

"아니야. 언제나 우울했던 것만은 아니었어."

"그럼 됐어요."

"눈이 내리면 어디가 누구 집인지 구분할 수도 없었지. 다들 아주 가까이 붙어살았거든. 눈싸움은 정말 재미있었지. 꼬마 군단, 새총, 요새. 언제나 재미있는 일이 끊이지 않았어."

"나는 학교에 가는 게 좋아요."

메도가 햇빛에 바랜 듯한 금발머리 한 줌을 어깨 뒤로 넘기며 말했다.

"그래?"

"응, 정말 좋아요. 하지만 나도 언제나 진실만 얘기하는 건 아니에요."

나는 머리를 의자 뒤에 기댔다. 딸이 들려주는 말이 고마웠고, 하고 싶은 이야기를 모두 내게 해주는 딸에게 감사했다.

"그게 무슨 말이야?"

"나는 모르는 척해요. 글 읽는 법 같은 거요. 내가 큰 소리로 책을 읽으면 아이들이 나보고 '쟤는 모르는 게 없어'라고 하니까."

나는 아무 말도 하지 않았다.

"나는 다른 아이들이 나에 대해 이야기하는 걸 원치 않거든요. 그래서 글을 읽을 줄 모르는 척하고, 아니면 허풍으로 아는 척해요. 또 이해하지도 못하는 척도 해요. 그러면 아이들이 나더러 '안

경잡이'라고 놀려요."

"오, 맙소사, 메도, 그건 정말 듣기 괴롭구나. 너 같은 애들을 잘 가르쳐줄 수 있는 곳을 찾아야해. 너는 '재능 있는' 아이야."

메도의 얼굴이 어두워졌다.

"새로운 곳은 싫어요. 지금 다니는 데가 좋아요."

"네 자신으로 있기 힘든데 어째서 좋아?"

"친구들이 있기 때문이에요."

"그렇다면 너는 월반을 해야 돼. 이건 중요한 이야기야."

"나는 월반하고 싶지 않아요. 그럼 친구들과 같이 있을 수 없잖아요."

"너는 왜 똑똑한 죄로 어려움을 겪어야 하니?"

"아빠는 '언제나' 그렇게 말해요. 언제나 그렇게 '말'을 한다고요. 언제나 똑같은 말만 해요! 나는 아빠 말을 듣는데 아빠는 내 말을 듣지 않아요!"

메도는 팔짱을 끼고 창 쪽으로 머리를 획 돌렸다. 그 바람에 나는 잡고 있던 메도의 손을 놓쳤다.

"미안하다."

우리 발아래에서 버스 엔진이 낮은 기어로 돌고 있었다. 그 순간 뉴햄프셔의 올버니를 지칭하는 표지판을 지났지만, 우리 둘 모두 그 지명에 대해 농담을 던지지 않았다.

"너는 나보다 더 좋은 아빠를 만났어야 했어."

자기 무릎을 내려다보는 딸의 얼굴은 무표정했다. 그러다가 머리를 살짝 옆으로 기울였다. 그 모습은 마치 보다 순종적인 자아로 인해 자신의 생각과는 다른 반론을 어쩔 수 없이 받아들이는 듯했다.

"아빠가 모든 것에 대해 사과하려면 너무 긴 시간이 걸릴 거야. 어쩌면 한평생이 걸릴 수도 있어."

그리고 나는 시계를 들여다 보았다.

"보스턴에 도착하려면 두 시간 15분 정도 남았어. 어떤 이야기를 듣고 싶니?"

메도는 고개를 들어 창밖을 내다보았다.

"아빠가 행복했던 시절에 대해 듣고 싶어요."

나는 고개를 끄덕였다. 버스는 탬워스 쪽으로 방향을 틀었다.

"행복에 대해 이야기해줄게."

나는 잠시 멈췄다.

"아빠의 인생에서 가장 행복했던 때는 바로 네 엄마를 만났을 때였어."

메도는 미소를 지었지만 고개를 돌리지는 않았다.

"엄마와 아빠에 대한 일들은 모두 다 진실이야. '반품 불가' 같은 거지."

메도가 고개를 돌리고 잇몸을 보이며 말했다.

"말해주세요."

"한 소년이 나무에서 떨어졌을 때 엄마와 만났단다."

"장난치는 거예요?"

“아냐. 이건 진짜야. 어떤 소년이 나무에 올라갔다가 떨어져서 손목을 삐었거든. 그래서 엄마가 그 소년을 도와주고 있었어. 다른 사람들은 모두 구경만 하고 있었고. 그때 내가 엄마를 보았지. 그리고 그 순간 사랑하게 되었어…….”

내슈아로 가는 길 내내 나는 메도에게 이야기를 들려주었다. 선물 받았던 홍차와 살구, 버지니아 해변으로 떠난 신혼여행, 파도 풀, 임신 당시의 엄청난 식욕, 집채만한 배, 생명의 탄생, 아기의 첫울음 소리가 없어서 당황하던 일, 아기 메도가 좋아했던 모빌의 아름다운 음악, 좋아하던 담요, 금잔화 베이비오일 향기, 겨울, 나뭇가지 그리고 평화로운 고요.

내슈아에서 한 중년 여성이 버스에 올라탔다. 그녀는 흰 카디건과 새로 산 청바지를 입고 있었고, 가방을 가슴과 팔꿈치 사이에 바짝 붙여서 들고 있었다. 나는 그녀가 버스 뒤쪽에서 멀리 자리 잡기를 바랐다. 그러나 무슨 이유인지 다른 좌석을 모두 마다하고 우리 자리 바로 대각선 방향에 자리를 잡았다.

얼마 후 여자가 우리를 쳐다보고 있다는 것을 눈치 챘다. 나도 그녀를 쳐다보았고, 그녀는 싱긋 미소를 지어 보이고는 보던 잡지로 되돌아갔다. 피가 얼어붙는 듯했다. 틀림없이 도망자 체포에 협조하라는 뉴스를 지켜본 열성분자가 분명했다.

“보스턴으로 가세요?”

마침내 그녀가 잡지를 접어 다리 쪽에 놓으면서 물었다. 나는 그녀의 질문을 무시하려 했다.

“보스턴으로 가시냐고요?”

그녀는 다시 큰 소리로 물었다.

“네? 뭐라고 하셨어요?”

“보스턴으로 가냐고 물었어요.”

“네. 그래요.”

“당신은 어린 소녀한테 줄 장난감 같은 게 없어요? 어린애가 그림 그릴 연필이나 종이도 없고요?”

“없어요. 장난감이요? 네, 없어요.”

그녀는 유감스럽다는 듯 머리를 뒤로 젖혔다.

“이렇게 먼 여행을 하면서 소녀가 아무것도 하지 않고 오랫동안 그냥 앉아만 있게 둬요?”

그녀는 자기 가방을 뒤지기 시작했다.

“그림 그릴 수 있는 게 있나. 색연필 좋아하니, 애야? 내가 가지고 있는 건 펜밖에 없고 종이가 없네.”

“괜찮습니다.”

나는 안도하며 말했다.

그녀는 어깨를 으쓱했다.

“하지만…….”

“신경 써줘서 고맙습니다.”

“하지만 아무것도 안 하면서 가기엔 너무 긴 여행인데.”

내가 고개를 돌려 메도를 보니 생긋 웃고 있었다. 나는 아이에게 윙크했다.

"아빠."

메도가 속삭였다.

"왜?"

메도는 가까이 오라고 손을 흔들었다.

"저 숙녀분이 우리에 대해 모르는 게 있어요."

"그게 뭔데?"

메도는 안경을 쓰기 전 어렸을 때 하던 습관처럼 내게 얼굴을 바짝 갖다 대며 손을 내 어깨에 얹었다.

"저 분은 우리의 상상력이 얼마나 대단한지 모르고 있어요."

라푼젤

매점에서 산 초록색 야구 모자를 쓴 채 나는 사우스 역 밖에 서 있었다. 그리고 메도의 손을 잡았다.

"세상에, 보스턴 냄새가 나네."

나는 메도를 향해 말했다.

"너도 맡을 수 있니? 늪 같기도 하고 흙 같기도 하지. 뉴욕처럼 붕 떠 있지 않아."

그때는 바람 부는 늦은 오후였지만, 아직도 해가 보스턴을 비추고 있었다. 나는 곧바로 아버지에게 갈 계획이었으나, 일단 보스턴에 발을 딛자 나의 진짜 과거가 모두 생각났다. 돌이켜보면 그 추억들은 싸구려이긴 했지만 좋은 것이었다. 케이프 지역의 고급 컨트리클럽에서 보낸 어린 시절보다 훨씬 좋았다. 여기는 '보스턴'이다. 식민지 미국의 본고장이고, 레드삭스의 홈구장이다. 우리는 작지만 언제나 축제 분위기를 내는 차이나타운을 돌아다녔고, 에식스를 따라 관광객 인파와 거닐다 누군가 이쪽을 주시하는 시선을 느꼈는데 그는 사람을 잘못 본 것 같았다. 우리는 해리슨 애버뉴 쪽으로 내려가 닐랜드 방향으로 접어들었다. 아무래도 그쪽이 더 안전할 것 같았다. 북동쪽 산악 지방에 있는 것보다 보스턴에 머무는 게 더 안전하지 못했다. 하지만 나는 더 편하게 느꼈다. 보스턴은 내 어린 시절의 도시였고, 조금 더 컸을 때, 하지만 여전히 어리다고 할 만한 시절에는 아버지의 반대 없이 종종 'T' 지하철을 타고 새빈 힐에서 어디든 갔다. 그 여정은 그리 멀지 않았다. 전혀 멀지 않았다.

길을 가다 잠시 멈춰 선 존 핸콕 빌딩 앞에 비친 우리의 모습에 현기증이 났다. 코플리 광장까지 계속 걸어서 도서관을 바라보았다. 이 도서관 건물 정면은 늦은 오후의 햇살을 받아 콜로세움같이 본 화이트 색으로 빛났다. 우리는 길거리 수레에서 구운 캐슈넛을 사서 술주정꾼과 비둘기들 사이에 앉아 먹었다. 코플리 플라자 호텔 안으로 들어가서는 손님인 체하며 샹들리에의 크리스털이 몇 개인지 세어보았다. 숙숙박료가 얼마인지 묻고 내 지갑을 살펴본 뒤 이 호텔에서 묵지는 않기로 했다. 돈이 부족해서 불안해지기 시작했다. 버몬트의 오두막 책장에 꽂혀 있는 르 카레 소설책에 끼워둔 1천 달러를 잃어버렸던 것이다. 나는 시간이 얼마 남지 않았을 알았고, 이것이 우리의 클라이맥스라는 것도 알았다. 나는 딸이 원하는 모든 것을 해주고 싶었다.

메도에게 아이스크림을 사주고 아이비 룸에서 캐나디언 클럽 몇 잔을 마신 뒤 우리는 다시 출발했다. 보일스턴 거리를 따라 걸을 때 메도가 뒤처지기 시작했다.

"아빠, 피곤해요."

"피곤하니? 어떻게 하면 될까? 마운틴 듀 사줄까?"

"우리는 너무 오랫동안 걸었어요."

"힘내."

나는 아이를 격려했다.

"너는 아직 괜찮아. 의욕이 남아 있어. 커먼 공원에 거의 다 왔단다. 백조 보트 타고 싶지 않니? 보스턴에 오면 꼭 그걸 타야 해."

나는 눈을 찡그리고 하늘을 보았다. 어쩌면 보트 탑승 시간이 끝났을지도 모르겠다.

"그러면 보트 타고 나서 오토 할아버지 집에 갈 수 있어요?"

"걱정 마. 우리는 곧 가게 될 거야."

"알았어요. 아빠, 목말 타도 돼요?"

"물론이지, 귀염둥이. 어서 올라타자."

나는 딸의 낙타가 되어 사하라 사막을 건넜다. 우리가 수양버들 아래서 달릴 때는 메도가 웃었다. 또 퍼브릭가든의 작은 호수를 가로지르는 돌다리를 산책하는 많은 사람들 빠르게 사이를 뚫고 지나가며 "미안해요. 실례합니다. 죄송해요. 낙타 좀 지나갈게요"라고 말했을 때도 웃었다.

직원이 저지선을 칠 때 우리는 안으로 슬쩍 끼어들었다. 그리고 까만 줄처럼 보이는 새끼 거위들이 뒤따르는 마지막 백조 보트를 타고 호수를 건너갔다.

비컨 거리에 도착했을 때는 날이 어두워진 뒤였다. 나는 위치를 확인하며 커먼 거리 북쪽 경계선을 따라 걸어갔다. 한 남자가 '20세기의 발레복 차림'으로 가로등 불빛 아래 서 있었고, 회색 말 두 마리가 머리 위에 붉은 종이로 만든 고깔모자를 쓰고 그 뒤에서 기다리고 있었다.

"실례합니다. 여기서 T 정류장이 가까운가요?"

"그렇게 멀지 않아요. 바로 건너서 파크 스트리트 역으로 갈 수 있어요."

"레드라인입니까? 그린라인입니까?"

"두 라인 다 있어요."

"그럼, 레드라인이 여전히 새빈 힐 로드로 가나요?"

"맞아요. 그거 도체스터에 있지요?"

"네. 오랫동안 집에 가보질 못했거든요."

나는 메도가 말에게 다가가고 있는 것을 보았다. 말들이 눈을 가린 얼굴을 메도를 향해 흔들었다. 메도가 뒷다리를 만지자 말이 부르르 몸을 떨었다.

"헤이, 당신은 어때요?"

"나요?"

그가 물었다.

"도체스터까지 태워다 줄 수 있어요?"

"농담해요? 말에 대해 아무것도 모르죠?"

나는 웃으며 대답했다.

"네, 잘 몰라요. 도체스터까지 얼마나 들어요?"

"새 말을 한 마리 사고도 남을 걸요?"

남자가 웃으며 덧붙였다.

"이것도 새 말이긴 하지만."

"거창하게 귀향하고 싶었을 뿐이에요."

그 사람은 기분 좋게 웃었다.

"기발한 생각이군요."

그때 메도가 내 쪽으로 머리를 기댔다.

"우리 이제 오토 할아버지 보러 가는 거야?"

나는 메도의 머리에 손을 얹었다. 아버지가 깨어 있을지도 모르지만, 시간이 너무 늦었다. 아니, 그보다는 내가 만나게 될 것에 부딪힐 준비가 아직 안 되어 있다는 편이 더 맞았다. 하지만 내가 되돌아가는 기쁨, 집으로 향하는 기쁨은 진짜다. 비록 나 자신에 대해 왕따이자 괴물이었다는, 다소 과장된 기억이 있기는 하지만, 그 나이 대에는 누구나 비슷한 식으로 느꼈을 것이다. 둥근 배를 쑥 내밀고 문지르며 서 있는 딸을 내려다보았다. 딸이 있기 때문에, 딸과 함께 돌아가고 있기 때문에 모든 것을 무릅쓰게 된다.

"불행히도 아빠가 시간을 놓쳐버렸어. 내가 알기로, 오토 할아버지는 일찍 잠자리에 들거든. 그러니까 내일 날이 밝으면 일찍 가자. 게다가 우리는 준비가 안 됐어. 네 옷도 그리 예쁘지 않으니까 새 드레스를 한 벌 사고."

메도는 엷은 미소를 띠었다.

"새 드레스?"

"그래. 예쁜 새 드레스. 예쁜 머리핀과 액세서리까지. 어때? 그리고 장갑도. 그럼 네가 예쁜 모습으로 할아버지를 만날 수 있잖아. 필렌 백화점에 가자. 커먼에 있을 거야."

나는 손으로 가리키며 운전기사에게 물었다.

"필렌이 아직 이 길에 있나요?"

"메이시를 말하는 거죠? 윈터 스트리트에 있는? 지금은 메이시예요."

여러 겹의 페티코트가 딸린 새틴 드레스, 은장식이 달린 벨벳 망토 드레스, 망사로 부풀린 드레스, 장갑과 동전 지갑과 세트인 드레스……. 메도는 드레스 진열대 사이를 이리저리 뛰어다니다가 간신히 진정했다. 그 시간에 아동복 코너는 텅 비어 있었고, 기껏해야 재고를 조사하는, 피곤에 지친 한두 명의 여직원들만 남아 있었다. 나는 고개를 끄덕이며 잘난 체 하지 않는 것처럼 보이려고 노력했지만, 메도가 드레스 하나를 자기 몸에 갖다 대고 웃는 모습을 보고는 큰 소리로 말하지 않을 수 없었다.

"입어봐!"

내가 보스턴 호텔 카탈로그를 들여다보고 있을 때 메도가 나타났다.

"어디 보자."

청록색 드레스는 무릎 아래까지 내려왔다. 위는 새틴이고 아래는 빛이 아른거리는 그물망으로 덮여 있고, 매장 불빛 아래 반짝이는 것은 모조 크리스털이었다. 은색 버클로 허리를 두르고, 드레스 위에 잘 어울리는 짧은 청록색 재킷을 걸쳤다. 메도가 벗지 않은 거무스름한 발목 양말 덕택에 드레스가 더 예쁘게 돋보였다.

"할아버지는 너를 사랑할 거야."

나는 중얼거렸다.

"너를 눈에 넣어도 아프지 않다고 생각할 거야."

메도는 삼면으로 된 거울 앞에서 제 모습을 돌아보느라 아무 소리도 듣지 못했다. 어깨를 으쓱 올리고, 턱은 아래로 잡아당겼다. 세 명의 메도, 세 벌의 청록색 드레스, 세 명의 아빠가 보인다. 세 개의 붉은 안경, 여섯 개의 더러운 양말, 탈색된 머리의 세 영혼. 내가 이 아이를 지금보다 더 사랑했던 적이 있던가.

"나, 꼭 라푼젤 같아요. 그렇지 않아요? 이제 나도 라푼젤처럼 보이죠, 아빠?"

긴급 상황

로라, 우리 사이엔 자주 침묵이 있었지. 메도가 무사하고 상황이 당신이 걱정하는 만큼 나쁘지 않다는 걸 전화로 알리지 않은 건 매정한 일이었어. 하지만 당시 나는 당신의 부재에 익숙했고, 우리 둘 다 매정함에 익숙했어. 내 말은 함께 살아가는 삶을 해체한 사람들 간에 생기는 일상적인 매정함을 뜻하는 거야. 이상하게도, 이혼이 이루어지기 전에는 신중하게 심사숙고를 하고, 우유부단할 정도로 생각이 계속 이어지지. 누구도 나쁜 남자가 되고 싶은 사람은 없으니까. 그러나 일단 결정이 내려지면, 분명한 선이 그어지고 필사적인 권력 투쟁이 벌어지게 돼. 여기에는 더 이상 기사도 정신도, 미묘한 뉘앙스도, 우아함도 없고, 오직 승리와 패배만 있을 뿐이지.

전화기를 바라보며 호텔 방 안에 앉아 있었다. 나는 당신에게 전화를 걸고 싶었다. 그건 내가 겁이 났기 때문도 아니고, 곤경에 빠졌기 때문도 아니고, 더구나 내가 옳다고 믿기 때문도 아니었다. 나는 다만 당신과 함께 메도에 대한 이야기를 하고 싶었다. 메도에 대해 내가 투자한 그만큼 똑같이 투자한 바로 그 사람과 이야기하고 싶었다. 메도가 옷을 입은 채 수영하던 모습, 메도가 '사실대로 말하자면' 또는 '엄밀히 말하자면' 등의 부사를 이용해 문장을 시작하는 버릇처럼 사소한 것에 대해 당신과 이야기하고 싶었다. 나는 누군가에게 메도가 한 일들 혹은 했던 말들을 들려주고 싶었고, 내 앞에서 이런 일들이 일어날 때 느끼는 따스한 마음을 똑같이 가지고 반응해주는 사람이 있기를 바랐다. 나는 누군가에게 청록색 드레스에 대해서도 말해주고 싶었다. 메도는 지금 때 묻은 양말을 신고 이 옷을 입고 있다. 바닥에 다리를 벌리고 앉아 텔레비전 앞에서 프리토스 옥수수 스낵을 먹으면서 말이다. 드레스를 입고 베스트웨스턴 호텔 로비에 서 있던 이 꼬마 숙녀의 모습이 얼마나 매력적이면서, 동시에 상황과 어울리지 않았는지 누군가에게 말하고 싶었다.

하지만 끝내 수화기를 도로 제자리에 내려놓았다. 침대에 누워 가슴에 팔짱을 끼며 가만히 있었다. 우리의 결혼은 끝났다. 더 이상 메도의 엄마와 결합할 수 없고, 이런 사소한 것을 말하고자 당신에게 전화를 걸 수는 없다.

나는 몸을 굴려 벽 쪽에 얼굴을 댔다. 텔레비전에서 만화 캐릭터들이 말싸움을 했고 메도는 깔깔거렸다. 복도를 지나가며 삐걱거리는 가방의 바퀴 소리를 들을 수 있었다. 내가 보스턴에서 꼭 해야 할 일이 무엇인지 골똘히 생각해보았다.

아버지. 나는 아버지를 떠올렸다. 나의 아버지, '파터(Vater)'. 아버지를 만나기 위해 어떻게 준비를 해야 하나요? 나는 아버지가 옛 모습 그대로일지 궁금했고, 영어가 늘었는지 궁금했다. 재혼은 하셨을까? 자신에게 호의를 보이던 아래층의 카리브 출신 여성의 앞에서 일부러 무뚝뚝하게 굴곤 했지만 결국에는 그녀의 관심을 받아들이셨을까? 내가 오랫동안 소식 없이 지냈던 일에 화를 내실지에 대해서는 관심도 없다. 아버지가 화낼 줄 알았다며 나 자신을 정당화하고 싶지 않다. 사실 아버지에 대해 생각할수록 전혀 변하지 않았을 거라는 확신이 든다. 그리고 그 사실이 나를 더 기쁘게 했다. 비록 내가 소년이었을 때는 아버지가 조금 달라지기를 몹시 바랐지만 말이다.

침대 위에서 옷을 입은 채 눈을 떴을 때 나는 방향 감각을 상실했다. 밤이 늦었음에도 텔레비전은 여전히 켜져 있었고, 반면 볼륨은 꺼져 있었다. 습한 공기가 창문 아래 환풍기를 통해 안으로 스며 들어왔다. 메도는 건너편 침대에서 드레스를 입은 채 허리를 꼿꼿이 세우고 앉아 있었는데, 어딘가 불편해 보였다.

"왜 그래?"

메도는 몽롱하게 나를 쳐다볼 뿐 아무런 대답도 하지 않았다.

"왜 그러냐니까?"

자리에서 일어나 딸의 얼굴 쪽으로 몸을 구부리며 어깨를 잡았다. 잠시 후 메도는 여린 숨을 내쉬었다.

"괜찮아요."

메도는 숨을 가쁘게 쉬며 대답했다. 그러나 호흡이 일정하지 않았다.

"무슨 일이지?"

나는 곧이어 덧붙였다.

"괜찮을 거야."

나는 주변을 빙 돌아보며 우리가 있는 곳을 떠올리려고 했다.

"아, 여긴 보스턴이지."

"괜찮아요, 괜찮아요. 난 괜찮아요."

그 말은 마치 스스로에게 하는 말처럼 입가에 걸려 있었다.

"응, 괜찮아. 당연히 괜찮지."

침대 옆의 램프를 켜자 메도가 눈을 찡그렸다.

"불 꺼주세요, 아빠. 너무 밝아요."

"그래, 알았다."

나는 메도의 말대로 불을 껐고, 우리는 다시 흐릿한 어둠 속에 앉아 있었다.

"있지, 아빠가 길고 재미있는 이야기를 해줄게. 그러면 네가 정상적으로 숨쉴 수 있고, 또 곧 잠이 들 거야. 알겠니? 움직여봐. 그리고 똑바로 앉아. 그럼 호흡이 편해질 거야."

나는 힘겹게 미소를 짓는 메도의 옆에 베개를 받쳐주었다.

오, 하느님, 이러지 마세요. 나는 속으로 중얼거렸다.

"이야기 제목은 말이야, '보스턴 커먼의 낙타'라고 해."

내가 잠시 말을 멈추자, 어둠 속에서 메도의 숨결이 거칠어지는 소리가 들렸다. 침착하자. 나는 스스로를 다독였다. 침착해지는 것이야말로 내가 유일하게 장착한 중요한 기능이었다. '메도의 고통.' 이렇게 부를 수 있을까? 메도가 네 살 무렵, 부모의 결혼이 마지막 장에 접어들었을 때 처음 이 문제가 나타났다. 그래서인지 나는 메도의 천식이 전적으로 육체적인 질병이라고는 생각할 수 없었다. 비유적으로 말해서, '정신적인 질식의 위협'과 관계있는 것으로 여겼다. 내가 의학적 해결책을 무시했다는 뜻은 아니다. 아이에게 치료가 처방되었을 때 나는 곁에 있었다. 그것은 바로 딸이 반짝이는 스티커를 붙여놓았던 조그만 기관지 확장 호흡기였다. 심각한 정도는 아니라고 소아과 의사가 말했다. 하지만 더 악화될 수도 있기 때문에 '언제나' 호흡기를 가지고 다녀야 한다고도 이야기했다.

"옛날에 보스턴에서 길을 잃은 낙타 한 마리가 있었어. 그 낙타는 전에 한 번도 보스턴에 가본 적이 없었기 때문에 보스턴 사람들이 낙타에 대해 좋지 못한 편견을 가지고 있다는 사실을 몰랐지. 실제로 낙타를 총으로 쏴 죽이라는 명령도 있었어. 낙타 인권운동가들은 그 법을 폐지시키려고 노력했지만, 이를 통과시키기 위한 득표수가 모자라 계속 실패했지. 회의장 안에는 반낙타 정서가 퍼져 있었거든. 좀 어떠니?"

가쁜 숨을 들이마시며 메도가 고개를 끄덕였다.

"괜찮아? 그럼 좋아. 됐어. 그래서 '알랄'이라는 이름의 이 낙타는 기이하게도 보스턴에서 완전히 길을 잃고 무리에서 멀어져 버렸어. 하지만 가는 곳마다 사람들은 무자비하게 대하고 '꼽추'나 '염소 발굽'이라고 놀리기만 할 뿐, 어느 누구도 사하라로 돌아가는 길을 가르쳐주지 않았어. 그러다가 그는 보일스턴과 알링턴 코너에서 아주 멋진 풀밭을 보게 되었어. 이곳이 바로 사람들이 다 아는 보스턴 커먼이야."

"아빠?"

"응, 귀염둥이."

"공기 흡입기 사용할 수 있어요?"

나는 돌을 삼키는 기분을 느꼈다.

"너도 기억하겠지만, 네 흡입기는 배낭 속에 들어 있어. 그건 지금 버몬트 오두막에 있잖아."

메도가 고개를 내 쪽으로 돌리더니 손으로 뺨을 괴고 마치 노인처럼 한숨을 쉬었다.

"물론 새 흡입기를 살 수 있어. 하지만 당장은 힘들어. 지금은 새벽 3시거든. 아침이 되면 제일 먼저 약국을 찾자."

메도는 흐릿한 불빛 아래 나를 쳐다보았다. 메도의 눈길은 왠지 멍했고 물기가 없었다. 그 모습은 순간 나를 멈추게 했다.

"겁먹지 마."

메도가 내 말에 고개를 끄덕였다.

"무서워하면 더 나빠져."

"마치…… 누군가가…… 끈으로……."

"끈으로?"

"내 목을 묶는 것 같은 기분이에요."

"오, 메도, 아빠가 어느 누구도 네 목을 조르지 못하게 할 거야. 알겠니? 그런 상상도 하지 마."

나는 몸을 일으켜 똑바로 앉았다.

"이럴 때 무얼 해야 하는지 알아."

나는 급히 욕실로 들어가 샤워 꼭지를 틀었다. 그리고 침실 쪽으로 소리를 질렀다.

"어렸을 때 아빠도 호흡에 어려움을 겪었어. 언제 너한테 말한 적 있었니? 동독에 살았을 때 이야기야. 그 당시 우리는 좋은 약도 없었고, 흡입기도 없었어. 상황이 나빠지면 사람들은 병원에 데려가서 바로 호흡기를 끼웠지."

나는 욕실 밖으로 나와서 침대 시트를 벗겨 부드럽게 메도를 감쌌다.

"그래서 엄마도 집에 항상 비상약을 준비해뒀지. 약 이름이 유칼립투스야. 그리고 '달님'에게 기도했어. 하지만 가장 효과가 있던 방법은…… 뜨거운 스팀 샤워였어."

나는 메도를 욕실의 찬 바닥에 눕혔다. 메도는 더운 수증기 속에 빠진 한 마리 새였다. 나는 딸의 작은 재킷을 벗긴 다음 구겨진 드레스를 벗겼다. 메도는 팬티만 입고 심지어 가슴도 가리지 않은 채 몸을 떨며 서 있었다. 나는 살갗 아래 드러나는 경직된 갈비뼈를 보았다.

"이 방법이 효과가 없으면 곧장 병원으로 데리고 갈게."

메도가 숨을 들이마셨다.

"나는 병원에 가기 싫어요."

"오, 얘야, 사실 아빠도 병원은 가기 싫어. 그러니 우리 함께 좋은 쪽으로 생각하자. 착하지."

내가 메도를 욕조에 넣어주자 아이는 양손을 턱 밑에 받치고 서 있었다. 안경에 금방 뿌옇게 김이 서려 그것을 벗겨주려고 손을 뻗는데 나 자신도 현기증이 나면서 실제와 거리가 먼 민간요법에 대한 기억들이 떠올랐다.

"메도, 수증기를 들이마셔. 아빠는 여기 변기 위에 조용히 앉아 있을게."

그러나 메도는 아무 말이 없었다. 나는 비닐 커튼을 쳐주고 욕조 바로 옆 차가운 변기 뚜껑 위에 앉았다. 샤워 커튼이 욕조 밖으로 삐져나와 너덜너덜한 커튼 밑단 사이로 물이 무섭게 쏟아져 나왔다. 찌든 때가 문 쪽 타일 구석구석에 끼어 있었다. 나는 딸의 머리 위로 떨어지는 물소리를 들을 수 있었다.

아내와 나는 의사가 말해준 방법을 다 써봤다. 메도가 두어 차례 가벼운 천식을 겪자 헤파필터 공기청정기를 샀고, 생쥐를 치워버렸고, 아이에게 글루텐을 먹이지 않았다. 그 후 우리는 헤어졌다. 나는 아직도 그 당시 일을 모두 기억하고 있고, 그 외에 다른 위급했던 일들을 마치 방금 일어났던 것처럼 똑똑히 기억하고 있다. 메도가 장난감 점토 반죽을 튀기려 하다 화상을 입었고, 할머니 집에서 크리스마스 장미를 먹어서 엉엉 울면서 병원에 데려간 적도 있었다. 몇 차례 심한 고열을 앓을 때면 아이의 증세가 호전되기를 빌며 밤새 기도하기도 했다. 지난 생활을 돌이켜보면 우리는 열 번도 넘게 딸을 잃을 수도 있었지만, 지금까지 그런 일은 한 번도 없었다. 단 한 번도. 막다른 상황까지 내몰려도 아이는 언제나 우리에게 돌아왔다.

"귀염둥이."

"네?"

"뜨거운 김이 도움이 되는 것 같니?"

"네."

"다행이구나."

"그런데……."

"그런데 뭐?"

"빙빙 도는 것 같아요."

"의자 갖다 줄까? 앉아 있을래?"

"네."

빙빙 돈다. 나는 방 안으로 들어가며 생각했다. 좋은 징조가 아니다. 흡입기가 필요한 상황이다. 이제야 깨달았다. 지금껏 잊어버리고 있었지만, 이제야 나는 진정으로 깨달았다. 아이의 질환은 근본적으로 신체적인 증상이고, 그에 알맞은 조치를 취해 주어야만 하는 것이다. 나는 내가 어려서 아팠을 때 도움이 된 기억으로 스팀 샤워 효과를 믿고 있었지만, 실제로 그건 대체 어떤 병에 걸렸을 때 통하는 것이었을까? 백일해? 내 경우에는 완쾌했다. 그것이 무엇이었든 간에 도체스터가 나를 고쳐주었다. 나는 그 병을 이겨냈고 극복했기 때문에 메도 역시 점차 나아질 것으로 기대했다. 그러나 딸은 그렇지 못했고, 나는 지금 도대체 무엇을 어떻게 해야 할지 전혀 알지 못했다.

그때 욕실에서 쿵 하고 뭔가 떨어지는 소리를 들었다.

내가 커튼을 한쪽으로 밀자 커튼 고리가 밀리며 차르르 소리가 요란하게 울렸다. 메도는 배를 바닥에 댄 채 욕조에 엎드려 있었다. 아이의 몸 위로 물이 쏟아 졌고, 머리카락이 물에 젖으며 등과 얼굴로 흘러내렸다. 메도가 천천히 고개를 내 쪽으로 돌렸다. 그 모습이 마치 동이 터오는 듯했다. 아이의 눈 밑에 멍이 들어 있었다.

"자, 나가자."

"어디로요?"

"도움을 받으러."

"싫어요."

메도는 날카롭게 반응했다.

"갈 거야."

나는 미끄러운 딸의 팔을 붙잡았다.

"싫어요!"

"나갈 거야! 나가야 해! 일어나!"

"싫어요!"

메도는 팔을 뒤로 홱 뿌리쳤다.

"일어서. 빌어먹을!"

수도꼭지를 잠그고 아이를 타월로 감싼 뒤 꽉 안고 침실로 데리고 나왔다. 딸은 흠뻑 젖은 속옷 바람으로 저항했다.

"그만해! 발로 차지 마."

나는 울면서 스완튼 월마트에서 산 바지와 셔츠를 메도에게 끼웠다. 그것들은 젖은 속옷 때문에 금방 젖었다. 타월로 머리카락을 말려주려 했지만, 메도는 두 손으로 제 머리를 가렸다. 마치 지금 아무 이유 없이 공격당하고 있다는 듯이. 우리는 이제 적이 되어버렸다. 메도가 버티려고 매달렸던 침대는 차갑게 젖어버렸다. 아이가 처한 상황은 분명 부당했다. 더 이상 침대에서 잘 수 없을 뿐 아니라, 자신이 가장 원했던 편안함도 얻을 수 없었다. 메도는 턱을 천장으로 치켜 올리고 무릎을 가슴 쪽으로 당긴 채 오랫동안 슬프게 울었다.

"엄마!"

"쉬이, 메도, 쉬잇."

"엄마! 엄마!"

부르짖으며 발버둥을 치는 메도의 콧구멍이 넓어졌다. 뇌졸중이라도 걸린 듯 등을 굽히고 눈을 크게 뜬 채 노려보며 굳어 있었다. 나는 씩씩거리며 내쉬는 메도의 숨소리를 들었다. 아이는 곧 침묵에 빠졌다.

계단 아래쪽의 문밖에서 노크를 하자 아직 잠이 덜 깬 관리인이 얼굴을 드러냈다. 내 팔에 늘어져 있는 딸의 모습을 보고도 상황을 제대로 이해하지 못한 듯 염려의 미소를 띠고 있었다. 메도의 축축한 머리가 내 셔츠를 적셨고 눈은 떠 있었지만 멍했다.

"얘야, 말 좀 해봐!"

아이는 아무 말도 하지 않았다.

"여기서 가장 가까운 병원이 어디예요?"

남자가 샌드위치를 무릎에서 떨어뜨리며 일어섰다.

"가까워요. 매스 제너럴 병원이오. 택시 필요하세요?"

"제발. 제발 도와주세요."

건물 밖에서 대기중인 택시는 한 대도 없었다. 베스트웨스턴 호텔은 고속도로와 찰스타운 대교 사이의 선창가 포구 앞에 있었다. 머리 위를 가로지르는 콘크리트 기둥의 고가에는 백만 대의 차가 지나고 있었지만, 바로 아래 우리가 있는 버려진 길 위에는 아무것도 보이지 않았다.

"구급차를 불러주세요. 아니면 택시라도, 아무거나요."

"그러죠. 그렇지만."

"그렇지만 뭐요?"

"뛰어가는 게 더 빠를지도 몰라요. 저기."

나는 그가 가리킨 빌딩의 불빛을 보았다. 하지만 내가 뛰기 시작하고 나서야 그 빌딩이 실제 거리보다 훨씬 가깝게 보였을 뿐이라는 걸 알았다.

나는 한적한 지하 차도와 교통이 적은 외딴 도로로 달렸다. 이 길들은 한밤의 습기로 미끄러웠고, 신호등은 나의 예리한 인지력을 흐리게 했다. 나는 비틀거렸다. 경적 소리가 들렸다. 메도는 내 팔 안에서 활기 없이 제 몸을 맡기고 있었다. 아이의 무게가 전혀 느껴지지 않았다. 마치 죽은 것처럼. 메도는 우리가 넘어지든, 차에 부딪히든, 그래서 병원에 도착하든 말든 조금도 상관하지 않는 것처럼 보였다. 어쨌든 메도는 병원을 진짜로 믿지 않는 것 같았다. 인간이 자신의 파멸을 명확하게 볼 수 있는 분할 프레임을 통해, 나는 딸이 더 이상 나를 신뢰하지 않을 가능성도 생각했다. 메도는 미심쩍어 하면서도 내가 추방당해 사라진 미래에 대해서는 아직 확신하지 않았다. 시간이 흐른 뒤, 성인이 된 메도는 정원이 딸린 아파트에서, 아마도 미혼인 상태로, 아이도 없이, 스스로에게 이야기할 것이다. '내 인생의 많은 부분을 아빠에게 바쳤어.' 아니면, '아빠를 이해하는 데 바쳤다'고 말할까? 이와 달리 어른이 된 메도는 자기가 어렸을 때 아빠에 대한 막연한 사랑과 지칠 줄 모르는 자비로 인해, 일 년이나 이 년, 혹은 그 이상의 시간을 아빠에게 기부했다는 점을 깨닫고 갑작스레 웃음을 터트릴지도 모른다. 이것이 어린이들이 희생양이 되는 하나의 형태이고, 이것이 바로 내가 도체스터로부터 도망친 이유이기도 했다.

자동차 헤드라이트 불빛에 눈이 부셨다. 경찰차는 지나쳤다가 다시 유턴해서 우리를 향해 다가왔다. 나는 더 이상 앞으로 걸어갈 수 없었다. 팔에 메도를 안고 있어서 눈을 가릴 수도 없었다. 메도는 내 가슴에 얼굴을 파묻었다. 문이 열리고 한 사람이 손전등을 휘두르며 다가왔다.

"두 사람 다 괜찮아요?"

경찰관이 내 얼굴을 훑어보며 물었다.

"괜찮아지겠죠. 그런데 불 때문에 앞이 안 보이네요."

"안색이 좋지 않아 보여요."

"우리는 병원에 가야 해요."

그는 손전등을 비추며 메도의 얼굴을 들여다보았다.

"아이가 의식이 있어요?"

"네. 우리는 바로 저기에……."

나는 우리에게 신호하려고 켜진 것처럼 보이는 빌딩을 향해 경찰관을 지나쳐 가려 했다.

"제발요! 가게 해주세요."

그는 놀라는 것 같았다. 왜 우리를 가게 내버려두지 않을까? 우리를 도우려고 왔는데 내가 그것을 이해 못했던 것일까? 그의 귀 위로 깨끗하게 면도된 살결이 맥박에 맞춰 뛰었다.

"뛰어가는 것보다는 차가 나을 거예요. 타세요. 태워드릴게요."

"고맙지만 필요 없어요."

"아니에요, 어서 타세요. 타는 게 더 나아요. 선생님, 아이 얼굴이 창백해요."

"천식이 있어요. 천식이에요. 근데 멈추지를 않아요."

우리는 뒷좌석에 앉았다. 메도는 경찰차에 탄 후 잠시 회복된 것처럼 보였고, 손가락을 움직여 철창 주위를 만지작거렸다.

"스태니퍼드에서 남쪽으로 향함."

경찰이 무전기에 대고 말했다.

"일고여덟 살 가량의 여아를 데리고 매스 제너럴 병원으로 가는 중."

"흡입기가 없어요."

내가 끼어들었다.

"그래서 제대로 호흡할 수 없어요."

"환자에게 산소호흡기가 필요할 수 있음."

갑자기 메도가 내 무릎에 누워버렸다. 이제 끝장이라는 생각에 나는 소스라치게 놀랐다. 메도가 무언가를 중얼거렸다. 나는 아이의 말을 들으려고 몸을 구부렸다.

"뭐라고 했지, 아가야? 뭐라고 했어?"

"아빠가 나의 집이에요."

또렷한 목소리였다.

"오, 사랑하는 아가야, 무슨 뜻이지?"

"아빠가 내가 사는 곳이에요. 아빠하고 엄마 둘 다."

"그래, 알았어. 더 말하지 마."

메도가 울기 시작했다. 그 소리는 높고, 가늘게 찢어졌고, 메말랐다.

"나, 죽는 거야?"

"아니야, 메도, 미안해!"

"나, 가는 거지? 아빠?"

"그런 말 하지 마."

메도의 눈이 감겼다.

"아이가 눈을 감았어요."

나는 경찰에게 말했다.

"거의 다 왔어요."

"애가 죽어가요. 좀 더 빨리 가주세요!"

"다 왔어요, 선생님."

경찰관은 대시보드에서 무전기를 재빨리 집었다.

"블로섬 스트리트 매스 제너럴 병원 입구 도착. 여기는 블로섬 스트리트……."

내가 메도의 어깨를 너무 심하게 흔들어서 구급대원들이 내 손을 붙잡아 올려야 했다. 메도는 등을 대고 누운 채 신속하게 병원 안으로 옮겨지고 있었다. 그들은 나를 따돌리려 했지만, 나는 그들이 하는 대로 내버려두지 않았다. 그들은 이해하지 못했다. 나는 이대로 딸을 죽게 내버려둘 수 없었다. 나는 환자용 이동 침대 한쪽 끝을 붙들고 그들이 미는 것을 도와주려 애썼지만, 허망하게도 넘어져버렸다. 경찰관이 내 옆에서 같이 달렸다. 모두가 뛰었다.

"내 딸이 시야에서 사라지게 둘 순 없어요."

나는 경찰관에게 울부짖었다. 그가 다음 절차를 위해 서명해 주었기 때문에, 그에게는 말해도 괜찮을 거라 생각했다.

"아무도 아이를 빼앗아가지 않아요, 선생님."

"그러려면 나부터 죽여야 할 거예요."

"아무도, 어떤 짓도 하지 않아요. 우린 그저 도와주려는 거예요. 진정하세요."

"이쪽으로 오세요."

메도의 얼굴에 마스크를 씌운 간호사가 말했다. 그녀는 환하게 불이 켜진 방으로 급히 방향을 틀었고, 내 아이는 눈부신 불빛 속으로 들어갔다.

소아과 병원

병원은 절대로 어두워지는 법이 없다. 완전한 암흑과 고요는 불가능하다. 시곗바늘이 움직이고, 밤이 찾아온다. 불빛 아래 트레이가 이리저리 옮겨지고, 삑삑, 혹은 찍찍 소리가 끊임없이 이어져 침묵이 물러간다. 소아과 병원에서는 잠자는 시간이 지나면 먹는 시간이 일상적이다. 한 아이가 파자마를 입은 채 문밖에 멈춰 서서 신중하게 칫솔질을 하다가 눈길을 던졌다. 나는 몸서리를 치며 손 안에 머리를 묻었다. 내가 조용히 있었으면, 가만히 머물러 있었으면……. 아직 아무도 면회 온 사람이 없는 소년이 우리와 한 방을 사용했다. 아이는 침대 시트 안에 들어가 잠을 잤고, 검고 잘생긴 얼굴을 마치 접어놓은 종이 같은 베개에 누였다. 소년은 온전히 혼자인 것처럼 보였다. 하지만 '나'는 그 아이를 챙길 여유가 없었다. 만약 요정들이 곁에 날아왔다면 "재 좀 데려가!"라고 소리쳤을 것이다.

언젠가 비슷한 순간이 있었다. 우리는 밤새 침대 곁에 앉아 걱정스러운 대화를 나누었고, 소아과 의사에게 진료를 받기 위해 기다리는 납득할 수 없는 시간을 재기도 했다. 그놈의 고열은 어찌나 뜨거운지, 우리는 이러다가 다음 날 아침이면 아이가 잿덩이가 되지 않을까 걱정했다. 잠이 덜 깬 의사가 자신이 한두 시간 내로 아침 식사를 해야 되기 때문에 메도의 상태가 더 나빠지면 병원에 데려오라고 얘기하던 통화 내용도 기억난다. 힘들었던 그 밤 동안 우리는 상황이 나빠질 때까지 기다리면서 밤을 새워가며 불을 켜 놓고 있었다. 하지만 아직까지 우리는 메도를 잃어버린 적이 한 번도 없었다.

노크 소리가 들렸다.

"아버님?"

나는 러시아계로 보이는 작은 여성을 올려다보았다. 악수를 하며 잡은 그녀의 손은 뼛속이 텅 빈 것처럼 느껴졌다.

"네, 의사 선생님."

나는 머리가 띵한 상태로 일어나 간이 탁자에 올려둔 빈 커피잔을 치웠다.

"이리 들어오세요. 반갑습니다. 그리고 고맙습니다. 선생님과 이 병원을 만나게 되어 하느님께 감사드려요."

의사의 얼굴은 표정이 그리 밝지 않았다.

"아버님이 우리 병원까지 오게 되어 다행입니다. 하지만 지금은 아무것도 확실히 말씀드릴 수가 없어요."

의사는 딸의 차트를 보고 난색을 보였다. 그녀는 메도가 잠자고 있는 옆에, 나는 건너편에 앉았다. 한동안 우리 둘은 메도의 편안한 얼굴을 살폈고 내 눈은 딸과 의사의 얼굴을 오가며 힐끗거렸다.

"따님의 호흡을 안정시키느라 약효가 강한 성분을 주입하지 않으면 안 되었어요."

의사는 말을 이었다.

"단순한 정맥 주사가 아니라 황산마그네슘과 해리성 마취제 케타민이에요. 주저할 수가 없었어요. 이 약은 호흡 정지를 막을 수 있지만, 너무 독해요. 90킬로 체중의 어른도 견디기 힘들어요. 아버님, 모든 일이 그렇지만 두고 봐야 알겠습니다. 소아과에서는 일상적인 처방은 아니지만, 이 경우는 충분히 위험했습니다."

"알겠습니다. 의사 선생님치고는 상당히 젊어 보이십니다."

의사는 미소를 띠었지만 다시 심각한 표정으로 말했다.

"그런데 왜 좀 더 일찍 병원을 찾지 않았는지 모르겠군요."

나는 잠시 숨을 죽였다.

"좀 더 일찍이라고요?"

"병원에 도착했을 때 딸이 예전에 천식 발작을 겪었다고 했죠. 그래서 따님의 병이 얼마나 심각한지 알고 계실 거라 생각했어요. 매년 수천 명의 어린이가 천식 질식으로 사망해요."

"믿지 않으시겠지만, 커먼에서 흡입기를 잃어버렸어요. 오늘, 호숫가에서요."

"정확히는, 어제라는 말씀이시죠?"

"네, 어제요. 딸의 배낭이 호수에 빠졌어요."

"맙소사."

"솔직히 말해서, 이렇게 심각한 건 처음이었어요. 적어도 나는 본 적이 없어요."

"그렇다면 흡입기를 잃어버리는 바람에 이런 사태가 일어났군요. 흡입기를 사용하면 딸의 생명을 구할 수 있어요. 물론, 그걸 잃어버리는 건 죄가 아니지만, 즉시 조치를 취하셨어야 해요."

나는 고개를 끄덕여 수긍했다.

"무슨 말인지 알겠어요. 나는 아이를 지키지 못 했어요."

"그런 뜻이 아니에요."

"그렇지만 내가 딸을 제대로 돌보지 못한 게 맞아요. 그렇다는 거예요."

"자, 나도 아이가 있어요. 나도 실수를 해요. 어느 누구에게도 불가능한 기준을 적용하고 싶지는 않아요. 그러나 우리는 운이 좋아요. 기회를 한 번 더 가질 수 있기 때문이죠. 어떤 애들은 회복되지 않아요. 치료가 실패할 가능성은 언제나 있어요."

내 눈이 방을 같이 쓰는, 잠든 소년을 응시했다.

"그럼 우리 애는 괜찮아질까요?"

"네. 하지만 안정이 필요해요."

바로 그때 메도가 하품을 했다.

"보세요."

나는 웃었다.

"우리가 딸을 지루하게 했어요."

"네. 좋은 신호예요. 아이는 아직 잠을 자고 있지만, 곧 깨어날 거예요."

"그러면 우리는 곧 퇴원할 수 있나요? 개인적으로 병원은 왠지 불안해요. 아이 엄마도 될 수 있는 한 빨리 집으로 데려왔으면 할 거고요."

"지켜보죠. 아버님도 좀 주무세요. 이곳은 아침이 되어야 제대로 움직이니까요."

메도가 몸을 뒤척이고 숨소리가 좀 더 가벼워지는 것을 보면서, 스스로에게 '절대 자지 않고 다시는 졸지도 않겠다'라고 다짐했지만, 그러나 웬일인지 잠이 들었다. 나는 선명한 꿈을 꾸었다. 나는 떠나고 있었다. 스트로 드라이브 도로 위에서 숲 속으로 들어갔다. 나는 모든 것을 포기했다. 내 형체도 사라졌다. 나는 새로 태어났지만, 누구도 나를 다시 볼 수 없었다.

묵직한 구두 굽 소리에 잠이 깼다. 내가 꾸벅거리고 있을 때 누군가 방으로 들어왔다. 나는 천 근 같이 무거운 머리를 들고 웃을 준비를 했다. 우리를 도와준 경찰관이었다. 나는 이제야 깨끗이 면도한 그의 얼굴을 좀 더 자세히 볼 수 있었다. 내 나이쯤 되어 보였다. 그가 무뚝뚝하게 몇 마디 건넸을 때 그의 음성에서 도체스터와 빅토리아 근처라고 생각할 수 있는 익숙한 억양이 들렸다. 그래서 혹시 우리가 어렸을 때 서로 아는 사이가 아니었을까 하는 생각마저 들었다. 짭짤한 과자를 먹으며 성모 마리아 조각상 옆에 같이 앉아 있던 사람이 아닌지, 주변에 다른 사람이 없을 때 나와 농구 골대를 같이 사용했던 사람이 아닌지, 내게 "믹! 나치!"라며 민족적 모욕을 주던 사람은 아닌지 생각했다. 지금 그는 모든 일이 잘되어 다행이라고 말하고 있었다. 그리고 나는 그에게 딸의 생명을 구해주어 고맙다고 말했다. 진심이었다. 진짜로 또 한 번의 기회를 얻을 수 있었기 때문이다. 너무 늦지 않아서 다행이라고 생각했다. 그리고 오늘…… 바로 오늘, 나는 새빈 힐 로드에 있는 나의 옛집에 가서 낡은 계단을 올라가 아버지를 만나고 손녀를 보여줄 것이다. 그러고 나면 잘못된 것이 바로잡힐 것이고, 모든 게 끝날 것이다.

"복도로 잠깐 나가실까요?"

"네, 그러죠."

나는 대답했지만 움직이지 않았다.

"무슨 문제가 있는 건 아니죠?"

"보고서를 써야 해서요. 무슨 일이었는지 설명을 해야 하죠."

"그렇겠죠."

나는 웃으면서 그의 표정을 읽으려고 했다. 진심과 애매모호함이 공존했다.

"여기서는 문제가 있을 거라고 생각하지 않습니다."

그는 분명하게 설명했다.

"또 당신이 어떤 잘못을 했다고 생각하지도 않아요. 이건 업무

상 절차입니다."

"네, 그렇겠죠."

나는 일어섰다.

"충분히 이해합니다."

분홍색 옷을 입은 간호사가 사과 주스와 크래커 쟁반을 들고 들어와서 메도를 들여다보았다.

"아직 자고 있나요?"

"네. 괜찮은 건가요?"

우리는 옆쪽으로 비키며 자리를 내주었다.

"괜찮아질 거예요."

간호사가 침대 발치 쪽에 놓인 보드를 펄럭이며 훑어보았다.

"곧 일어날 거예요. 지금은 단지 상태만 확인하는 거예요."

나는 불길한 예감을 안고 입원실을 나섰다. 나는 경찰관에게 이런 식으로 설명했다. 딸과 나는 전날 아침에 콘웨이에서 출발하는 버스를 타고 왔다. 아버지와 딸이 토요일을 보내기 위해 보스턴에 와서 백조 보트를 타고, 구운 캐슈넛도 사먹고, 코플리에 있는 샹들리에 등을 구경했고, 그러다 작은 호수에서 딸의 흡입기를 잃어버렸다. 어쩌면 말을 쓰다듬어주는 바람에 천식이 재발했을지도 모른다고 이야기했다. 하지만 나는 몇 분 후에 경찰관이 조금 어색한 왼손잡이 글씨로 휘갈기듯 보고서를 작성하고 있다는 것을 알아차렸다. 그는 적는 것을 중단하고 긴장한 기색으로 내 이야기를 듣고 있었다. 그는 아이 엄마가 어디에 있는지 물었고,

나는 아이 엄마는 작은 애와 콘웨이로 돌아갔고 아이가 빨리 퇴원해서 그곳으로 돌아오기를 기다리고 있다고 대답했다. 그리고 우리 둘은 충격을 받았지만 매스 제너럴 병원이 무척 좋은 병원이라는 것을 알게 됐고, 앞으로 흡입기 없이는 어디에도 가지 않겠다고 덧붙였다. 마지막으로 경찰관은 내 이름을 물었다. 나는 손을 내밀면서 '존 토레인'이라고 말했고, 우리는 악수를 했다.

"딸 이름은 뭐죠?"

"제시, 제시예요. 제시카의 애칭이죠. 그런데 내 딸은 제시카라고 부르는 걸 싫어해요."

경찰관은 이제 됐다고 말하면서, 그러나 내가 최종적으로 병원 서류를 직접 작성해야 할 거라고 말했다. 나는 비록 보험은 없지만 잘 처리할 수 있다고 말했고, 그는 내가 그 문제를 충분히 해결할 수 있을 것이라고 말했다.

결국 그는 나를 보내주었다.

나는 마음에 동요를 품은 채 방으로 다시 돌아왔다. 그리고 잠시 걸음을 멈추었다. 메도가 깨어 있었다. 분홍색 유니폼의 간호사가 메도한테 몸을 기울여 안경을 코 위에 걸어주었다. 딸은 침대를 일으켜 똑바로 앉으며 회복된 모습으로 방긋 웃었다.

"아빠!"

딸이 속삭였다.

나는 침대로 다가가서 흰 시트에 비해 누르스름해 보이는 메도의 앙상한 팔을 덥석 잡았다. 나는 울고 싶었다. 나는 오랫동안 울고 싶었다.

"오, 세상에, 정말 반갑구나."

"나도 반가워요, 아빠."

나는 아이의 머리 밑에 깔린 베개를 부풀렸지만, 별 효과는 없었다. 나는 딸에게 이마를 갖다 댔다.

"됐어. 이제 됐어."

"네."

메도가 가라앉은 목소리로 말했다.

"됐어."

마침내 내가 웃음을 지었다.

"이건 기적이야."

간호사도 따라 웃었다.

"정말 놀라워요. 잘됐다는 말밖엔 할 말이 없어요."

그녀는 옆에 흩어져 있는 도구들을 정리했다.

"메도가 아빠는 어디에 갔냐고 자꾸 물었어요."

나는 간호사를 보며 뒷걸음질을 쳤다. 여전히 얼굴에는 미소가 걸려 있었다.

"아빠 여기 있잖아."

잠깐 시간이 지체된 뒤에 내가 말했다. 그러자 간호사가 덧붙였다.

"내가 말한 그대로지?"

"그래요. 말한 그대로예요."

메도는 중얼거리며 베개에 양 볼을 비볐다. 그때 내가 반쯤 목이 메어 말했다.

"다시는 너를 두고 어디 가지 않을게."

"알아요."

메도는 팔을 쳐들었다.

"아빠, 이것 봐요. 나 팔찌 있어요."

간호사가 내 앞을 지날 때 어깨를 잡는다는 게 생각보다 힘이 더 들어갔다. 간호사가 깜짝 놀라며 경계하는 눈으로 돌아보았다.

"미안해요."

나는 손을 내리며 말했다.

"정말 미안해요. 너무 세게 잡았네요."

나는 손목으로 이마의 땀을 쓸었다.

"지금 퇴원해도 괜찮은지 해서요."

그녀는 미소를 띠었다.

"지금 바로 가고 싶으세요?"

"가능할까요?"

"물어봐야 알겠는데요. 괜찮겠어요?"

"좋아요. 누구 말이에요?"

"의사 선생님과 이야기해봐야 돼요. 그러니 의사 선생님이 아이를 진찰할 수 있는지 알아볼게요. 됐어요?"

"네. 좋아요. 그럼 지금 의사 선생님에게 물어봐주세요."

그녀는 어깨 너머로 쳐다보면서 밖으로 나갔다.

"물론이죠."

내가 메도 쪽으로 몸을 돌렸을 때 딸은 손가락을 허공에 대고 무언가를 그리고 있었는데, 뺨은 마치 동화 속의 소녀처럼 홍조를 띠었다. 나는 문으로 가서 복도 양쪽을 살폈다. 서두르지 말자. 불안해하지도 말자. 복도에는 둥근 불빛 가까이 앉아 있는 간호사 한 사람만 서류를 뒤적이고 있었다. 동쪽 창으로 동이 트고 있지만 아직은 빛이 부족했다.

자, 아이를 업고 도망쳐. 아니면 혼자 떠나. 지금 바로. 저기 계단이 있고, 저기 엘리베이터가 있어. 메도가 자기 이름을 말했어. 자기 진짜 이름을.

나는 방으로 다시 돌아왔다. 메도는 구부러진 빨대로 사과 주스를 빨아 먹고 있었다. 그리고 정맥 주사를 맞느라 한쪽 팔이 매어져 있었다. 오, 하느님. 좋아. 한 10분이면 되겠지. 10분만 더 있다가 떠나는 거야. 나는 어린이 옷장 안의 흰 봉투 안에 담긴 메도의 옷을 찾았다.

"살짝 움직여 볼래?"

나는 침대 발치에서 시트를 당겼다. 내가 딸의 꽃무늬 잠옷 위에 자색 바지를 입혔을 때 메도는 별 관심이 없었다. 그 다음 나는 행동을 멈추었다. 창문 옆의 환풍기가 작동하면서 건조하고 더운 공기가 방 안으로 몰려 들어왔다. 나는 메도를 업지도 않았고 뛰지도 않았다. 혼자 도망치지도 않았다. 이기적인 생존자도, 완벽한 범인도 되지 않았다. 대신 그 자리에 앉아 있었다. 나이 든 무릎이 삐걱거렸고, 건너편 커튼 옆 소년이 잠결에 한숨을 쉬었다.

“메도, 손 좀 줘봐.”

딸이 손을 내밀었다. 그 손은 작고, 검고, 찼다. 나는 그 손을 내 뺨에 갖다 댔고, 메도는 이제 완전히 잠에서 깨어났다. 시간이 얼마나 흘렀는지 기억나는 게 없다. 15분? 아니면 15년?

누군가 문 앞에서 목을 가다듬었다. 돌아볼 필요도 없이 누구인지 알았다. 그는 가까이 다가오지 않았다. 싫은 내색을 비치지 않으려고 노력하며, 나는 그를 어깨 너머로 쳐다보았다.

“나는 당신이 의사이기를 바랐어요.”

경찰은 내 말에 아무런 말도 하지 않았다. 아무 대꾸도 없었다.

경찰은 한동안 어색한 표정으로 문 쪽에 서 있었고, 그 다음 내게 작성할 병원 서류가 있다고 말하면서 그 서류가 어디 있는지 가르쳐주겠다고 했다. 나는 여기에서 서류를 작성할 수 없는지 물었다. 내 딸이 방금 깨어나 혼자 두고 싶지 않다고 하면서.

“1분이면 충분합니다. 이쪽으로 오세요.”

나는 서서 메도를 물끄러미 내려다보았다.

“귀염둥이.”

메도가 눈을 깜박거렸다.

“내가 지금 1분만 어디 갔다 와야 돼. 괜찮지?”

메도는 고개를 끄덕였다.

“괜찮아요.”

“곧 돌아올게.”

“곧 돌아올 거죠?”

“그럼.”

메도는 내 손을 꽉 잡았다.

“약속해요?”

“약속해.”

그것이 내가 했던 말이다.

내가 방에서 나가자 간호사는 급히 시선을 돌렸다. 다른 사람은 아무도 없었다.

복도는 끝없이 길었다. 걸어가면서 우리 사이의 마음 속 감정이 점점 더 크게 벌어지는 듯했다. 경찰관은 내 옆에 바짝 붙어 걸었는데, 제복이 아닌 평상복 차림이었다. 그의 재킷이 내 팔에 스쳤고, 그의 허리께에서 거슬리게 쨍그랑거리는 소리가 났다. 코너를 돌자 그곳은 다른 복도였다. 긴장감에 배에서 경련이 일었다. 나는 하마터면 걸음을 멈춘 뒤 그의 팔을 붙들고 이렇게 소리 지를 뻔했다. ‘나한테 원하는 게 뭐야?’ 그런데 경찰이 갑자기 가던 길을 멈추고 내게 복도 끝에 있는 회전문 두 개 쪽으로 손가락을 가리켰다. 그는 내게 그쪽으로 들어가면 그 안에 등록 데스크가 있을 거라고 말했다. 나는 놀라는 기색을 숨기려고 애썼다. 저 사람이 나를 보내주는 것인가? 통과 게임에 패스한 것인가? 나는 그에게 고개를 끄덕인 뒤 돌아보지 않고 스무 발짝 정도 걸어갔다. 그러고는 회전문을 통과해 유리 천장의 일광욕실 안으로 걸어 들어가면서 때론 모두 잘 될 거라는 믿음을 가져야 한다고 생각했다.

아마도 나는 나를 기다리고 있던 경찰들을 깜짝 놀라게 한 듯했다. 내가 일광욕실로 터벅터벅 들어갔을 때 그들은 전혀 준비되어 있지 않았다. 두 사람 중 하나는 몸집이 큰 흑인 남자였고, 다른 하나는 어깨가 넓은 백인 여자였다. 두 사람은 편안한 자세로 조용히 얘기를 나누고 있었다. 그들이 의자 위로 뛰어오르는 것을 보고 나는 몸을 돌려 뛰었다. 그때 모든 것이 분명해졌다. 적대감이 분명히 보였다. 싸워야 했다. 나는 회전문을 통해 다시 돌아왔고, 그들이 요란한 소리를 내면서 추적해왔을 때 나는 상당한 거리를 두고 소아 병동 쪽으로 달렸다. 사람들이 쳐다보고 그 자리에 얼어붙었다. 그들은 나를 견제하려 하지도 않았고, 도망가는 길을 방해하지도 않았다. 홀 안에서 환자 수송 침대에 몸을 숙이고 있던 한 의사가 링거 주머니를 떨어뜨리지 않으려고 머리 위로 들어 올렸다. 우리 중 누가 공격자인지 모르는 듯 구경꾼들은 완전히 정신이 마비된 것 같았다. 보라. 나를 보라. 나를 상상해보라. 해변에서 입는 카키색 바지에 체크무늬 셔츠를 입은 마흔 살의 남자. 메도가 있는 입원실 복도로 미끄러져 들어갔을 때 그곳은 더 이상 갈 수 없는 막다른 곳이었고, 익숙한 얼굴의 경찰관이 양손을 벌리며 다가왔다.

"딸과 얘기하게 해주세요."

"손 들어!"

그가 한 손을 벌리며 소리쳤다.

"뒤돌아서 손 들어! 대체 어떻게 돌아왔지?"

다른 두 경찰이 도착해 내 어깨를 잡아당겼다. 그들 손이 내 어깨에 닿는 순간 용기가 사라지고, 희망도 사라졌다. 내 무릎 힘이 풀리자 경찰들이 허리 주위를 잡아 강제로 들어 올렸다. 마침내, 나의 내적 고통이 속삭였다. '모든 사랑 이야기는 포옹으로 마무리되지.'

"움직이지 마."

담당 경찰이 동료들에게 외쳤다.

"움직이지 마. 여기선 안 돼. 진정해."

나는 그에게 사정했다.

"제발, 1분만, 딸과 작별할 1분만 주세요."

"절대 안 돼. 당신은 가야 해. 여기서는 아무것도 안 돼."

나는 그에게 애걸하는 심정으로 몸을 앞으로 숙여 그의 어깨에 내 턱을 갖다 댔다. 그러고는 그의 몸에 착 기대면서 홀 저쪽을 바라보았다. 멀리서도 경호원이 메도의 방 앞에 서서 나를 지켜보고 있었다. 흰 가운을 입은 의사가 메도의 방문을 닫고 슬그머니 가버렸고, 일회용 컵이 담긴 쟁반을 들고 가장 가까운 방에서 나온 간호사는 나를 보자 급히 방 안으로 도로 들어가 문을 닫아버렸다. 복도 쪽 문이 모두 닫혔다.

"아빠가 자기를 떠났다고 생각할 거예요."

나는 경찰의 귀에 대고 울었다.

"딸은 내가 자신을 버렸다고 생각할 겁니다. 나는 곧 돌아온다고 약속했어요."

"이봐, 당신은 큰 죄를 저지른 사람이야. 그런 걸 걱정할 때가 아니라고."

"당신은 몰라요. 나는 다른 건 전혀 관심이 없어요. '다른 거'라는 건 아무것도 없어요."

"진정해. 당신이 얌전히 굴면 이곳에서 걸어 나갈 수 있어. 어린 소녀의 마음을 다치지 않게 하려고 입원실 밖에서 체포하는 거라구."

"하지만 아빠가 없어진 걸 알면 딸은 크게 실망할 거예요."

"당신은 상황을 전혀 이해 못하고 있어."

"제발."

"입 다물어."

"그럼 애 엄마한테 전화 걸어주세요."

"그녀는 지금 이곳으로 오는 중이야. 그녀는 전화기 옆에서 일주일동안 소식을 기다렸지."

"아이 엄마가 도착할 때까지만 이곳에 있게 해주세요. 자초지종을 직접 설명하고 싶어요."

"농담하는 거야? 당신이 모든 뉴스를 점령한 걸 모르나?"

"그럼 내 아버지한테 전화 좀 걸어주세요. 이곳 보스턴에서 살아요. 그도 가족이에요."

"안 돼. 절대 안 돼!"

나는 나를 붙들고 있는 손을 쳐다보며 고개를 끄덕였다. 그리고 소리 질렀다.

"메도 케네디! 아빠 여기 있어! 네 아빠는 바로 여기 있단다!"

즉시 나는 벽 쪽으로 밀쳐졌다.

나는 그 자리에 못 박여 울며 경찰관에게 이유를 설명하려고 애썼지만, 속삭임 외에 나오는 게 아무것도 없다는 것을 알았다. 어린 아이처럼 팔짱을 낀 채 끌고 가며 그들이 어떻게 나를 움직였는지 놀라울 따름이다. 내 발이 리놀륨 바닥에 미끄러졌다. 나는 몸을 가누려 했지만 갑자기 감정이 폭발하면서 신체 감각이 엉켜버렸다. 경찰들이 내 머리를 잡고 회전문을 열었다. 우리는 밝은 일광욕장으로 되돌아왔고, 어느덧 날이 밝아오기 시작했다.

"됐어요, 됐어. 봐요, 이제 진정됐어요. 괜찮으니까 내가 알아서 걸을게요."

그들은 잠시 나를 쳐다보고는 잡았던 손을 다소 늦추었다. 우리는 반원형 의자 앞에 서 있었고 십 여 명의 구경꾼들이 아침 신문을 읽고 있다가 어안이 벙벙해져서 쳐다보았다.

"이제 진정됐어요."

나는 말을 이었다.

"경찰차가 보이는군요. 나를 데려가려고 기다리는 거겠죠. 내 딸에게 내 말을 전해준다면 얌전히 걸어 나가겠어요. 간단한 메시지라도 전해준다면 정말 고맙게 생각하겠어요. 될까요?"

경찰관이 어깨를 으쓱했다.

"혹시 누구 독일어 아는 사람 없나요?"

세 사람 모두 혐오스러운 표정을 지었다.

"좋아요. 그럼 딸에게 이렇게 전해주세요."

그리고 나는 독일어로 말했다.

"'메도, 나는 너를 사랑하고, 언제나 너를 사랑할 거다.' 그리고 이 말도 해주세요. '고마워, 고마워. 이것이 내 인생 최고의 시간이었어.' 알겠어요? 이 말을 그 아이에게 전해주세요."

또다시 나는 울고 있었다.

"이런 빌어먹을."

"당신, 미쳤구만. 헛소리 그만해."

"딸에게 전해주세요. 그 애에게 하는 말이에요."

"하느님 맙소사."

"그럼 메모라도 적게 해주세요."

나는 울부짖었다.

"내 딸에게 그걸 전해주면 돼요. 딸은 이해할 겁니다."

"이봐."

좀 더 젊은 경찰 하나가 나를 회전문 밖으로 밀치며 냉정하게 말했다.

"나야말로 부탁 하나 하지. 제발 그 망할 입 좀 닥칠 수 없어?"

침묵의 이유

불행하게도, 인간의 개인적 이해가 관여된 연구의 경우 백이면 백 하나의 포인트가 찾아온다. 처음 계획했던 프로젝트의 자취를 중간에 잃어버리면 경우에 따라 절대로 되돌아오지 못하기도 한다는 점이다. 약 일 년 동안, 나는 '실험적 백과사전'을 확대시켜 유명한 침묵의 순간뿐만 아니라, 역시 유명한 침묵을 지킨 사람이나 그런 사람들의 단체를 포함시키면 어떨까 생각했다. 하지만 나는 몇 가지 사안에서 막혀버렸다. 가령 나는 굉장히 매력적이지만 결과적으로는 아무런 열매도 맺지 못한, 5세기 포티키의 주교 아바스 디아도코스에 대한 조사에 매달리기도 했다. 프로젝트를 진행하면서 알고 보니, 나는 연구의 범위와 완성도에 대한 관심보다는 한물간 서적과 쇠퇴한 과학을 뒤지면서 배우게 된 변두리 지식들에 더 흥미가 많은 부류의 사람이었다.

또 한편으로 연구자는 '구하는 사람'이다. 그는 자신이 무엇을 찾는지, 그리고 왜 찾는지 잘 알지 못한다. 내 연구에 반드시 필요한 예술적 취미를 알고 난 후에 나는 순수한 경이로움을 가지고 이 주제에 대해 지속적으로 깊이 생각했다. 처음에 나는 침묵을 일반적인 것으로 생각했지만, 곧 그 반대임을 알게 되었다. '소리'가 일반적인 것이고, 뻔한 것이었다. 침묵은 그렇지 않았다. 침묵은 너무나 다양한 형태로 존재한다. 원칙적인 침묵, 실용적인 침묵, 필수적인 침묵, 관습적인 침묵, 종교적인 침묵, 극복하기 힘든 슬픔에 의한 침묵.

이에 대해 좀 더 살펴보자.

원칙적인 침묵

고대 그리스의 피타고라스는 침묵형 인간은 아니었지만, 그는 수많은 젊은이들에게 침묵의 준엄함을 가르쳤다. 그는 자신의 제자들을 '경청자'라 불렀다. 학생들은 길게는 5년간 완벽한 침묵을 지키기도 했다. 피타고라스는 대답이 금지된 질문을 했고, 그 질문은 5년간 그들의 머릿속에서 맴돌았다. 그리고 마침내 침묵이 끝났을 때 그들이 내놓은 대답이 얼마나 깊고 위대한 것이었을지 상상할 수 있다. 물론 학생들은 졸업 후 자신이 이전에 알았던 사람들과의 소통이 완전히 단절되었다는 사실도 알게 되었다. 사람들은 경청자들이 5년 동안 지킨 침묵에서 얻은 바를 듣고 싶어 했다. 그러나 실제로 순수한 침묵을 설명할 수는 없었을 것이다. 그것은 마치 우편으로 빛의 소포 꾸러미를 보내려는 시도와 같다.

뿐만 아니라 굳이 지름길이 있어야 할 이유가 있을까? 우리가 그것을 이해하고 싶다면 직접 5년간 대화를 중단해보는 게 어떨까? 그러나 이는 일찍이 피타고라스의 제자들 사이에 정해진 계율일 뿐이지, 일반인이 그런 힘든 노력과 성실함을 필요로 하는 수련법을 지켜야 한다는 법은 없다.

나 역시 이 의견에 동의한다.

두려움의 침묵

유명한 발틱 예술학교 음악 선생이던 뛰어난 중년 여성은 공산당 위법 행위로 소련의 강제 노동 수용소인 굴라크에서 십 여 년간 복역했다. 그녀는 한 번도 공식적으로 죄목이 부과된 적이 없었지만, 여하튼 유죄인 것만은 확실했다. 일종의 사상 범죄나 분노 표출죄 같은 것이었다. 오랫동안 중간 크기의 돌을 이용해 큰 돌을 작은 돌로 만들면서 살았던 그녀는 자유 시간을 소중한 프로젝트에 할애했다. 바로 침묵 피아노였다. 이전 수감자의 나무 상자로 피아노 몸체를 만들고, 몇 개월에 걸쳐 얇은 나뭇조각과 의료용 설압자(舌押子)로 건반을 하나하나 만들었다. 피아노 몸체는 단단했고, 희고 검은 건반도 그러했다. 건반은 마치 진짜 피아노 건반처럼 반응했다. 단지 이것은 소리가 나지 않는 악기였다. 처음에는 그랬다. 그러던 어느 날 그녀는 헨델 변주곡 전체를 연주할 수 있었다. 그녀는 자신이 침묵의 음악을 만들어내는 재능을 개발했음을 깨달았다. 그 후 그녀는 다시 예전의 삶을 되돌아왔고, 자신에게 이 시간이 '행운'이었다고 말했는데 많은 사람들이 들으면 깜짝 놀랄 일이었다.

고독의 침묵

속세를 떠난 은둔자들이 이 부류에 속한다. 물론 그들의 침묵을 원칙적이고 실용적이고 관습적이라고 부를 수도 있을 것이다. 개인적인 예를 들자면, 내가 훔친 미니쿠퍼의 주인인 루던빌 출신의 친구는 오랫동안 우울증을 앓았는데, 몇 년 전 한동안 사막에 가서 살면 도움이 되는지 알아볼 결심을 했다. 최근에 그는 부모를 잃었고, 여자 친구도 떠났고, 불행한 시간뿐이었다. 게다가 그는 천성적으로 슬픈 사람이었다. 그래서 그는 사막으로 갔다. 그는 텐트와 많은 책, 충분한 물과 음식을 가져갔다. 낮에는 앉아서 침묵의 소리를 들었다. 그리고 사막에서 자신이 침묵할 것으로 기대했다. 그러나 침묵이 얼마나 빠르게 자신을 번민케 하는지 알고 깜짝 놀랐다. 그는 우주 질서의 엄청난 무관심 속에 놓여 있다는 사실을 깨달았다. 그래서 자신의 원통함을 위해 작은 노래를 만들기 시작했다. '당신은 나의 왕발가락을 사랑하지 않아' 또는 '어떤 사람이 나의 도구를 함부로 다룬다' 같은 것들이었다. 이러한 노래는 그를 부끄럽게 했다. 노래들이 지금까지 연구해온 침묵을 파괴했기 때문이 아니라 그 노래 자체가 너무 유치했기 때문이었다. 얼마 후에 친구는 짐을 싸서 집으로 향했다. 그는 무언가 중요한 것을 배웠다. 무엇을 배웠는지는 알 수 없었지만, 기분은 한결 좋아졌다.

나는 그가 늘 슬펐다는 것을 알게 된 것이라고 생각한다.

한 남자가 내가 앉아 있는 방으로 걸어 들어와서 말했다.

"당신 아버지는 돌아가셨어요."

"아버지가 돌아가셨다고요?"

"그는 3년 전에 돌아가셨어요. 이게 사망 증명서예요. 오토 슈로더 씨가 당신 아버지 아닌가요?"

내가 앉아 있는 방은 자연 광선이 들어오지 않아 어두침침했다. 몇 시간 전에 수갑이 풀렸다는 사실에도 불구하고 나는 그가 내미는 서류를 만지지 않고 그쪽으로 몸만 숙였다.

"아니에요."

"아니라고? 당신 아버지가 아니라는 말이에요?"

나는 서류를 자세히 들여다보았다.

"아니야."

나는 또다시 말했다.

그는 나를 마주 보고 앉아 있었다.

"당신, 뉴욕과 버몬트 그리고 뉴햄프셔, 세 주(州)에서 구속 영장이 발부되었다는 걸 알아요? 법령에 따라 당신은 2급 납치범으로 기소될 수 있어요. 최고 25년 형이지."

나는 아무 말도 하지 않았다. 머리가 빙빙 돌기 시작했다. 나는 내슈아 스트리트 감옥 지하 어딘가에서 꼼짝하지 않고 앉아 있었다. 거기는 불도, 음식도, 사람의 왕래도 없었다. 처음 이 건물에 도착했을 때, 나는 사람들이 북적이는, 마치 장례식장 같은 방으로 인도되었다. 지금 내 앞에 있는 머리가 희끗한 이 노인은 그중에 속해 있던 사람은 아니었다.

"그나저나 당신은 누구시죠?"

"부서장인 스타브로스요. '당신'은 누구요?"

"스타브로스는 어느 나라 이름이에요?"

"그리스인이오. 슈로더는 어느 나라 이름이오?"

"독일이에요. 나는 독일 사람이에요. 미국에 사는 외국인이죠. 이 마당에 내가 공식적으로 고백해야만 하나요? 내 말은, 당신들이 내 여권을 들고 있잖아요?"

"에릭 슈로더에 대한 이야기 좀 해봐요. 왜 당신은 그 이름을 버렸는지 말이에요."

"그러죠."

나는 어깨를 으쓱했다.

"전부 다 털어놓을게요."

"그래요?"

그는 의표를 찔린 것처럼 보였다.

"궁금한 게 뭐죠?"

"잠깐 기다려요. 한두 사람 더 데리고 와야 해요."

"좋아요. 데려오세요."

남자가 일어서며 말했다.

"아버지 일은 유감입니다. 목사님을 모셔올까요? 정말 좋은 목사님이 한 분 있어요."

"내게 왜 목사님이 필요하죠? 나는 멀쩡해요. 그리고 이 사망증명서가 진짜라고 믿지 않아요."

그 사람은 어처구니없어 하는 것 같았다.

"그래요?"

"네, 안 믿어요. 이건 어디까지나 음모예요. 나를 심리적으로 고문하려는 거죠. 내가 원하는 건 공증된 진본이에요."

나는 손가락을 세우며 말했다.

"나는 먼저 내 딸하고 얘기하고 싶어요."

그는 잠시 머뭇거렸다.

"진심이에요?"

"네, 진심이에요."

그는 나를 자세히 쳐다보았다.

"솔직하게 말해야겠군요. 당신이 딸을 다시 보려면 엄청나게 긴 시간이 필요할 거예요. 당신 딸은 당신이 저지른 범죄의 희생자예요."

"난 그렇게 생각하지 않아요."

"당신이 어떻게 생각하든 상관없어요."

"나는 내 딸의 아버지라고요."

"당신은 감옥에 있고, 수감자로서의 인권이 있긴 하지만, 구속되기 전과는 다르죠."

나는 최대한 몸을 꼿꼿이 세웠다.

"그렇다면 변호사와 이야기하고 싶어요. 뛰어난 사람으로요."

그는 한숨을 쉬며 문 쪽으로 향했다.

그는 떠났다.

그리고 한참 동안 돌아오지 않았다.

슬픔의 침묵

밥 코프먼에 대해 들어본 적이 있는가? 그는 어느 누구도 들어보지 못한 시인이었다. 그는 십 년간 지속된 침묵의 맹세를 지킨 전설적인 존재였다.

아프리카-미국계 가톨릭 신자인 어머니와 독일 원리주의 유대교 아버지 사이에서 태어난 밥 코프먼은 1950~1960년대 샌프란시스코에서 비트족으로 살았다. 그의 삶은 혁명적인, 그리고 약간의 약물이 첨가된 것이었다. 그의 일생에 대해서는 제대로 알려진 바가 적지만, 일부에서는 그를 〈외로움이 가득한 고독〉 혹은 〈엉터리 공산당 선언〉의 작가로 알고 있다. 그는 늘 시를 썼고, 자신의 시를 옥탑이나 길모퉁이 같은 생각지도 못한 장소에서 낭독했다. 케네디 대통령이 저격당했을 때 밥 코프먼은 침묵을 맹세했다. 십 년 동안 그는 한마디도 하지 않았다. 시도 암송하지 않았다. 아무도 그가 어디로 갔는지 몰랐다.

월남전이 끝나자 밥 코프먼은 어느 커피숍에 걸어 들어가 시를 암송하여 피곤에 지친 사람들에게 자신의 가장 빛나는 순간을 선사했다. 이후 그의 인생은 약물 중독과 가난, 그리고 창의적 영감으로 점철되었다. 마치 자기가 살아온 인생을 지워버리려는 시도 같았다. 그는 곧 쓰레기가 될 냅킨이나 신문지에 시를 쓰면서 말했다.

"나는 무명이 되고 싶다. 내가 바라는 것은 완전히 잊히는 것이다."

통한

“당신 아버지의 소식은 사실입니다. 3년 전에 돌아가셨는데, 제 추측에는 당신에게 전달할 주소도 없고, 살아 있는 친척도 전혀 없었던 것으로 압니다. 누구의 잘못도 아니지요. 흔히 일어나는 일이죠. 병원 기록을 보면 폐렴 합병증에 의한 자연사였어요. 72세였습니다.”

나의 국선 변호사가 말한다. 그리고 내가 아무 말이 없자 의자를 당겨 앉는다. 그는 믿기지 않을 정도로 젊다. 몸매는 날씬하고, 피부는 가무스름하다. 파키스탄 쪽이라고 생각한다. 로스쿨을 갓 졸업한 공익 변호사. 법원에서는 내 송환을 진행하기 위해 이 변호사를 불러들였다. 미국으로 돌아가면 새 변호사를 찾아야 한다. 변호사 트론 대신, 나처럼 복잡한 사람에게 어울리는 전문적인 경험을 갖춘, 능력 있는 사람이 필요하다. 나는 내 변호사의 티 하나 없는 손톱을, 실크 넥타이를, 마지막으로 그의 얼굴을 쳐다본다.

그는 안타깝다는 표정으로 나를 보고 있지만, 나는 편견 어린 시선으로 그를 바라본다. 세상에 이토록 젊고 예의바른 사람이 나에게 해줄 만한 건 없다.

"죄송하지만……."

마침내 변호사가 말한다.

"저희 법률사무소에서 당신 아버지가 남긴 소유물들을 찾고 있습니다. 유산이 있으면 모두 당신의 것입니다. 그것들을 보면 당신도 명확히 알 수 있지 않을까요?"

나는 말이 없다. 내 변호사는 마음이 불편해 보인다. 나는 그에게 미안한 마음이 든다. 그의 앳된 모습은 종종 그에게 불리하게 적용될 게 틀림없다.

"당신의 전 부인의 경우는……."

그가 말을 잇는다.

"그녀는 현재 혼란에 빠져 있어요. 그녀는 전적으로 올버니 카운티 검찰청에 협조하려고 합니다. 당신도 조만간 그곳으로 가게 될 겁니다."

그는 형사 사법 제도의 폭군인 법정 관리인이 제때 입장하지 않는다는 듯 자신의 어깨 너머를 힐끗거린다.

"이제 곧 당신은 송환되고, 예심도 있을 겁니다. 당신 부인도 거기서 증언하게 됩니다. 당신에게도 희망이 있습니다."

변호사는 잠시 말을 멈추고 긍정적인 면을 더듬는다.

"당신 부인이 진정하고 어느 정도 화가 가라앉으면 당신을 영원히 매장시키고 싶지는 않을 수도 있어요."

변호사는 남의 눈을 의식했는지 머쓱해하며 웃는다.

"제 말의 의미는, 무기징역까지는 안 갈 거라는 겁니다. E급 범죄의 형량은 최고 25년이에요. 물론 영원처럼 느껴질 만큼 길지요. 하지만 납치 대신 양육권 방해죄가 되면 최대 4년 형이에요. 한결 낫지요?"

나는 그를 다시 쳐다본다.

"사기죄가 성립될 가능성도 있습니다. 지금까지 가명으로 살아왔으니까요. 솔직히 말하면 법정에서 두 차례 자기변호 진술을 해야 될지도 모릅니다. 첫 번은 에릭 케네디로, 그리고……."

그는 자신의 서류를 확인한다.

"'슈로더'로요."

나는 목을 가다듬지만 대답하지 않는다.

"당신의 협조가 매우 중요합니다. 그래야 당신 변호사들이 당신을 변호하기 위해 최선의 노력을 다할 수 있습니다. 당신은 여기서 큰 그림을 그려야 합니다. 당신의 결혼과 가족, 특히 과거에 대한 것."

그는 잠시 멈추고, 나를 살피며 기다린다.

"당신 이야기가 설득력이 있으면 일 년 정도로 적게 받을 수도 있습니다. 어제 당신은 수사관들에게 모든 것을 진술하겠다고 말했는데, 오늘은 마음을 바꾼 것처럼 보입니다."

나는 젊은 변호사의 말에 아무 대답도 하지 않는다. 다만 속으로 설명할 말을 곰곰이 생각할 뿐이다.

'들어봐요. 당신에게 불만이 있는 건 아닙니다. 나는 그저 침묵의 맹세를 한 것뿐입니다. 딸이나 아내를 직접 만날 때까지 결코 한마디도 말하지 않을 겁니다. 내가 믿을 수 있는 사람, 내가 아는 사람은 그들뿐입니다.'

"부인의 현재 입장에 관해 생각해보세요."

변호사가 다시 말을 잇는다.

"부인께서 당신이 스스로 말했던 사람이 아니라는 사실을 막 알게 되었어요. 당신의 과거와 모든 것을 포함한 당신의 정체성이 당신이 말했던 것과 달라요. 심지어 그녀의 성, 그러니까 당신과 결혼하면서 바뀐 그녀의 이름도 가명이잖아요."

이미 나 스스로에게 온갖 책망과 비난을 던졌음을 변호사에게 말해주고 싶다.

'사기꾼! 허풍쟁이! 거짓말쟁이! 협잡꾼!'

"나는 애들이 없어요, 케네디 씨. 그래서 이 사건에 대한 관점을 제대로 맞출 수가 없지만, 부인은 당신이 딸을 대단히 위험한 상황에 몰아넣었다고 주장할 수도 있습니다. 그러면 형기가 상당히 올라갈 겁니다. 병원 응급실에서 체포되었고, 당신 딸의 목숨도 위험했어요. 재판에서 이 부분은 여러 가지 방향에서 생각될 수 있습니다. 그들은 병원 전문가를 이용할 수도 있어요."

젊은이의 눈에 한 줄기 분노의 빛이 스친다.

"슈로더 씨, 내 말을 이해한다면 고개라도 끄덕여 봐요."

나는 아무 말도 하지 않는다. 고개도 움직이지 않는다.

"말하고 싶지 않은 것 같군요. 좋아요."

그가 노란 진술 용지와 펜을 꺼내 테이블 건너편에 있는 내게 내민다.

"그러면 적으세요. 모든 것을 다."

나는 그를 쳐다본다.

"나는 어젯밤에도 이 사건을 생각해보았어요. 솔직히 이건 내가 첫 번째 맡은 사건입니다. 그저 당신의 범죄인 인도 문제에 대해 법적 충고를 해주려고 왔을 뿐인데, 사건 내용이 굉장히 흥미롭네요. 나는 계속 생각했어요. 내가 부인의 입장이고, 한때 남편을 사랑했다면, 지금 와서 이 남자가 이전의 그 남자가 아니라고 의심하지는 못했을 겁니다. 그렇다면 이런 상황에서 나는 전 남편이 내게 지금 무슨 이야기를 해주기를 원할까?"

내 변호사는 내가 입을 열도록 설득하지 못할 게 분명해지자 이제는 의자에 등을 기대고 다리를 꼰 채 편안한 모습이다. 그리고 이상하다는 듯, 모든 것을 포기해버렸다는 듯 자신의 양손을 벌린다. 어쩌면 내가 침묵하기 때문에 내 앞에서 자기 혼자 말하고 있다고 생각하는지도 모른다.

"나는 이 사람이 내게 용서를 구하기를 원하는가? 그렇다. 나는 이 사람이 내게 자신이 누구이며 왜 거짓말을 했는지 말해주기를 원하고 있는가? 그렇다. 그러나 무엇보다도 나는 딸과 떨어져 있던 그날들에 관해서 모든 것을 알고 싶다. 모든 것을. 딸이 어느 경로로 이동했는지, 날씨는 어땠는지, 무엇을 먹었는지, 누구와 이야기했는지, 재미있어 했는지, 이 모든 것을 말이다. 또 이는 닦았는지, 혹시 다쳤는지, 아니면 울었는지."

창문이 없기 때문에 나의 변호사는 대신 천장 환기구 쪽을 응시한다.

"아는 게 아무것도 없다는 게 가장 끔찍하지 않을까요? 무지가 우리를 삼키는 법이죠."

한동안 우리 둘 다 말이 없다. 변호사는 나를 개의치 않는 듯 보이고 마치 소년처럼 자기가 앉은 의자 뒷다리에 발가락을 얹고 의자에 기울인다.

"그 후에야……."

그가 다시 말한다.

"내가 모든 것을 다 안 후에야, '당신'에 대해 다시 생각해볼 수 있을 것 같습니다. 내가 알았던 한 사람으로서요. 당신에게 어느 정도 동정심을 느낄지도 모르죠. 당신의 사과를 받아들이기 위해서는, 가령……."

젊은 남자는 말을 중간에서 멈춘다. 그러더니 미소를 짓는다. 나는 그가 밀어준 종이를 내 쪽으로 끌고 와서 펜을 잡는다.

그리고 쓰기 시작한다.

'이 글은 우리가 사라진 후 메도와 내가 어디에 있었는지를 기록한 것이다.'

쓰다 보니 무척 긴 이야기가 되었다.

그리고 이야기의 결말이 어떻게 끝날지 아직 모른다. 하지만 이 이야기는 사랑으로 시작한다.

겨울 아침 당신과 나

당신이 임신 초기에 제일 먼저 하고 싶어 했던 일은 언제나 복숭아, 복숭아, 복숭아를 먹는 거였다. 그리고 커트 러셀 같은 배우가 출연하는 1980년대 B급 영화에 맛을 들였다. 임신을 하자 당신은 전반적으로 성격이 달라졌다. 눈에서 저항감이 사라지고, 목소리가 사근사근해졌다. 나는 임신한 당신을 사랑했다. 몸놀림이 더 둔해지고 입맛은 좀 이상해졌지만 더 사랑스러워졌다. 당신의 피곤은 더욱더 당신을 껴안아주게 만들었고, 당신의 불어 오른 몸집은 옆에서 도와주고 싶게 했다. 스스로의 '뇌적' 자기반성의 영향으로, 당신은 터무니없이 친절해졌다. 덕분에 이제 '내'가 '당신'을 기다리는 일이 종종 발생했다. 당신은 투명한 플라스틱 컵에 슬러시를 담으며 직원과 이야기를 나누거나 주유소 종업원들과 수다를 떨곤 했다. 임신 초기에 당신에게 일어나는 '중화적' 효과를 나는 이해했다. 당신은 부모가 된다는 생각에 사로잡혀 있었다.

우리 모두는 다 육체적인 존재이고, 우리 중 어느 누구도 육신이 없는 사람은 없다. 우리는 같은 방법으로 삶을 시작하고 죽음으로 마무리한다. 임신한 몸 때문에 당신 자신이 다른 사람들과 똑같다는 사실을 알게 되었는지 모른다. 당신은 항상 어딘가에 소속되고 싶어 했는데, 어쩌면 이런 욕구가 지역의 작은 야구장 외야석에서 마이너리그 야구 경기를 구경하면서 임신 말기를 다 보내버린 한 가지 이유가 되었는지도 모른다. 부동산 중개인으로 일한 덕분에 우리는 오후 시간을 그렇게 야구장에서 보낼 수 있었다. 한동안 나는 당신의 팔을 잡아주고, 농담을 던지고, 감자튀김을 사오는 역할을 좋아했다. 그러나 여름으로 접어들면서 당신이 그 게임에서 다른 곳으로 눈을 돌리지 않았을 때 난처함을 느꼈음을 시인한다. 당신이 알다시피 나는 야구를 좋아하지 않았다. (스포츠를 관람할 때면 우리를 둘러싼 팽팽한 침묵과 그로 인한 정지 동작들 때문에 나는 불안을 느꼈다. 가끔씩 관중석으로 날아오던 파울볼도 한몫했다.) 하지만 당신은 그렇지 않았다. 선수들의 이름을 부르면서 환호하던 내 옆에 있던 사람이 진짜 당신이 맞는가?

하지만 내가 그곳에 가지 않으려 할 때마다 당신은 함께 가자고 주장했다. 자신이 홑몸이 아니고 혼자 있으면 힘들다는 이유였다. 게다가 당신은 내가 가서 얻는 부수적인 요소들도 좋아했다. 나의 허풍, 농담, 꾸며낸 이야기, 우스운 억양을 흉내 내는 장기. 결국 나는 계속 당신과 함께 그곳을 찾았다. 하지만 한편으로 의심도 든다. 당신이 내 안에서 무언가를 감지했던 것이 내 안에 흐르는 외국인의 혈통이었을까? 나는 발음을 주의했고, 나의 독일인 스러움을 조심했다. 30년간 연습을 해왔다. 하지만 나는 다소 뻔한 것을 놓쳤을지도 모르겠다. 평범한 풍광 속에 숨어 있는 것들을. 나는 간간히 뜨거운 알루미늄으로 된 관중석 곳곳에 자리한 짧고 빳빳한 헤어스타일을 한 미국인들을 둘러보았다. 그리고 당신이 진실로 원하는 게 저런 것인지, 나도 저런 부류가 되어야 하는 건지, 그리고 내가 그렇게 할 수 있긴 한지 우려 섞인 생각을 하곤 했다.

나의 방식에서 무엇이 그렇게 받아들일 수 없었던 것일까? 나는 내가 꽤 잘하는 것으로 생각했다. 사업도 잘했다. 불경기였음에도 성적이 그리 나쁘지 않았다. 작은 농장들과 방갈로 몇 개를 중개한 정도였지만, 그것이 우리에게 도움이 되었다. 사람들은 나를 좋아하는 것처럼 보였다. 에너지 절약이 사회적 관심사가 되기 훨씬 전부터 고객들에게 지하수로 정원에 물을 주는 방법 같은 비용 절감을 위한 효율적인 팁을 가르쳐 주기도 했다. 동시에 고객의 내면에 있는 수집가 기질을 자극했다. '여기 납틀창문 좀 보세요. 여기는 건초다락이에요. 이건 내가 다락방에서 찾은 죽은 여인의 석판화예요.' 게다가 나는 젊고 매력적인 남자였다. 예의바르게 깨끗한 셔츠를 입었고, 나이가 들면서 색이 좀 진해지긴 했지만 여전히 뿌리까지 진한 금발이었다. 하늘색 샤모아 셔츠와 웰링턴 부츠 차림으로, 평판이 좋은 클레버스 앤드 컴퍼니 사명 위에 내 이름이 새겨진 새턴 자동차를 몰았다. 나는 지역사회의 일원이었다.

그러나 때때로 감자튀김 봉지를 들고 앉아 잠재적 고객이 될 수 있는 사람들에게 미소를 지으면서도 내심 두려움을 느꼈다. 도대체 우리가 한 일이 무엇인가? 당신과 나는 왜 시작하지 못하는가? 당신과 나, 그리고 겨울날의 아침들, 배달된 신문, 대화와 고요, 시, 멍하게 너무 많이 물을 줘버린 화초들……. 어째서 우리는 그런 식으로 나이 들어갈 용기가 없었을까? '아이'는 왜 가졌는가? 어째서 우리는 정상에 오르려고 노력하는가?

그러나 우리는 이미 너무 멀리 와버렸다. 아니, 당신이 지나칠 정도로 멀리 와버렸다. 임신 8개월 때 당신은 달콤함을 안에 숨긴 아름다운 배불뚝이였다. 자신이 삼켜버린 먹이를 지독히 사랑하는 뱀이었다. 관중석 의자에 기대어 팔짱을 낀 채 당신 스스로의 지평선 너머를 응시했다. 제역할을 다하지 못하는 당신의 티셔츠가 반바지 단 위로 올라가 뱃살이 살짝 드러났다. 경기 중 몇 차례의 중요한 순간에 당신은 응원의 소리를 질렀다. '뛰어, 뛰어, 뛰어, 뛰어!' 당신이 열광하는 소리에 내 기분도 좋아졌다. 당신의 함성을 듣지도 못하는 사람들을 향해 소리를 지르고 있는 당신의 모습. 이 얼마나 멋진 광경인가. 나는 긴장을 풀고 임신의 결과를 즐기려고 노력했다. 하지만 결국 아버지가 된다는 나의 두려움은 다른 모든 남자들이 겪는 긴장감의 심화 버전일 뿐이었다. 대체로 불길한 예감은 틀리는 법이 없다. 나는 당신이 이제 곧 다가올 존재와 이내 사랑에 빠질 거라고 예상했다.

'뛰어, 뛰어, 뛰어, 뛰어!'

거기, 당신. 여기서 말하는 당신이 누군지 알 것이다. 어느 순결한 밤, 느닷없이 그 젊은 남자는 미지의 세계에 내던져졌다. 때가 온 것이다. 우리에게 손님이 찾아왔다.

병원으로 가야 해! 빨리 짐 챙겨! 작은 여행가방! 불 꺼야지! 꾸물대지 말고! 당신은 문으로 황급히 뛰어갔지만 아내를 까먹었다는 걸 깨닫는다. 신비스러운 배를 구부린 채 부엌에서 신음 소리를 내고 있는 여인 말이다. 그녀는 못 움직이겠다고 하지만, 움직여야 한다! 그녀에게 잠깐 시간을 줘! 그녀의 몸이 떨리고 있다. 정상일까? 아니다! 전혀 괜찮지 않아! 어쩐 일인지 전화기는 손에서 자꾸 미끄러진다. 버터라도 발랐나? 이래서야 병원에 전화를 걸 수도 없고 구급차를 부를 수도 없다. 그녀를 일으켜서 차에 태워야 해! 구급차를 기다리는 것보다 훨씬 빠르겠지! 그런데 만약 중풍에 걸린 사람마냥 그녀가 몸에 마비가 와서 움직이지 못하는 거면 어떡하지? 그녀가 일어나다가 아기가 다치면 어쩌나? 산모가 바닥을 응시하는 사이 당혹스러운 순간이 지나간다. 그녀는 마치 뿔에 받친 투우사 표정이다. 그녀는 말할 수 있을까? 아닐 거야! 이것이 정상일까? 타이어에서 바람이 빠지듯 지식과 정보가 한숨처럼 머릿속에서 공중으로 빠져나가버린다. 당신이 유일하게 생각할 수 있는 건 '사랑했다'고 말하는 것뿐이다. 이 말의 뜻은, '나로서는 할 수 있는 최선의 노력을 다했지만, 지금 당신은 죽어가고 있고, 그것은 전적으로 내 잘못'이라는 것이다. 그리고 '분명하게 말하건대, 나는 정말 진심으로 당신을 사랑했다. 나는 당신을 죽이려 한 게 아니었다'는 뜻이다. 마침내 이 문장들이 출산을 앞둔 산모의 눈에 들어온다.

'당신 뭐라 그랬어요?'

'당신을 사랑해!'

당신은 울면서 그녀의 팔을 어깨에 걸치고 문밖으로 끌어냈다.

'사랑해! 당신한테 이런 일을 겪게 해서 미안해!'

'당신이 나한테 이렇게 한 게 아니에요, 바보 같은 사람.'

아내가 웃는다.

그녀의 진통이 지나간 것이 틀림없다. 그녀는 지금 관능적으로 당신에게 몸을 기대고 있다. 마치 이 세상에서 언제나 그랬던 것처럼. 출산은 그녀를 바보 같이 만든다. 그녀의 이마가 가로등 불빛에 땀으로 반짝인다. 당신은 차키와 씨름한다.

'우리가 우리에게 이렇게 한 거예요.'

그녀가 분명하게 이야기한다.

'그리고 나도 당신을 사랑해요. 내 인생에 당신이 나타나서 정말 기뻐요. 알고 있어요?'

'가끔, 그렇게 생각해.'

당신이 대답한다. 그러자 그녀가 다시 말한다.

'정말이에요. 진짜로 기뻐요. 나는 언제나 평온하게 당신을 사랑해요. 늘 그래왔어요.'

그녀는 자기가 하고 싶은 말에 딱 맞는 적절한 단어를 언제나 찾아낸다. 마음속 깊은 곳에서부터 채워지는 단어를.

'내가 찬물을 끼얹는 타입이란 건 나도 알아요. 하지만 당신 곁에 있으면 왠지 느긋해져요. 인생은 기분 좋고 밝고 활력적인 것이 되죠. 나는 영감을 얻어요. 당신과 함께 있을 때면, 나는 그런 걸 느껴요.'

당신은 그녀를 쳐다본다. 가슴에서 천둥이 친다. 당신은 그녀를 믿는다. 순간적으로 당신은 이 순간을 멈추고, 그녀가 방금 한 말을 녹음기에 대고 다시 한 번 들려줬으면 하는 바람이 든다. 하지만 한편으로 그녀가 다시 진통을 시작하기까지 찰나의 시간 밖에 없다는 것을 알고 있다. 당신은 그녀를 계속 '움직이게' 해야 하고, 계속 '집중하게' 해야 한다. 문화센터 출산 교실에서 도움이 되는 운동을 배우긴 했지만, '오직 병따개와 손전등, 그리고 올버니 지역 지도만 가지고 당신의 차 뒷좌석에서 아이를 출산하는 법' 같은 것은 아무도 가르쳐주지 않았기 때문이다.

'여보.'

당신이 뒷문을 열면서 말한다

그녀는 병원에 도착한 뒤 몸을 씻고 직립자세로 몇 시간째 기다림과 싸우고 있다. 그리고 간간히 이야기한다.

'음, 응급실에서 몇 시간씩 기다리지 않은 건 이번이 처음이네.'

그날 밤 그녀의 괴로운 고함 소리가 불빛 옆에서 계속 이어졌고, 가끔가다 말소리도 섞여서 들렸다. 그러는 사이 당신은 얼음 조각을 함께 씹는다. 간호사는 들어왔다 나갔다 반복하고, 지각

변동이 일어나고, 별들이 서서히 사라진다. 마침내 산부인과 의사가 들어와 말한다.

'자, 유도해봅시다.'

그래서 유도가 시작되고 진통 간격이 더 빨라지지만, 유감스럽게도 자궁 지름에는 아무 변화가 없다. 이것은 마치 차단벽을 넓히려는 시도와 흡사하다. 하지만 데드라인이 설정되었고, 모든 종류의 의학적 세부 항목이 프린트되고, 돌연 두 사람은 병원 응급실의 귀빈이 된다. 아빠인 당신은 푸른 수술복 한 벌을 든 채 청소 도구함처럼 보이는 탈의실로 던져지고, 아내는 수술실로 실려간다. 뒤이어 키 큰 마취 전문의가 나타나는데 운명의 장난인지 독일인이다.

하지만 당신이 직접 수술을 집도하지 않는다는 사실만으로도 안도감을 느낀다. (관계자들이 당신에게 비누를 건넸을 때 무척 의아했기 때문이다.) 당신은 서둘러 옷을 갈아입고 수술실로 달려가야 한다. 그리고 그녀와 떨어져 있는 이 긴박한 변화의 순간에 이 여인을 결코, 절대로 잃고 싶지 않다고 생각한다. 더불어 어떤 끈보다, 어떤 전선보다, 어떤 닻줄보다 더 강한 경험적 원천으로 두 사람이 연결되어 있다는 사실을 깨닫는다. 이것은 인간의 손으로 만들 수 있는 그 어떤 것보다 강력한 유대감이다.

간신히 도착해서 그녀 머리 쪽에 놓아둔 의자를 찾아 앉는다. 아내는 말 그대로 십자가에 달린 듯 T자 형 수술대 위에 손목이 묶인 채 불빛 아래 누워 있다. 그녀는 눈물을 흘리고 있다. 당신은 그녀의 뺨을 닦아주고, '괜찮아, 애기야, 나 여기 있어'라며 안심시킨다. 의료진이 그녀의 배를 절개했을 때는 도저히 그쪽으로 눈길도 주지 않는다. 당신은 더 이상 그녀의 '몸'에 대고 이야기하지 않기 때문이다. 그녀의 육체에 말을 하는 게 아니다. 그렇고말고. 왜냐하면 모든 사랑이 정점에 이르는 순간 새로운 방이 창조되기 때문이다. 그리고 당신은 동떨어진 공간에서 그녀의 영혼에게 말한다. 그곳은 전에 한 번도 가보지 못했고, 다시는 가볼 수도 없는 공간이다. 심지어 이런 곳이 있었는지 존재조차 전혀 몰랐다.

결론적으로 당신은 태어난 이래, 인생을 통틀어서 누군가를 이렇게 가까이 느껴본 적이 없다.

이 순간을 절대 잊지 않겠다고, 절대 배반하지 않겠다고 다짐한다. 이것을 본보기로 내 인생을 살아가겠다고 스스로에게 말한다. 비록 내가 부족하더라도 이를 믿고 약속을 버리지 않으며, 이 마음을 바탕으로 살아갈 것이다.

그러나 그렇지 못했다.

당신은 이 모든 것을 잊었다. 당신은 안일주의자가 되었다. 그리고 몇 년 후 어느 여름저녁, 축구 경기 도중 세인트로즈 대학 뒤편 언덕에 서서 푸른 허드슨 강 계곡을 굽어보며 경탄한다. 하지만 그 외에 다른 부분은 어찌되었는가? 기억해야 할 꿈이 무엇이었더라? 귀가 시간이 넘어가고 있다. 하지만 만약 당신이 후반전까지 뛴다고 해서 언짢아 할 사람이 없다는 걸 알고 있다. 다시 필드로 뛰어 나가기 전, 당신은 자신이 정확히 무엇을 잊었는지 정확히 알 수도 없다는 사실을 냉정하게 확인한다. 바로 그렇게 하면서 모든 것을 흐르는 대로 맡겨왔다. 사랑의 감정은 좋아했지만, 사랑의 방식에는 관심 없이 지내왔다. 사랑은 어려운 일이어서 일찌감치 포기하고, 호의적일 때나 당신 자신을 멋있게 만들 때만 좋아했다. 사랑이 당신의 더 많은 부분을 요구하면 이의를 제기했다. 정확히 말하자면, 아무런 요구사항도 듣지 못한 척했다. 사랑에 신세를 지고 있다는 것도, 사랑의 노력도 빚지고 있다는 사실도 잊었다. 그리고 그들 역시 다 결국에는 다 잊어버릴 거라고 기대했다. 그들이 당신을 잊고, 그들 자신도 잊고, 당신의 분신에게만 집중하기를 바랐다.

그녀가 이런 것들을 알기까지는 몇 년이 걸렸다. 그리고 그녀는 자신의 방식으로 그렇게 했다. 문제는 당신이다. 당신의 이해는 뒤처져서 더디게 뒤따랐다. 극복할 방법도 전혀 떠오르지 않았다. 이제 이런 것들이 현재, 당신이 책임져야 하는 이 시간 내내 당신을 괴롭히는 후회이다.

너무나, 오랜, 시간,

나는 당신을 실망시켰다.

실망시켰다.

실망시켰다.

실망시켰다.

실망시켰다.

실망시켰다.

실망시켰다.

실망시켰다.

실망시켰다.

실망시켰다.

실망시켰다.

실망시켰다.

실망시켰다.

실망시켰다.

실망시켰다.

실망시켰다.

실망시켰다.

실망시켰다.

실망시켰다.

실망시켰다.

실망시켰다.

실망시켰다.

실망시켰다. 실망시켰다.

실망시켰다. 실망

시켰다. 실망시켰다.

실망시켰다. 실

망시켰다. 실망시켰다. 실망시켰다. 실망시켰다. 실망시켰다. 실망시켰다. 실망시켰다. 실망시켰다. 실망시켰다. 실망시켰다. 실망시켰다. 실망시켰다. 실망시켰다. 실망시켰다. 실망시켰다. 실망시켰다. 실망시켰다. 실망시켰다.

결론

나는 아주 오랫동안 침묵했다. 내 계산으로는 21일이다. 잠결에 들었을 때 내 목소리는 오래 사용하지 않은 탓에 이상한 구덩이에서 나오는, 태초의 쉰 소리 같았다. 나의 침묵 시위는 흥미 있는 실험이었을 뿐, 기대했던 효과는 없었다. 전략적 방법으로서 이것은 실패가 명백했다. 그 의미를 노트에 상세히 적었는데도 나의 침묵은 비협조로 간주되었고, 나는 보호 감호에 처해져 체육관에 혼자 격리되어 배회하는 한 시간을 제외하고 쭉 독방에 있었다. 딸도 보지 못했다. 아무런 소식도 듣지 못했다. 변호사의 충고를 따르지 않고 예전의 파인 힐 아파트로 보냈던 편지가 개봉되지 않은 채, 전달 주소도 없이 반송된 것이 내가 아는 전부였다. 결국 이 글만이 내가 침묵을 통해 얻은 유일한 것이었다. 만약 내가 말을 했더라면 전혀 쓸 필요도 없었던 이 서류가 전부이다. 내가 말을 했더라면 오락실에서 다른 사람들과 하루 종일 수다를 떨었을 것이다. 밤에는 속삭이며 노래를 불렀을 것이다. 교도관들과 친구가 되고, 양호실을 찾아갔을 것이다. 혹은 자신이 어쩌다 이곳에 들어오게 되었는지 학문적 흥미를 갖고 있는 수감자들을 위해 제공되는 아동 발달 토론회에 참가했을 것이다. 그 대신 나는 글을 썼다.

로라 당신에게 썼다. 당신을 위해 썼고, 당신 때문에 썼고, 내 맘 속에 있는 당신과 함께 썼다. 내 마음 속 당신은 회색 카디건을 입고 부엌 테이블 건너편에 앉아 있다. 당신을 위한 것이 아니었다면 이 글은 쓰지 않았을 것이다. 당신이 듣지 않는다고 생각했다면 쓰지 않았을 것이다. 하지만 이 순간 이야기의 마무리 단계에서 생각해볼 때, 당신에게 이 글을 읽도록 요구할 수 없다는 생각이 퍼뜩 들었다. 혹은 당신이 읽지 않을 것이라는 생각도 든다. 절대 읽지 않을 것이다. 비록 이 글이 변호사의 세밀한 검토를 거쳐 내 죄를 경감시켜준다 하더라도 이 원고는 고스란히 끈으로 묶어 당신에게 배달될 것이다. (물론 당신의 현주소로 보내야겠지.) 어느 날 집에 돌아왔을 때 이 종이 묶음을 본다면 당신은 잠시 멈출 것이다. 손으로 들어 무게를 가늠해 보고, 테이블 위에 올려놓을 것이다. 메도가 무엇이냐고 물으면 당신은 별 거 아니라고 대답할 것이다. 메도는 교복을 갈아입으러 뛰어가고 당신은 창밖을 내다보며 한숨지을 것이다. 그날 저녁, 침대에 누운 메도의 머리카락이 목욕으로 젖어 있고, 안경이 신발 속에 놓여 있고, 아이의 얼굴에 50번 정도 키스를 한 뒤에, 당신은 다리를 끌어올린 채 읽어보려 할 것이다.

하지만 그저 이 정도일 것이다. 한두 페이지 정도. '너무 길어.' 당신은 두었다가 나중에 읽으려 할 것이다. 될 수 있는 대로 절차를 줄이고 싶어서 법정 사건 심사 때 당신은 증언을 매우 짧게 하거나, 어쩌면 아예 생략하려고 할지도 모른다. 당신은 새로 시작하기를 원한다. 내가 불운에 처하는 것을 원치도 않지만, 내게 일어나는 일에 대해 신경 쓰고 싶지도 않다. 당신의 영혼 속 어딘가에서 당신은 관심을 끊어버렸고, 관계를 정리해버렸고, 모든 것을 놓아버렸다. 당신은 딸에게 관심을 기울이고, 딸의 행복을 바라고, 딸의 질문에 대비한다. 지금 내 머릿속에 떠오르는 생각으로는, 당신이 이 글을 읽게 된다면 그때는 당신이 나의 선처를 호소하고 싶어질 때뿐일 것이다. 만약 나를 구하고 싶어진다면 바로 그때.

이곳에서 조용히 지내는 것은 참으로 이상한 일이다. 나는 가끔 이것저것 주절거리면서 이곳의 소음에 동조하고 싶은 생각이 든다. 소음이 계속되고, 불빛은 꺼지지 않는다. 그리고 나는 그 중간에 마치 시인처럼 앉아 있다. 대답을 할 수 없을 때 가만히 사람들이 이야기하는 것을 듣고 있노라면 무척 재미있다. 사람들은 '많은' 이야기를 한다. 사소한 개인 취향에 대해 혼자서 오랫동안 중얼거린다. 아무 의미 없는 대화를 말 그대로 열거한다. 해석하지 않은 기억의 조각들이 떠다닌다. 옆방에 있는 사람의 경우, 그는 상습범으로 감옥의 대부라고 하겠다. 그는 원하는 만큼 말할 수 있는 감옥으로 돌아온 것에 안도하는 듯 보인다. 그래서 자신의 모든 것을 말한다. 그는 눈 하나 깜박하지 않고 하루 종일 이야기한다. 내가 이곳 CCI 올버니로 이송된 후 일주일 뒤에 그가 도착했다. 나에 관한 뉴스를 접했었기 때문에 내 사건의 팬이 되었다. 그는 환기구에 대고 끝없이 말한다. 내 사건의 검찰관을 잘 안다고 떠들어대고, 오랜 시간 동안 냉철한 감탄으로 '이 여성'의 재판 기록을 분석하고 해설한다.

"케네디, 걱정하지 말아요."

그는 말한다.

"당신이 악한이 아니라는 걸 그들이 알면 당신은 괜찮을 거예요. 당신은 죄인이 아니에요. 그 유명한 이름만 아니었으면 이곳에 오지도 않았을 거예요. 그렇지 않아요? 당신이 케네디만 아니었다면 아무도 당신을 괴롭히지 않았을 거예요."

나는 벽에 머리를 기대고 거친 두피를 마사지한다. 철제 책상 앞에 앉아 있다. 의자는 작은 아동용 스툴로 가운데가 움푹 패었다. 나는 노란 진술 용지와 뭉툭한 연필을 가지고 있다. 말없이 예리하게 5분이 흘러간다. 눈을 감고 회상하며 마음을 가볍게 춤추게 한다. 잠시 후 친숙한 그림자가 다가오는 것을 느낀다. 그 그림자는 부엌 벽판 쪽을 왔다 갔다 한다. 한 남자가 부엌으로 오는데 얼굴은 붕대로 싸여 있다. 나는 눈을 뜨고 즐거웠던 추억이 떠오르기를 기다린다. 그러나 기억나지 않는다.

"암, 그렇지, 케네디. 괜찮을 거야."

나의 친구가 감옥 문에 기대는 소리가 들린다. 그가 하루 종일 서 있을 수 있는 능력이 놀랍다.

"하지만 괜찮은 게 뭔지 알아? 당신은 아이에게 접근하는 게 허용되지 않을 거고, 바이에른인지 뭔지 거지같은 네놈 나라로 송환될 거야."

나는 한숨을 쉬며 일어난다. 매트리스 위에 누워 팔로 눈을 가린다. 내 다리와 매트리스, 그리고 이곳의 모든 것이 똑같이, 일회용 체크무늬 커버로 싸여 있다. 시트는 진짜고, 그런대로 부드럽다고 말할 수 있다.

친구의 목소리가 환기구를 통해 다시 흘러들어온다.

"내가 궁금한 건, 케네디 당신이 그리워하는지, 내 말은 당신이 지어낸 인생 말이에요. 그리워요?"

나는 웃을 뻔했다. 그런가? 트웰브 힐이 그리운가? 지어낸 엄마, 지어낸 아버지가 그리운가? 유명한 케네디 집안과의 근거 없는 관련을 그리워하고 있는가?

나는 이것을 너무 잘 상상했다. 핵심은 내가 아이일 때의 나의 모습을 '볼 수 있다'는 데 있었다. 해안가에서 설탕 같은 연한 모래를 파내고, 좋아하는 선생님이 책 읽어주는 소리를 듣고, 유모의 넓은 엉덩이 옆을 걸어가던 어린아이였던 나를 떠올릴 수 있었다.

이 같은 환상은 너무나 생생해서 내가 마음속을 둘러보고 그 장면을 돌려보았다면 이것은 끝없이 펼쳐질 수 있을 것이다. 또한 만약 당신이 그 건너편에 무엇이 보이는지 묻는다면 대답해줄 수도 있을 것이다. 서쪽에는 모래 언덕이, 북쪽에는 파래를 긁어모으던 양식장이 있다. 바다로 돌출된 그곳에 우리 엄마가 봉사활동을 했던 인도주의 부흥 위원회가 있고, 지금은 더 이상 운영하지 않는 등대가 있다.

내가 수정할 수 있는 인생이 필요했던 거라고 짐작한다. 내가 하나의 인생, 실제로 나에게 주어졌던 첫 번째 인생만 받아들였다면, 그에 따른 한계를 존중했을 것이다. 조용히 살았을 것이고, 심지어 꿈도 꾸지 않았을 것이다. 오히려 조용하고 다소 우울한 인생이 더 적절하다고 스스로를 타일렀을 것이다. 그 대신 나는 꿈을 꾸었다. 어딘가 다른 곳에서 얻은 유쾌함으로 과거 전체를 꾸몄다. 특히 로라 당신과 사랑에 빠졌을 때, 감정이 크게 변했을 때……. 사랑은 나의 반론이었다. 별안간 트웰브 힐 전역에 크리스마스 파티가 열리고, 아름다운 여성들은 실크 드레스를 입고, 아들의 수유는 다른 엄마에게 맡기고, 아기들을 위해 부드러운 양탄자를 깔아주고, 남자들은 형제애를 나눈다. 오, 어쩌나, 내가 이런 식으로 표현하면 너무 감상적으로 들리겠지만, 이것이 두 번째 인생에서 내가 한 일들이었다.

그리고 고통조차, 아니, 심지어 고통조차 그랬다. 만약 이것이 익명의, 단일의, 집단 살상적인 것이라면 나쁜 일이다. 하지만 스스로 위조한 내 인생에서 느끼는 고통은 소년 정도의 규모였다. 그것은 내가 '감당'할 수 있기 때문에 더 낫다. 나는 더 이상 반쪽 인생만 살거나 부분적인 자살을 할 필요가 없다. 나는 더 이상 반쪽짜리 삶을 살아서는 안 된다. 아버지가 부분적 자살을 했던 것처럼.

나는 눈을 감는다. 아버지는 손으로 더듬으며 부엌으로 다시 걸어간다. 언제나 텅텅 비어 있는 소형 냉장고 문의 찬기를 찾아 손을 뻗는다. '파터.' 그에게 가서 누우시라고 말한다. '제가 가져다 드릴게요.'

만약 우리가 알았거나, 혹은 주의를 받았다면, 사망자 유품 처리 전에 흩어져 있는 재산에 대해 주장할 수도 있었을 것이다. 이것이 내가 그렇게 하려고 했다는 말처럼 들릴까? 내 기억 속 상황은 다음과 같다.

1994년 어느 일요일에 나는 빌린 자동차를 타고 동남쪽으로 운전해 간다. 이 차는 사운드 장치가 훌륭했고, 나는 좋아했던 록밴드 에어로스미스의 테이프를 틀었다. 스물여섯 살인 나는 노래에 장단 맞추어 운전대를 두드린다. 방금 매사추세츠 경계선을 넘었고, 모호크 트레일을 경유하여 주(州)를 통과하는 장거리 루트를 택해 달리고 있다. 그 도로는 내가 좋아하는 그레이록 산 정상의 경치를 볼 수 있고, 마치 지나가는 바람을 맞고 있는 불교 사찰처럼 자리 잡은 장식품 상점이 있는 길이다.

나는 이미 늦었다. 며칠 전 아버지에게 도체스터에 갈 거라고 말했다. 아버지는 월요일에 양쪽 백내장 수술을 받기로 되어 있다. 그래서 몇 가지 일을 처리하는 데 내 도움이 필요하다. 그 이유를 기억하지 못하지만, 지체된 것은 용서받을 수 있어도 모호크 트레일의 경치 좋은 도로를 우회하는 것은 그렇지 않다. 하지만 나는 서두르지 않고 운전했다. 아버지의 시력이 쇠퇴하기 시작한 이래 아버지를 보지 못했다. 덕분에 그곳에 도착한 뒤 아버지가 앞을 더듬을 정도로 쇠약해진 것을 발견하고 예상치 못한 상황에 안타까워하게 된다. 나는 여자 친구가 하나 있다. 아내는 아니고, 안젤라라는 이름의, 그다지 까다롭지 않은 아가씨다. 내가 지금 운전하는 차도 그녀의 차다. 안젤라는 스페인어 스터디그룹의 친구고, 뮨 대학 4학년이었다. 그녀는 졸업 후에도 오랫동안 나를 따라다녔다. 결국 마음이 약해져서 잠자리를 같이했고, 우리는 나체로 많은 시간을 보냈다. 파이어니어 밸리로 들어갔을 때 나는 안젤라를 생각하느라 루트 91번 도로 양쪽의 타는 듯한 단풍도 제대로 보지 못했다. '빨리 돌아와.' 그날 아침 안젤라는 침대에서 그렇게 애걸했다. '곧 돌아오겠다고 약속해줘.'

나는 안젤라를 사랑하지 않는다. 미래를 장담하지 않기 위해 나는 앤절라에게 그 말을 했다. 그녀도 괜찮다고 했다. 사랑이란 어디까지나 '말일 뿐'이라고도 말했다. 내 짧은 경험으로 볼 때 그것은 맞는 말인 것 같다. 안젤라를 사랑하지는 않지만 모호크 트레일을 달리는 지금 그녀가 보고 싶다. 그녀는 나의 애인이고, 연구의 주제다. 가족·문화·철학적으로 전혀 관계가 없었던 올버니에서 내가 사랑하는 요소들 속에 그녀도 포함되어 있다. 나는 오직 자신의 자유의지로만 연결되어 있다.

내가 새빈 힐 로드 아파트에 들어가는 순간 아버지는 곧바로 일어나 영어로 말한다. "와주어서 고맙다." 아버지는 옷을 다 입고 있었지만, 자다 방금 깬 것처럼 보인다. 언제나 그렇듯 나는 아버지의 예의를 차리는 말투가 영 어색했다. 그리고 아버지가 오랫동안 비워놓은 침대를 놔두고 아직도 소파에서 자는 게 당혹스러웠다. 신선한 공기가 필요하다. 3층 계단을 올라와 숨이 가쁜 탓도 있고, 한숨이 계속 나오는 탓도 있다. 게다가 방금 전 내가 낡은 중고 자전거를 세워놓곤 했던 건물 현관에 들어서는 순간 숨이 턱 막혔다. 어째서 이 현관이 내 마음을 아프게 할까? 어째서 낡은 자전거의 기억이 내 마음을 아프게 할까? 나도 모른다. 지금도 모른다. 문에서 열쇠를 빼내고 아버지에게 기운을 북돋기 위한 웃음을 지어보인다. 아버지는 소파에서 멍하니 위를 쳐다본다. 눈이 보이지 않는 사람 앞에서 웃고 있다는 것을 깨닫는다.

"아!"

아버지가 텔레비전 테이블 위를 더듬는다. 그는 용접용 마스크 같은 물건을 들어 안경 위에 갖다 댄다. 확대된 시력으로 나를 알아본다.

"이제 보이는구나."

나는 걸어가서 아버지의 어깨를 잡는다. 갑자기 마음이 울컥한다.

"안녕하세요, 아버지, 저 여기 있어요."

"꼴이 이래서 참 미안하다."

"뭐가요? 좋아 보이시는데요."

"나는 볼 수가 없어."

"이제 보실 수 있을 거예요."

"너를 거의 볼 수가 없어."

"아버지는 좋아질 거예요."

그는 내 손목을 꼭 잡는다.

"내 아들이 왔구나."

목이 멘다. 그 수술이 영구적 실명을 가져올 수도 있다는 것을 나는 지금도 기억한다. 아버지는 그것이 두려웠다. 하지만 그를 안심시키기 전에 갑자기 배가 쓰려온다. 내 안에서 아이의 울부짖음이 끓어오르기 시작한다. 이래선 안 돼! 나는 생각한다. 제기랄, 넌 울 수 없어. 만약 네가 운다면 너는 용서받을 수 없어. 수치스러워서 죽을 거야. '멍청이, 천치, 약골.' 그것이 나 자신에게 협상할 때 하는 말이다. 속으로 중얼거린다. '신이시여, 만약 내가 울지 않고 도체스터에서 빠져나갈 수 있도록 도와주신다면 다시는 이곳에 발을 디디지 않겠습니다. 영원히 사라지겠습니다.'

울부짖음이 목 안까지 올라오다 침묵 속에 가라앉는다.

수술은 경과가 좋다. 그날 저녁 나는 아버지를 태워 아파트로 모셔온다. 아버지 팔을 잡고 계단 위로 이끌어간다. 얼굴 위쪽 반이 붕대로 싸여 있다. 나는 공동 주차장의 주차 규정을 무시하고 차를 현관 가까운 곳에 출입구를 막듯이 세운다. 소파에서 베개 몇 개를 아버지에게 받쳐준다. 아버지는 맥주를 달라고 한다. 나는 낡은 소형 냉장고로 가서 맥주를 꺼내 뚜껑을 열고 맥주병을 아버지 입에 댄다. 아버지가 맥주를 마시는 잠시 동안 우리는 같이 앉아 있다. 나는 그의 침묵 가운데 일어나는 친숙한 감정을 음미한다.

"잘못된 의사소통……."

그가 맥주를 삼키며 말한다.

"이건 영어 단어지."

"뭐라고요?"

나는 묻는다.

"뭐라고 하셨어요?"

"우리는 교차되는 별들이구나."

"아버지, 누구 얘길 하시는 거죠?"

"네 무터(Mutter). 네 엄마와 나."

나는 무릎을 친다.

"아버지, 쉬셔야 돼요."

"하지만 이건 단순한 말이다. 잘못된 의사소통. 어쩌다 그렇게 됐다. 우리는 말할 힘을 잃어버렸다. 우리는 애들같이 되어버렸다."

그가 붕대 감은 얼굴을 내 쪽으로 돌린다.

"네게 이걸 설명해주고 싶었다."

"아버지, 굳이 제게 설명 안 하셔도 돼요."

나는 말한다.

"옛날이야기인 걸요."

"그것은 오랫동안 내게 혼란을 주었다. 사랑 그리고 기회. 엄마는 나를 사랑하지 않는다고 말했다. 그러나 우리가 어디 있었는지 알잖니. 우리가 누구와 살았는지 봤잖니. 우리가 살았던 사회는 거짓 정권이었고, 또 다른 나라의 꼭두각시였다. 가공적이고 망상적인 폐쇄 사회였다. 마음은 영감이 필요하고, 또 기회가 필요하다."

"아버지, 이제 그만하세요."

"너는 너무 어려서 몰라. 그래서 내가 지금 말하는 거다."

"안 돼요."

나는 말한다.

"나인(아니에요)."

"안 된다고? 왜 안 돼?"

"그냥요. 그게 이유예요."

"나는 이해가 안 된다."

나는 웃으며 텅 빈 방에서 동조자를 찾아본다.

"아버지는 하느님의 뜻으로 지금 수술을 하셨어요. 병원 주의사항에 환자가 지난 과거의 고통스러운 이야기들을 그렇게 오랫동안 해야 된다는 말이 있나요? 아무도 믿지 않는 그런 이야기들을 말이에요. 게다가 아버지는 열두 가지의 서로 다른 이야기들을 하는데, 나는 아버지를 믿지 못하겠어요."

"그동안 있었던 이야기를 하는 거다."

"아뇨."

"우리에게 있었던 지난 이야기를 단지 네가 알고 싶지 않은 것이 아니냐?"

"알고 싶지 않아요."

"수술하는 동안 만약 내게 무슨 일이 일어나면 어쩌나 생각했다. 그래서 네가 혼자 남게 되면 어쩌나 생각했다. 그러나 수술이 잘돼서 지금 네게 이야기하는 것이다."

"아니에요."

나는 고개를 흔든다. 입에서 독일어가 쏟아졌다.

"나는 알고 싶지 않아요, 아버지."

우습게도 아버지는 영어로 이야기했다.

"그래도 네게 말하는 게 좋을 것 같다."

"아버지는 지금 환자예요. 또 취했어요."

손으로 내 입을 막으며, 나는 아버지가 나를 볼 수 없다는 걸 다행스럽게 여긴다. 나는 일어서서 창문가로 간다. 저 아래 길거리는 지나가는 사람이 없다. 길 건너 하얀 임대 주택들의 가장자리는 접힌 책장처럼 태양 빛에 가려져 있다. 우리는 둘 다 말이 없다.

그때 아버지가 공허하게 말한다.

"우리가 프리드리히 슈트라세까지 가는 데 한 시간 정도의 여유밖에 없었다……."

"그만."

나는 말한다. 나는 소파에 가서 아버지가 마시던 맥주를 치운다. 그의 손이 그것을 찾느라 공중을 더듬는다.

"아무래도 그만 드시는 게 좋겠어요. 아버지는 지금 말이 안 되는 얘기를 하고 있어요."

내 목소리가 속삭이듯 작아진다.

"정신 차리세요."

그가 몸을 일으킨다.

"아들아, 너를 만나기가 너무 어렵구나."

"저도 알아요."

아래에서 긴 경적 소리가 들린다. 우리는 둘 다 소리 쪽으로 고개를 돌린다.

"차 때문이구나."

아버지는 말한다.

"차를 다른 데로 옮겨야 해."

"이봐요! 거기 위층!"

한 여자의 목소리가 밖에서 소리를 지른다.

"이 망할 놈아!"

"저 여자가 나한테 저러는 게 틀림없어요."

나는 차 키를 집어 든다.

"곧 돌아올게요."

"아니다."

아버지는 피곤한 듯 말한다.

"가거라. 가서 네 인생을 살아라. 나는 집에 있겠다. 지금은 잠을 좀 잤으면 좋겠다. 어서 가거라."

나는 눈물을 훔친다.

"돌아온다고 말했잖아요. 주차장이 어디죠?"

"빅토리아 슈트라세."

아버지는 조용히 말하며 눈의 붕대를 누른다.

"월요일부터 수요일까지 주차는 빅토리아 슈트라세."

나는 계단을 내려간다. 평평하지 못한 층계가 내 발걸음을 붙든다. 사나운 바람이 문을 때린다. 문밖에 한 여자가 더러운 미니밴 안에서 클로브 담배를 손가락 사이에 비스듬히 끼고 사이드 미러로 나를 쳐다본다. 나는 잽싸게 올라타 차를 뒤로 뺀다.

나는 빨리 차를 몰고 간다. 대단히 빠르게. 다시 고속도로로 돌아가 북쪽을 향한다. 나는 빅토리아 슈트라세 주차장을 찾지 않았다. 그 주차장을 찾으려 하지도 않았다. 나는 바닥에 닿을 정도로 자동차 페달을 밟고 추월 차선으로 방향을 돌렸다. 그 와중에도 매복한 경찰차가 두려워 본능적으로 언제나처럼 속도 제한에 따르고 있다. 에어로스미스 테이프 소리가 어딘가 잘못된 것 같고, 그 대신 두 시간 가량 이후로 나를 던지려고 노력하며, 스톡브리지와 오스터리츠 사이에 신록의 산기슭에 나를 던지려고 노력하며, 나는 전방을 주시한다. 그리고 뉴욕 주 경계선을 기대하며, 안젤라를 기대하며.

'빨리 돌아와. 곧 돌아온다고 약속해줘.'

나는 누군가 나를 필요로 하는 사람이 있는 듯 가장한다. 그래서 차선을 바꿔가며 노스쇼로 달려간다. 무엇에도 영향 받지 않는 듯 가장하고, 갚을 빚이 없는 듯 가장하고, 미래에는 나를 방해할 것이 없는 듯 가장한다. 잃어버려선 안 되는 것은 처음부터 소유한 적이 없는 듯 가장했고, 13년 후에 존재조차 몰랐던 유리 속으로 걸어 들어간다는 사실을 몰랐던 듯 가장했고, 그 유리가 아버지였음을 몰랐던 것처럼 가장했다. 아마도 유리가 내 첫 번째 인생일 것이다. 유리는 나 자신일 것이고, 지금 나는 그 유리 파편 속에 갇혀 있다.

슈로더

초판 1쇄 인쇄 2015년 8월 5일
초판 1쇄 발행 2015년 8월 10일

지은이 애미티 게이지
옮긴이 토마스 안 · 벨라 정
펴낸곳 앰버리트 (영어닷컴 임프린트)

주소 서울시 종로구 삼봉로 95 208호(견지동 대성스카이렉스)
전화 02-739-5333
팩스 02-739-5777
이메일 amberlit@naver.com

ISBN 979-11-85345-05-5 03840

책값은 표지 뒤쪽에 있습니다.
파본은 구입하신 서점에서 교환해 드립니다.